国家级非物质文化遗产　广西地方特色传统戏剧

广西彩调传统剧目120种

GUANGXI CAIDIAO CHUANTONG JUMU 120 ZHONG

阙　真　整理、注评

·第四卷·

GUANGXI NORMAL UNIVERSITY PRESS
广西师范大学出版社
·桂林·

目录

挖地捡金

剧中人物

⊙夏得手（行当：丑，简称：夏）

⊙吴良心（行当：丑，简称：吴）

⊙土地公（行当：老生，简称：公）

⊙土地婆（行当：老旦，简称：婆）

第一场

［夏、吴同上。

夏得手　（念）时也差来运也差，

吴良心　（念）白白银子在别家。

夏得手　（念）今日在家闲无事，

吴良心　（念）二人山中把地挖。（白）伙计，我们还要走起来呀。

夏得手、吴良心　（关门出、走，唱路腔）出得门来往前走，一心要往山中行。去到山中挖银子，挖出一窖金和银。（下）

第二场

土地公　（上，念）土地[1]老来土地老，一身好比虫毛毛。看牛娃仔不懂事，将我香炉来搬倒。（白）在下，山神土地是也。（向内）土地婆婆，走得来呀。

土地婆　（上）叫我出来做甚?

土地公　叫你出来非为别事，今天有夏得手、吴良心前来挖银，就将这窖银子赏给他们了吧。

土地婆　赏是赏给他，怕他二人没福气，受不起、命不长。（下）

土地公　他命不长，日后可改的。去到山中等上一等。（唱路腔）手拿金子和白银，要到山中等来人。今日他把银子挖，让他富贵临满门。（在挖地处坐下）

第三场

［夏、吴同上。

夏得手　到山上来了，待我们两人动手挖起来。

［夏、吴同挖地，捡得银子。

吴良心　吓！今天好彩气[2]，给我们真的挖得银子了。

夏得手　吴良心，你拿点银子到街上去换点酒菜回来，敬供这个窖眼吧。我在这块守着银子。

吴良心　（下，带酒肉上）今天，我和夏得手一起来挖银子，当真给我们挖出来了。他守着窖口，叫我去买酒菜来吃。我将毒药放入菜内，（放药）我放了毒药，将他闹死[3]，这银子不是我个人得了？（圆场）伙计，酒菜搞来了。

夏得手　那你来供窖口。

［吴摆供窖口，磕头。

夏得手　（拿锄头将吴击死）哈哈！今天挖出了银子来，这银子给我一个人得了，就大富大贵了。我现在已将吴良心打死，剩下酒肉，我先来吃餐饱饱的，再挑银子回去。

［夏中毒死。

［土上，分给夏、吴还生丹。

土地公　你诈我欺，两人同死。救你还阳，改恶去非。正是：（唱四平腔）为人不可没良心，欲想富贵要公平。莫因金钱伤人命，勤劳才是富贵根。（下）

［夏、吴同时转生。

吴良心　伙计，你也算下得手了。

夏得手　你也算无良心了。

吴良心　你也起了歹心，我也起了歹心，我们两人的良心都不好。多得山神土地大发慈悲，放你我还生，今后再不要因富贵自相残杀。今天我们两人和和气气把这些银子拿回家中讨一个老婆，养几个牲口，修一座新房子，买些田来种。大家好好过日子，吃一碗安然茶饭。

夏得手　好、好。以后，大家做事要讲良心，这样才能有好的日子。

夏得手、吴良心　（唱挑担腔）一人一般心，骨肉不相亲。两人一般心，黄土变成金。（白）好一个黄土变成金。（下）

（剧终）

【注释】

①土地：土地爷，古代神话中掌管一方土地的神仙。

②彩气：运气。

③闹死：指用药毒死。

【剧情简介】

夏得手和吴良心两伙计上山挖地，挖得银子一窖。两个人都想独享，谋害对方，结果同归于尽。后得土地施救，皆痛悔前非，去恶为善，同返家中，勤劳谋生。

【简评】

夏得手和吴良心上山挖银，都企图独占全吞，你诈我骗，导致双双命丧黄泉。这是用严峻的结果、深刻的教训来对他们的行为进行讽刺、嘲弄。最后还借土地之口告诫人们："为人不可没良心，欲想富贵要公平。莫因金钱伤人命，勤劳才是富贵根。"戏剧气氛也由开始的嬉戏玩笑转入严肃凝重。

此剧由李玉蓉发掘、麻振渊记录保存 。

单打店

剧中人物

⊙桃花姐（行当：花旦，简称：桃）

⊙油水嘴（行当：丑，简称：油）

第一场

油水嘴　（上，念）每日出家走外边，游手好闲我当先。（坐）但愿拐骗手段逞，肚子吃饱好安然。（白）在下，油水嘴。今日天气晴和，不免出得长街之上，游玩一番。闻听大街之上，开了一个桃花店，我到她家饮饮酒，岂不是好？离了自家门前，长街行走。（出门、关门，唱路腔）出得门来往前走，一心要往大街行。三脚两步来得快，不觉来至青草坪。（下）

第二场

桃花姐　（上，念）奴家生来年二八，头上插的海棠花。（坐）昨日走往长街过，人说好比一枝花。（白）奴乃桃花姐。在此十字街前，开个小小酒店。今日天气晴和，不免打扫堂前，挂好招牌，岂不是好？还要用功一回。（边扫边唱倒板桨）低头打扫在堂前，打扫堂前好光鲜。用手推开门两

扇，客官来临进银钱。高举双手招牌挂，时菜美酒便宜餐。将身且把店门转，烧茶备酒整杯盘。（下）

油水嘴　（上，唱北路鼓打太平春）三脚两步来得快，不觉来在店房门。鼓打太平春，店房门（白）来到了。桃花姐发财。

桃花姐　（上）客官请进。

油水嘴　有进。（进门）

桃花姐　客官请坐。

油水嘴　有坐了。

桃花姐　（下，取茶上）客官请茶。

油水嘴　有劳大姐，打盅下去。

桃花姐　（取盅下，复上）客官，不知来投宿，还是来过午[①]的？

油水嘴　我正是来过午的。

桃花姐　用的什么酒菜？

油水嘴　拿菜牌来。

桃花姐　腊鸡板鸭、烧肠火腿、鲢鲭鲤鲑。

油水嘴　不用，还有好的吗？

桃花姐　东山木耳西山笋，五香瓜子摆起两条龙。

油水嘴　多看两盘。

桃花姐　用的什么酒？肉冰烧[②]、状元红？

油水嘴　这酒不好。

桃花姐　江边洗坛子，醉死老龙王。好不好？

油水嘴　好，多看两瓶。

[桃下取酒菜上。

油水嘴　你去吧！

[桃下。

油水嘴　（饮酒）好酒啊！

桃花姐　（内唱小调）一匹绸做一双鞋，刚刚才得够。

油水嘴　店家走来。

桃花姐　（内白）来了！（上）客官，还是菜冷？还是酒凉？

油水嘴　一不菜冷、二不酒凉。闻听后堂说唱，到底是谁？

桃花姐　乃是小店家。

油水嘴　呵，桃花姐，你会唱小调吗？何不跟我唱上两套，好是不好？

桃花姐　唱上几套，我要钱的啵。

油水嘴　什么规矩呢？

桃花姐　有上中下三等。

油水嘴　三等的价钱呢？

桃花姐　上等三吊六、中等二吊四、下等随你的体面，一吊八百。

油水嘴　上也不唱，下也不唱，平中而唱。

桃花姐　客官打下坐来，我还要唱起来呀！（唱）到春来又到春天来，芍药牡丹花儿一齐开。蝴蝶飞来，飞来飞去成双成对。（重句）燕子双双飞、双双燕儿飞，飞来飞去成双成对。想才郎，想得奴家如痴又如醉。（重句）

油水嘴　大姐不用唱了，吃得酒菜来我又听差了调，听得调来又吃差了酒，你何不帮我唱点酒调？

桃花姐　好，我和你唱点酒调。（唱）一杯酒来酒又清，妹拿银壶把酒斟。莫嫌美酒清，咿哩嗬子吔，莫嫌美酒清。郎坐东来妹坐西，别人说道两夫妻。实是相好的，咿哩嗬子吔，实是相好的。一杯酒来酒又清、酒又清，手执银壶头戴金。身穿绫罗，红纱红纱又红纱。哪嗬嗨。客官哎，嗨呀嗬嗨，忙把酒来筛，哪嗬咿嗨嗨。

［油醉。

桃花姐　客官，拿酒钱来！

油水嘴　你要酒钱呀。酒钱酒钱，扯蔸柳秧，插到江边，长大柳树，锯成柳板，钉成柳船，到得柳村，卖了货物，转来再还你的酒钱。

桃花姐　你吃了我的酒，不给钱呀。我还要饭钱咧。

油水嘴　饭钱饭钱，还要万打万年。对门有个石山，请个石匠，打开石头，开块方田，种出谷子，转来再还你的饭钱，硬要万打万年。

桃花姐　你没得钱，莫逗得老娘发气啵。

油水嘴　吔，你要我唱戏呀，你点的什么戏？

桃花姐　你吃了我的酒没得钱，你莫逗老娘伤心。

油水嘴　你要唱孟良[③]搬兵呀？我要吊二钱啵。你在旁边请听！（把子戏）身背葫芦口朝天，腰扎板斧秋月圆。不听宋王三宣召，但听杨家将令传。某，孟良，字伯昌。宗保[④]公子挂扫坟台，焦赞[⑤]娃娃不懂世故，一路之上放的红烟大炮，惊动韩昌[⑥]贼子，将公子活拿去打下了囚牢。今日天波府[⑦]内搬兵求救，看天气晴和，备得快马一匹，还要行走。昔时韩信与萧何[⑧]，九里山前把道学，催着马儿往前过，好汉哥哥无下落。

桃花姐　你吃过我的酒当真没得钱呀？那你先就莫吃嘛。

油水嘴　呵！你又要我唱王婆骂鸡呀？我要二吊四钱才唱啵。（唱王婆骂鸡）王妈妈，清早起，清早起来打扫堂前地。用手放出笼内鸡，走进后堂抓把米，抓到堂前来喂鸡。白鸡公那旁来啄米，红鸡公那旁来啄食。闲下无事我来数一数，一二三四五、五四三二一。数来数去，失了一个、失了一个倒毛鸡。端张板凳堂前坐，坐到门前来骂鸡。长子哥哥偷了老娘的鸡，钻到矮子哥哥裤裆里。矮子哥哥打个屁，长子哥哥脑壳冲脱皮。裁缝师傅偷了老娘的鸡，你的针子刺进你的指甲里。唱调的偷了老娘的鸡，靠你变个皇帝老子……

桃花姐　你当真不拿钱呀？你没得钱你就莫吃哩。

油水嘴　你要我打叉呀？叉来了。（唱高腔）领奉御旨下凡尘，牛头马面两边分。（下）

桃花姐　哎哟！背时[⑨]的，吃了老娘的酒没得钱，我喊你莫吃呀，他拿倒老娘来打叉。哟！好多的不杀，杀倒老娘的鸡眼啊。列位，莫学老娘开店了呵。

（剧终）

【注释】

①过午：吃午饭。方言。

②肉冰烧：广西特产。用猪肉和大米制成的一种酒。

③孟良：杨家将故事中人物，是杨延昭部将中以勇猛著称的大将。

④宗保：杨宗保，是《杨家府演义》等小说中的虚构人物。在小说中，杨宗保少年时即随父出征，在攻打穆柯寨时，为穆桂英所擒，后与穆桂英结亲，夫妻同破天门阵。

⑤焦赞：在《杨家府演义》中，焦赞是追随杨延昭的猛将，抗辽有战功，名望颇高。

⑥韩昌：杨家将故事中的人物。

⑦天波府：天波杨府。天波杨府是北宋抗辽英雄杨业的府邸，位于北宋首都东京(今开封)城内西北隅、天波门的金水河旁，故名“天波杨府”。

⑧韩信与萧何：韩信，西汉开国功臣，中国历史上杰出的军事家。萧何，汉初大臣，沛县(今属江苏)人，曾为沛县县吏，秦末辅佐刘邦起义。楚汉战争时，他荐韩信为大将，以丞相身份留守关中，使关中成为汉军的巩固后方，不断地输送士卒粮饷支援作战，对刘邦战胜项羽，建立汉朝起了重要作用。

⑨背时：意思为违背时运，非常倒霉。

【剧情简介】

桃花姐在长街新开一间酒店，无赖油水嘴到来点菜吃酒，又叫桃花姐唱小调，等酒醉饭饱，调子听够之后，油水嘴便倚醉装疯，大闹一通，分文不给而去。桃花姐只好自认晦气，劝人不要开设酒店，自找苦恼。

【简评】

此剧为轻喜剧。剧中把开酒店的桃花姐遭市井无赖讹诈纠缠的过程表现得十分灵动。尽管这部两小戏主角仍为一丑一旦，但全剧没有落入男欢女爱的窠臼，而是通过一个独特的视角，反映了当时的市井生活，风格朴实自然。其中桃花姐的无可奈何、油水嘴的油嘴滑舌特征随着剧情的展开而得以凸现。

此剧由李玉荣发掘、黄明记录保存。

十　借

剧中人物

⊙张晚妹（行当：花旦，简称：张）

⊙过钱臭（行当：丑，简称：过）

全一场

过钱臭　（长锣。上，数课子）列位不要吵，听我慢慢来讲宝。世界样样都是宝。天上也有宝，天上有什么宝？有日头太阳宝，东方出、西方倒，样样东西晒得又干又晒得好。没有这样宝，你讲怎么了？月亮也是宝，月亮出来到处照得倒。初几是半边，十五月圞了①。晚上走路个个看得路倒，你讲是宝不是宝？山中也有宝，山中柴草都是宝。割回家里来，样样煮得好。煮起菜饭吃得饱，你讲是宝不是宝？地下也有宝，泥土沙土都是宝。翻起泥土沙土，五谷杂粮种得好。春天种下了，秋天收回了。收起五谷做成米，煮起饭来吃得饱，你讲是宝不是宝？没有这样宝，人人都会饿死了。人的身上都是宝，眼睛什么都看得倒，耳朵远近都听得倒，嘴巴吃饭吃得饱，一双脚晓得走又晓得跑。一双手更加巧，样样东西都做得好，做出枪炮来，人都打得倒。娃仔也有宝，妹仔也有宝。娃仔有个锥子宝，妹仔有个盒子宝。没有这两样宝，世界上人都没有了、没有了！（坐，白）

别个讲赌钱赌不得，哪天我不赢三五百？人人劝我不要赌，我心里实在舍不得。我，过钱臭。每日爱嫖爱耍，这几日赌钱，场场是输，身边无一文，犹如掉了魂。身边无钱烦得很，我想起我那晚妹子，想到她家前去取一取乐，散一散闷，岂不是好？顺手带门。（关门）走起来呀！（长锣。唱浪里白腔）今早走往街前过，看见一个好娇娥。（一钹）头上打根好辫子，顺着背上拖。身上穿着件蓝衫子，齐到磕膝脚。穿条绸裤子，滚了一点裤脚。样样打扮蛮好看，不该打赤脚。走路扭呀子扭，屁股挪呀子挪。后头看见蛮好看，走路妖精多。走到她面前看，（唱）是一个麻子婆。（收腔，长锣。唱担子腔）一步来得快，来到她家门口来。叫声晚妹，快些把门开！（收腔。白）来到她家门口来了，她这个门半掩半开，不晓得她在不在家，我来喊她一声。（向内喊）晚妹在屋没有？

张晚妹　（内白）啐！你是哪个？

过钱臭　我只是一个，没得两个。

张晚妹　（内白）问你是哪一个？

过钱臭　我有了一个钱，就睡不着那个。

张晚妹　（内白）你敢莫是过钱臭哥哥。

过钱臭　正是我。

张晚妹　（内白）哥哥，你在门口站着。

过钱臭　我是丑角，我不是旦角。

张晚妹　（内白）要你在门口站着。

过钱臭　那你呢？

张晚妹　（内白）妹妹梳好头，穿好衣来迎接你呀。（长锣。上，唱浪里白腔）奴在绣房绣罗裙、（一钹）奴在绣房绣罗裙，耳听门外叫开门。有事才开门，无事懒开门。双手打开门来看——

过钱臭　你看，是哪个嘛？

张晚妹　原来是哥哥。（接唱）你请进，哥哥你请进。（一钹）

过钱臭　（唱）进得门来拜一拜。（一钹。白）进得门来拜一拜，叫声妹妹听开怀。好久不到你家里，今日才到你家来。你这样打扮实在好，十人看见九人爱。和尚师父看见你，木鱼袈裟一起卖。叫化子看见你，丢了棍子丢口袋。我两人好有一比。

张晚妹　好比何来？

过钱臭　好比香麻油拌韭菜，又甜又香（唱）又滚懒[②]、又甜又香又滚懒。（一钹）

张晚妹　（接唱）堂前板凳拖一拖、（一钹）堂前板凳拖一拖，叫声哥哥你请坐。你在堂前久久坐——

过钱臭　那你呢？

张晚妹　我到厨房，（接唱）倒茶给你喝，妹到厨房倒茶给你喝。（四钹。下倒茶上）

过钱臭　（唱）用手接到妹的茶、（一钹。白）用手接到妹的茶，拿到茶杯笑哈哈。妹妹的礼性[③]实在大，左手端板凳，右手又倒茶。为兄没得几句好彩话。呱哒哒哒，（接唱）吃了它。呱哒哒哒，吃了它。（收腔。白）多谢妹妹的好茶。（坐下）

张晚妹　吃一杯茶，有什么多谢？

过钱臭　懒茶[④]要火烧，冷水要人挑。

张晚妹　哎！你讲得好听啵。哥哥，你三日不来，四日不到，今日来到我家，有什么好事呀？

过钱臭　有什么好事呀？（背台）她问我来这里做什么，我就倒和她讲笑。（对张）妹妹，到你屋里头来，我想问你借样东西。

张晚妹　你问妹借东西，妹妹有就借给你，你讲嘛。

过钱臭　你听呀！（长锣。唱十借腔）走上前来施一礼，为兄问妹借东西。问妹依不依？是你身上的。

张晚妹　（接唱）哥哥问我借东西，头上金钗借给你。问哥是不是的？问哥是不是的？

过钱臭　（接唱）不是的来不是的，不是金钗那样东西。金钗底下的、金钗底下的。

张晚妹 （接唱）金钗底下是耳环，你要耳环妹借给你。问你是不是的？问你是不是的？

过钱臭 （接唱）不是的来不是的，不是耳环那样东西。耳环下面的、耳环下面的。

张晚妹 （接唱）耳环下面是蓝衫，你要蓝衫妹借给你。问哥是不是的？问哥是不是的？

过钱臭 不是的来不是的，不是蓝衫那样东西。是你手上的、是你手上的。

张晚妹 （接唱）手上拿到是汗巾，你要汗巾借给你。是不是那样东西？是不是那样东西？

过钱臭 （接唱）不是的来不是的，不是汗巾那样东西。是你脚下的、是你脚下的。

张晚妹 （接唱）妹妹脚下是花鞋，你要花鞋妹借给你。问哥是不是的？问哥是不是的？

过钱臭 （接唱）不是的来不是的，不是花鞋那样东西。是花鞋高头[⑤]的、花鞋高头的。

张晚妹 （接唱）花鞋高头是袜子，你要袜子妹借给你。问哥是不是的？问哥是不是的？

过钱臭 （接唱）不是的来不是的，不是袜子那样东西。袜子上面的、袜子上面的。

张晚妹 （接唱）袜子上面是小衣，你要小衣妹脱给你。是不是那样东西？是不是那样东西？

过钱臭 （接唱）不是的来不是的，不是小衣那样东西。粘到小衣的、粘到小衣的。

张晚妹 （接唱）粘到小衣是荷包，你要荷包借给你。问哥是不是的？问哥是不是的？

过钱臭　（接唱）不是的来不是的，不是荷包那样东西。荷包底下的、荷包底下的。

张晚妹　（接唱）荷包底下是甩须，你要甩须借给你。问哥是不是的？问哥是不是的？

过钱臭　（接唱）不是的来不是的，不是甩须那样东西。甩须底下的、甩须底下的。

张晚妹　（接唱）甩须底下是红东西，这样好东西，你有钱我借给你、你有钱我借给你。

过钱臭　（接唱）你要钱来开个价，多少和高低。多少我都依、多少我都依。

张晚妹　（接唱）价钱不要多和少，只要一两七钱七。有钱借给你，成一对好夫妻。

过钱臭　（接唱）妹妹说话真有理，我十八来你十七，配成一对好夫妻。

张晚妹、过钱臭　（唱）做一对夫妻百岁期。（收腔。分下）

（剧终）

【注释】

① 十五月圞（luán）了：十五月圆了。圞，即圆。

② 滚𤏸：非常烫。𤏸，热、烫。桂林话。

③ 礼性：相当于礼貌、教养之类。

④ 𤏸茶：热茶。桂林话。

⑤ 高头：上面。桂林话。

【剧情简介】

过钱臭与张晚妹素有来往。一日过钱臭至晚妹家谈情，并以借东西为名，暗示自己的情意，晚妹领会其意，二人便欲结为夫妻。

【简评】

此剧表现的是一对有情人谈情说爱的生活片段。过钱臭问张晚妹借这借那，无非是借机会加深感情、表达情意。细腻表现了恋人之间那种欲爱还羞的复杂情感。彩调源于民间，彩调课子中民间俗语、俚语十分丰富。剧首的数宝课子，从大自然现象一直数到人类繁衍，不仅很自然转入定情议婚的情节，而且通俗易懂的语言，为全剧营造了轻松愉快的气氛。

此剧由俸画眉发掘、戴海平记录保存。

王大娘探病

剧中人物

⊙林叶青（行当：小生，简称：林）

⊙张月娥（行当：花旦，简称：张）

⊙王大娘（行当：摇旦，简称：王）

第一场

林叶青　（上，念）三月初三去观灯，龙灯狮子闹盈盈。庙会门前捡花炮，乐坏好多年轻人。（白）小生林叶青。想起今日乃三月初三，正是观灯会期，不免换上新衣，到长街观灯，顺便买点东西回来。言之有理，待我下面换衣去。（下，换新衣上）还要走起来呀！（唱浪里白腔）三月初三去观灯，（快板）人山人海闹盈盈。龙灯狮子样样有，还有彩灯挂四门。三月初三圣母[①]寿，宫娥彩女出绣楼。王孙公子都去看，（唱）选中洲山快好逑[②]。（下）

第二场

张月娥　（上，唱）三月里来百花开，无人看守无人栽。奴家好比野花样，几时移到盆里来？（白）奴家张月娥。今乃三月三日，花婆娘娘寿诞，不免喊隔壁王大娘陪同奴家一起去看花灯，岂不是好？对。（出门向内）王大娘在家吗？

王大娘　（内应）在呀！

张月娥　有请王妈。

王大娘　（上）月娥把我请，不知为何情？（对张）莫非去观灯，才把王妈请。月娥，你叫我有什么事呀？

张月娥　大妈，今天是花婆娘娘的生日，外面有龙灯狮子看，我想请你同我去观灯，顺便到花婆庙去拜神。

王大娘　好的，我正想去看，你等一下，我去下面插朵花，拿条手巾出来。（下，复上，开门）

张月娥　穿戴已毕，还要走起来呀！

王大娘、张月娥　（唱一身打扮）一身打扮去观花鼓灯，将身同往大街行。金钗插得稳，耳环两边分，红绣鞋刚刚两三寸。（重句。白）走来走去，走到长街之上。

［内场锣鼓，中分狮子、龙灯。锣鼓声，由远而近。

王大娘　月娥你看，龙灯狮子来了！

［内喊：去看灯呀！

［张、王站高处。

张月娥　大娘，你看那边来了什么？

王大娘　哎哟！好多灯呀，有牌灯，有骑马的灯，有关公刘备张飞桃园三结义灯。

［王讲灯中，林上看灯，和王、张挤站一处。

林叶青　啊哟！好闹热啊。

［张回头见林，林亦见张。对视，林渐下，张目随林走。

王大娘　（拉张）你看，舞得好啊！看闹热的人真多啊。

张月娥　好看得很，算闹热了。

[锣鼓声渐远。

王大娘　走远了，看不见了。

[张、王同下高台。林张对视。

王大娘　（见二人眉目传情，拉张走）莫看了，龙灯走远了。

[林渐下。

张月娥　（目送林下。双关地）是呀，走远了，望不见了。

王大娘　月娥，那我们去花婆庙门前去玩罢。

张月娥　好！

[张、王圆场下。

第三场

林叶青　（长锣。上，唱四平腔）适才长街看灯彩，碰着一位女裙钗[③]。见她两眼望着我，莫非爱我这人才。（白）哎呀！适才见那女子两眼不停地望着我，莫非有心看中我不成。（想）唉，不要胡思乱想呀！（唱）林叶青不可胡乱猜，无心怎当有意来。将身急忙回家转，苦读诗书把名埋。（下）

[王、张跟上。

王大娘　（唱四平腔）适才离了大街上，看罢龙灯转回程。但愿月娥心安静，有事大妈再登门。（白）月娥到家了，进家好好歇息。

[张进门下。

王大娘　我回去了。（背场）我看月娥见了那位公子一面，好像魂魄都跟着他去了，不然为什么闷闷不乐。唉，这种事情，我大娘经过来了。我看她害了相思病啊。（下）

第四场

张月娥　（行弦。慢步进房，闷闷不乐，坐立难安。叹）唉！（唱四季相思腔）张月娥好心焦，自拿明镜自己瞧，想起奴好比那孤灯独照。今日里把灯观得遇一年少，我和他眉来眼去对相偷瞧。那书生脸圆圆眉清目俏，戴方巾穿长衫风采飘娆。回家来害相思茶饭不要，但愿得有人来架起鹊桥。（下）

第五场

王大娘　（上）昨夜我在隔壁听见月娥论夜[4]叹气，莫非真的害了相思病，待我进她家去探望一下。（唱补碗腔）两脚跨进门，叫声小姑娘。急忙把楼上，来到她的房。揭开红罗帐，问声晚姑娘。我今来问你，为何病在床？

张月娥　（接唱）你来问我病，只因去观灯。走往长街过，风寒上了身。哎呀！我的王大妈，伤风病不轻。

王大娘　啊，你伤风头痛得了病呀？我看请李先生来看下吧。

张月娥　（接唱）讲起李先生，奴也请过他。请到奴家下，摸摸又捏捏。他的药味苦，奴家不吃它。哎呀！我的王大妈，奴家不请他。

王大娘　呵，李先生你嫌他不好。恐怕你昨天出门碰着了哪家野鬼，我请个道师来赶鬼吧。

张月娥　（接唱）想起那鬼师，奴家请过他。请到奴家下，锣鼓闹叽喳。哎呀！我的王大妈，奴家不请他。

王大娘　请道师，你又嫌他叽叽喳喳不好。我看你命运不好，不知走的什么运，我看请个算命先生来帮你算算吧。

张月娥　（接唱）说起算命人，奴家请过他。请到奴家下，讲七又讲八。哎呀！我的王大妈，奴家不信他。

王大娘　这也不请，那也不要。（背场）我看是是是，我心中明白了。（转身对张，接唱）昨日去观灯，遇见一书生。两人偷眼看，为他把病生。哎呀！我的小姑娘，为他把病生。

张月娥　（听后，高兴地坐起，接唱）为了这冤家，奴家想死他。大妈帮帮我，奴许一匹纱。哎呀！我的王大妈，许你一匹纱。

王大娘　是不是要老娘帮你说媒？但又怕你父母知道怪我。

张月娥　(接唱)提起我爹爹，出门不在家。再讲我的妈，耳聋眼又瞎。哎呀！我的王大妈，我就不怕她。

王大娘　若是碰着你哥嫂呢，又怎么办？我看行不通吧。

张月娥　(接唱)提起哥和嫂，哥哥往外跑。嫂嫂爱姑姑，事事她照料。哎呀！我的王大妈，事事她照料。

王大娘　你父母哥嫂没有关系，往哪进来呢？

张月娥　(接唱)若往前门来，人多嘴又杂。若往后门来，墙高又难爬。哎呀！我的王大妈，墙高又难爬。

王大娘　那又怎么办？

张月娥　(接唱)手拉杨柳枝，脚踩矮篱笆。慢拉慢慢爬，爬到奴的家。哎呀！我的王大妈，爬进奴的家。

王大娘　这也好，要是和你讲拢了，你用什么谢我？

张月娥　(接唱)若还讲拢了，许你绸和纱，许你衣和裤，许你帽和袜。哎呀！我的王大妈，许你帽和袜。

王大娘　谢谢！（接唱）将身出了房，去对相公讲。牛郎和织女，相会在天堂。哎呀！我的好相公，你才好命呀。(下)

张月娥　(接唱)大娘去找他，奴家乱如麻。如若见公子，终身许配他。哎呀！我的王大妈，终身许配他。

［王、林同上。

王大娘　来了呀！（唱）我带相公去，去见女娇娃。喜事成功了，重谢王大妈。哎呀，喜事成功了，重谢我王大妈啊。

林叶青　哎呀！我的王大妈，多谢你，谢你银子布匹。(进门。唱）进了她的家，急忙去会她。

王大娘　（接唱）姑娘你请起，公子来到家。哎呀！我的好姑娘，公子来到你的家。（白）林公子来。

林叶青　小姐有礼。（行礼）

［张含羞不语。

王大娘　老身告退了，你们去谈吧。

林叶青　大妈好走！

王大娘　（念）正是，做件好事情，不久有酒饮。（下）

林叶青　多得小姐怜爱，小生有礼。

张月娥　多蒙相公不弃妾身，当与相公百年偕老。

林叶青　如此请。

［林、张同下。

（剧终）

【注释】

① 圣母：这里指的是花王圣母。据传说，花王圣母是壮族群众的生育女神和儿童守护神。因此在广西有纪念花王圣母的花婆节，又称花王节、花王圣母节。花婆节一般在每年农历三月初三举行。

② 好逑：美好的伴侣。逑，指配偶。

③ 裙钗：裙子与头钗都是妇女的衣饰，旧时借指妇女。

④ 论夜：整夜。桂林话。

【剧情简介】

张月娥与王大娘同去看灯，偶遇书生林叶青，两人一见钟情。张回家后相思成病，王大娘前来探望，得知隐情，媒人自任，引林与张相见，面订终身。

【简评】

王大娘促成了一对有情人的好事，看似为了绸和纱、衣和裤、帽和袜，但从她的表述来看是希望他们像牛郎织女一样得以相会。这是在父母之命、媒妁之言婚姻制环境下，对一见钟情、自由恋爱行为的公然肯定。这令人们看到地方小戏不拘礼、脱窠臼的浓郁平民色彩，使其清新脱俗的特点更为突出。

此剧由韦士辉 、梁兆旭发掘，李长民记录保存。

双偷桃

剧中人物

⊙冯玉德（行当：小生，简称：冯）

⊙刁月娥（行当：花旦，简称：刁）

⊙梅香（行当：花旦，简称：梅）

⊙书童（行当：丑，简称：童）

第一场

冯玉德　（上，引）想起烦闷事，花园去散心。（坐，白）小生姓冯，名玉德。我家有花园在住宅东边，我想到花园散心游玩游玩，言之有理。小子哪里？走来。

书　童　（内白）来了。（上）听见相公叫，急忙就来到。见过相公有礼。

冯玉德　不消。

书　童　相公打叫小子出来何事？

冯玉德　今日我心中烦闷，想要你同我去花园游玩。

书　童　好，那我们一同前去。

［冯、童出，带门，圆场。

冯玉德　离了自家门，还要往花园走呀！（唱路腔）离了家门走向前，一心想去游花园。二人行走来得快，花园不觉在面前。

书　童　相公，你站开一旁，待我开门。(开门)相公请进。

冯玉德　小子，这些花你配得不合。

书　童　怎样配不合?

冯玉德　红配白，看不得。蓝配绿，分不出。再来配过。

书　童　那我就来。(搬花)相公，于今配好了，你来看看。

冯玉德　配是配得好了，于今我来问你，你可知道花名?

书　童　略知一二，相公请问。

冯玉德　那你就听我问呀！(唱盘花腔)什么花开大?什么花开红?什么花开像灯笼?

书　童　(接唱)芙蓉花开大，石榴花开红，指甲花开像灯笼。

冯玉德　(唱)什么花开黄?什么开花长?什么花开开成双?

书　童　(接唱)菊花开花黄，南瓜开花长，豆角开花花成双。

冯玉德　(唱)什么开花树?什么花开细?什么开花花落地?

书　童　(接唱)朝阳开花树，杨柳花开细，花生开花花落地。

冯玉德　(唱)什么花开白?什么花开黑?什么花开猪肝色?

书　童　(接唱)李子花开白，鸡冠花开黑，茄子花开猪肝色。

冯玉德　好！你真聪明，问你你总认得。现在不问了，我们还是到花亭歇歇。(入亭)

书　童　(下，捧茶上)相公请茶。

[冯接饮，童接杯。

书　童　相公，我有个字认不得，我写给你看。(在地上画)这个是什么字?

冯玉德　这是一字。

书　童　又加一横呢?

冯玉德　是个二字。

书　童　再加一横。

冯玉德　是个三字。

书　童　中间加一直呢?

冯玉德　是王字。

书　童　两边加两直。

冯玉德　是个田字。

书　童　底下三点加个弯弓。

冯玉德　是个思字。

书　童　相公呀，你也思来我也想，那边就是刁小姐的花园，不知何时才能想得到?

冯玉德　莫要讲那些，小子，我想歇息一下。(下)

书　童　相公在花亭歇息，我到那边桃树下睡一下。(下)

第二场

刁月娥　(上)二八佳人事，青春少年时。(坐，白)奴家姓刁，名月娥。爹娘生我一人，今日在家中烦闷，不如喊得梅香[①]出来，同去花园游玩散心，岂不是好?梅香哪里?走来。

梅　香　(内白)来了。(上)忽听小姐宣，急忙到堂前。小姐有礼。

刁月娥　不必见礼。梅香，今日天气晴和，我想和你到后花园游玩散心。

梅　香　奴婢愿陪小姐前去就是。

刁月娥　如此一同前去，前面引路。

梅　香　奴婢从命。

刁月娥　离了绣房，还要到后花园走呀!(唱路腔)出得门来携手行，梅香引我向前奔。站在路旁抬头看，前面就是花园门。(白)梅香打开花园门。

梅　香　是，小姐请进。

刁月娥　梅香，天气炎热，我们到花亭休息一下。(坐)

梅　香　小姐，那天我在书本上看见几个字认不得，我想请小姐教我。

刁月娥　那你就讲出来。

梅　香　二人顶头顶过天，十女耕田耕半边。八王在我头上坐，千田连土土连田。请问小姐，这是四个什么字？

刁月娥　这是“夫妻义重”四个字。

梅　香　小姐你真讲得对，不知那……

刁月娥　那什么？

梅　香　我讲那边是冯相公花园，桃子正熟，我想去摘几个来解渴。

刁月娥　怕给他家人看见不便。

梅　香　不怕的，我们去看看。

［刁、梅同下。

第三场

［冯、童同上。

书　童　哟，风真是好呵！

冯玉德　如此我在花亭内多歇息一下。（坐侧睡）

书　童　我到那边桃树下睡一觉先[2]。（靠桃树睡）

［梅与刁同上。

刁月娥　哟，桃子熟得真红。梅香，你看那蔸桃树的桃子吊过这边来，你去摘几个下来。

梅　香　（上树发现童睡在树下）这个人真吓死我了，睡得真死呵。（摇树，桃子落地。急送桃子与刁吃）小姐，那边树下有一个人睡着。

刁月娥　莫理他，那边是冯相公家花园，不会有外人。

梅　香　等我再看个明白。

书　童　（被桃子打醒）相公，那边园中有人来偷桃子。

冯玉德　那边是刁小姐家花园，不会有外人来偷的。

书　童　分明有人摇树，桃子才掉下的，等我去看。

［梅、童同时站凳上伸头对看。

书　童　呵，我怕是哪个？

梅　香　我怕是哪个？小哥，你这样久去哪里来？

书　童　我陪相公杭州上学去来。

梅　香　现在呢？相公在哪里？

书　童　在花亭内歇息。梅香妹，我们好久不见面了，你近来好吗？我家相公时常都怀念着你家小姐。

梅　香　我家小姐也是时常想念你家相公哩。等我去讲给她知道。

书　童　我也去讲给相公知道。

［梅、童同下凳。

书　童　（向冯）相公，是梅香来偷桃子，刁小姐也在那边。

冯玉德　她也在那边？（喜）

书　童　我已喊梅香请小姐过来。

冯玉德　什么？她要过来。快点，你去开门。看外头有不有人？

书　童　我晓得。（开门，两边看。下）

第四场

梅　香　小姐，那边乃是冯相公的书童。

刁月娥　莫不是相公也回来了？

梅　香　是呀，听书童讲来，冯相公也时常想念小姐呢。

刁月娥　小声点，莫要乱讲。

梅　香　不怕的，那边没有哪一个外人，书童还讲请小姐过去哩。你看，那书童来了。

书　童　（上）见过小姐。我家相公有请小姐过去叙谈一下。

刁月娥　　你家相公回来了？

书　童　　回来了。小姐，不怕的，我已把园门关起了。

梅　香　　小姐去吧。

刁月娥　　梅香前面引路。冯相公哪里？

冯玉德　　刁小姐哪里？

［冯、刁相会。

刁月娥　　相公，你几时回来的？

冯玉德　　回来几天了。小姐，花亭请坐。

［冯、刁同到花亭。

书　童　　梅香姐，我们去那边摘桃子吃去。

梅　香　　去就去。

［童、梅同下。

冯玉德　　小姐，我这次由杭州回来，买得好东西送你。

刁月娥　　买得什么东西送我？

冯玉德　　待我取来呀。（唱）一带青铜明镜子，二带排扣锁胸前。三带白粉施白脸，四带胭脂抹口唇。五带五绺红丝线，六带六包绣花针。七带一套红绫缎，八带一副丝罗裙。九带一个金戒指，十带一对碧玉簪。

刁月娥　　如此多谢相公了。

刁月娥、冯玉德　　但愿从今后，永远不离分。（下）

（剧终）

【注释】

①梅香：旧时多以“梅香”为婢女的名字，因以“梅香”为婢女的代称。

②睡一觉先：先睡一觉。把“先”放在句子末尾，表示暂且进行，其他放下再说。彩调剧中有许多此类用法。

【剧情简介】

冯公子与刁小姐早已相爱。一日，冯自杭州回来，带书童去花园游玩。冯家花园与刁家花园相邻，正巧刁亦携婢游园，见桃已红熟，婢上树打桃，惊醒树下书童，二人隔墙相望，均极高兴，乃各告知主人。冯命书童请刁过园相会，赠以所购礼物，借表衷情，均愿永不分离，同偕白首。

【简评】

《双偷桃》题为说“桃”，实为言“情”。剧中冯相公与刁小姐相爱却难以自由相约，他们欲爱又羞的委婉，与书童、梅香口无遮拦、直接相邀的坦率形成鲜明对比。但无论是哪一种情感体现，都反映出追求自由恋爱与自主婚姻的朦胧意识。

此剧由陆鸿业发掘、杨钦华记录保存。

卖猪学打

剧中人物

⊙王老五（行当：烂丑，简称：王）

⊙胡蠢子（行当：正丑，简称：胡）

⊙何氏（行当：正旦，简称：何）

第一场

何　氏　（长锣，上，念）奴家生来命孤单，双手把着铁栏杆。三天不落隔夜雨，旱死后园白牡丹。奴乃何氏，嫁与胡门为妇。爹娘不幸早丧，丢下夫妻二人。蠢子每天吃饱就耍，不晓得做事。今日我不免叫他出来，拿个猪崽到大街上发卖，买些油盐归家度日，岂不是好？蠢子。

胡蠢子　（内白）是哪个？

何　氏　你看家里几个人吃饭？

胡蠢子　（内白）我家两个人吃饭，我同老婆两个。

何　氏　既然知道还问，快点出来！

胡蠢子　（内白）我还没起来。

何　氏　日出高山还不起，快点起来！

胡蠢子　（内白）老婆叫得急，还是叫得慢？

何　氏　有事，少不了叫得急。

胡蠢子　（内白）我这个脾气傲，先屙屎后屙尿。你叫得急，我就来得慢。你叫慢，就来得快。

何　氏　我叫得慢，看你睡到明年打春雷。

胡蠢子　（内白）那我就来了。（小点上）蠢子蠢坨坨，吃饭吃一箩。你没看我这个怪样子，我倒有个好老婆。老婆娘子在上，丈夫老子有礼。

何　氏　不消。

胡蠢子　不消不消，免弯老子的腰。我站到这块，直直标标。我别一把柴刀[①]，对门岭上割把柴火烧。

何　氏　坐倒，我有话对你讲。

胡蠢子　坐倒就坐倒。排排坐，吃糯糯。糯糯香，炒斤糠。（边讲边坐近何）

［何走开，胡跌地。

胡蠢子　哎呀！老婆，你老喊我坐倒，我坐倒，你又走开，害我跌了一跤，屁股都跌烂了。

何　氏　屁股怎么跌得烂？生成的嘛。

胡蠢子　生成的呀。我讲跌烂了咯。

何　氏　坐正经点，有话对你讲。

胡蠢子　有话你就讲，有屁你就放。

何　氏　我们家中，

胡蠢子　我们家中。

何　氏　没有钱，今天背一个猪崽街上卖了，买柴米油盐回来。你听见了没有？

［何说一句，胡学一句。

何　氏　该死！我讲给你听，你记着没有？

胡蠢子　该死！我讲给你听，你记着没有？

何　氏　该死！你蠢，蠢得那么伤心。不教你，你又晓不得。讲你听，你又不记着。

胡蠢子　我几时蠢？好多人讲我在行。

何　氏　你还在行？八百钱数不清！

胡蠢子　八百钱我数不清？我数出十二个来。

何　氏　你八百钱数出十二个，还在行？

胡蠢子　我是给你骂糊涂了吧？

何　氏　我骂糊涂你？你生成那个样子嘛。

胡蠢子　啊，我生成这个样子，难道我这样子丑了吗？

何　氏　你还生得好？你看你这个鬼样子。天呀、天呀，我好花插在牛屎上。

胡蠢子　天呀、天呀，我生得丑呀。我那天上街，好多姑娘想我啊。姑娘看见我，哪个不是下劲地看呀？

何　氏　她们那不是想你呀，她们是笑你。

胡蠢子　她们笑我，笑我就是想我呀。你说我生得丑，街上那么多人，哪个比我生得好？

何　氏　你还不生得丑？你那样蠢，自己还不知道。莫讲多了，坐倒。正经讲话，耳朵听倒，心里头记倒。

胡蠢子　呃，听倒。记倒。你讲嘛。

何　氏　今天你背个猪崽去卖。得了钱。买油盐柴米。记倒了没有？

胡蠢子　记倒了。

何　氏　记倒就是好的。我把笼子装好了，拿来给你。（下，拿笼上）

胡蠢子　就是这个？要好多钱？

何　氏　要两吊钱。

胡蠢子　三吊卖不卖呢？

何　氏　三吊也卖。

胡蠢子　人家给一吊呢。

何　氏　一吊你就莫卖，最少就要一吊六。

胡蠢子　呃，最少都要一吊六。那就去了呗。（背猪）

何　氏　早去早回。

［胡出门，转回，坐。

何　氏　你又回来做什么？

胡蠢子　你又叫我早去早回。

何　氏　你卖了猪，买起油盐柴米，你就回来嘛。

胡蠢子　晓得了。讲你又不讲清楚。

［何关门，下。

胡蠢子　（唱蠢子腔。长锣，起点）离却门前往前走，一心要往大街行。（下）

第二场

王老五　（长锣。上，数课子）天晴大日头，落雨水长流。人把桥上过，水把桥底流。铲子斗木把[2]，和尚剃光头。关门家中坐，门槛在外头。（小点。坐）时不通来运不通，讨个老婆耳又聋。喊她河边去挑水，脱光裤子捞虾公。在下，王老五便是。爹娘生我下来，独自一人。我好玩好耍，搞得狼狼狈狈。今日在家没有钱用了，我不免出街前去，找点钱来使用，言之有理。出了我的门来，将门带上。我还要往大街跑跑！（唱烂仔腔）当初做个英雄汉，于今跌落倒威风。（下）

［胡边数钱边上。

王老五　（上，遇胡）喂！蠢子，你到哪块去？

胡蠢子　我去买油、买盐。

王老五　我们去喝酒嘛。

胡蠢子　莫吵，这个钱动不得的。吃了酒，挨我老婆打的。

王老五　男子汉，大丈夫，怕老婆？

胡蠢子　呃，不怕喽，我老婆很恶的呀，她扯耳朵。

王老五　我教你一个法子，你老婆就不敢打你了。

胡蠢子　（喜）老王，你有法子，有什么法子？

王老五　我教你的打，她就打不倒你了。

胡蠢子　教我打，你要不要师父钱？

王老五　哪有不要钱？我们那时学，也是去了师父钱的呀。

胡蠢子　你要多少钱？

王老五　我们师父那时候要了我三串[3]六钱。

胡蠢子　要那么多钱，学不成，我没得那么多钱。

王老五　那你给好多钱呢？

胡蠢子　我刚才卖个猪崽，才得吊六钱。你要三串六，我去哪块找这么多？

王老五　你才是吊六钱喽，好，你是不想学的。

胡蠢子　哪有不想学呢？

王老五　念在你没得钱，别个定要三吊六，少一个不行。你呢，少两个也不妨。好，你给那吊六钱给我，我教你。

胡蠢子　我给了你，回去，老婆会打我呀。

王老五　唉！你学会打，她就不敢打你了嘛。从今以后，她总不敢打你了。

胡蠢子　对！学会了打，她就不敢打我喽。好！那你就教我，你教好了我，我就把吊六钱给你。

王老五　你要会了，你才给。来，我来教你。（做打的动作）

胡蠢子　这个叫什么名堂？

王老五　周仓扛大刀[4]。

胡蠢子　哪么才打得倒人呢？

王老五　他一来，就这么一刀。

胡蠢子　没得大刀呀。

王老五　没得大刀，拿扁担嘛。

胡蠢子　没得扁担呢？
王老五　拿扒火棍，扒火棍打得倒人的。还有一个。
胡蠢子　这又叫什么名堂？
王老五　关平[5]捧印。
胡蠢子　没得印呢？
王老五　没得印，捧豆腐渣。
胡蠢子　没得豆腐渣呢？
王老五　没得豆腐渣，捧牛屎巴。
胡蠢子　牛屎巴哪么打得倒人呢？
王老五　你过来嘛，我就这一捧牛屎巴过去。
胡蠢子　要得的吗？
王老五　还有变。
胡蠢子　变什么？
王老五　四平招。
胡蠢子　哪么打法呢？
王老五　左边来，左插花。
胡蠢子　我把右边来。
王老五　右边来，右插花。
胡蠢子　打后来。
王老五　后来，我是一南瓜。
胡蠢子　面前来。
王老五　一××。还有。
胡蠢子　还有什么呢？
王老五　吃笋子又变卦。
胡蠢子　这个什么名堂？
王老五　酒壶架把把[6]，这个是酒壶嘴嘴，头是酒壶。
胡蠢子　哪么打得倒人呢？

王老五　他一来，我这酒壶嘴嘴就一抓。

胡蠢子　这样打得倒人呀？还有没有？

王老五　还有。三十六个总打头，出门财宝总归家。蠢子，没得了。

胡蠢子　慢点，我来学，看学得会没有。（学一遍）吊六钱抵得。没得讲，吊六钱给你去。

王老五　好，我到大街上喝酒去。（下）

胡蠢子　（笑）往时我那个老婆打我，这回我要打她了。离了街前，我要回家前去，试一试手段呀！（唱蠢子腔）三步拿来两步走，两步变作一步行。双脚如风来得快，不觉来到自家门。（白）老婆开门。

何　氏　（小点上）来了。蠢子回来了？

胡蠢子　回来了。

何　氏　猪可卖了？

胡蠢子　卖了。

何　氏　卖得多少钱？

胡蠢子　卖得吊六钱。

何　氏　买了好多米？

胡蠢子　米还不见来。

何　氏　钱呢？

胡蠢子　钱还不是钱。

何　氏　盐米没买来，你拿钱哪里去了？今天你没得钱，老娘要个把戏给你看。

胡蠢子　老婆，莫动手的好。

何　氏　莫动手？你好好把钱拿出来。

胡蠢子　（摆开架式）你看这个是什么名堂？

何　氏　你癫了？

胡蠢子　咳，我癫了。这个名堂叫关平捧印。还有这个，你讲是什么名堂？这个叫周爷爷扛大刀。还有一变，四平招，左来左插花，右来右插花，后来给你一个南瓜，你打前面来，我给你一 ××。还有一变，这个酒壶架子，你把前面来，我这酒壶嘴抓过去。还有一变，空手出门，财宝归家，三十六个总打官。

何　氏　你的钱去哪里了？

胡蠢子　给师父拿去了。

何　氏　好，我也懒得打你了，叫你跪在门口。（取板凳放在胡头上）你听我前来吩咐，我一天不来，你一天莫起。

胡蠢子　你两天不来呢？

何　氏　我两天不来，你两天莫起。

胡蠢子　你三天呢？

何　氏　你就三天莫起。

胡蠢子　你总不来呢？

何　氏　你总莫起。

胡蠢子　你死了呢？

何　氏　短命鬼，死你！死千死万，老娘不死。（下）

胡蠢子（两边偷看，想起来，听内有咳嗽声，再两边偷看，把板凳放下，指凳）我一天不来，你一天不起；两天不来，两天不起；三天不来，三天不起；总没得来，总没得起。你死了呢？短命鬼，死你！死千死万，老娘不死。（下）

（剧终）

【注释】

① 别一把柴刀：腰插一把柴刀。

② 铲子斗木把：铲子上装一个木把。斗，安装、配的意思。

③ 串：古代钱大约一百文为一串，一千文为一吊。

④ 周仓扛大刀：小说《三国演义》中的人物。周仓原来是黄巾军，

在战场上被关羽杀败，特别崇拜关羽，后来投靠关羽给关羽扛大刀。

⑤关平：小说《三国演义》中的人物，蜀汉名将关羽之子。很多地方的关帝庙在供奉关羽的同时也供奉关平、周仓两员大将。

⑥把把：手柄。

【剧情简介】

胡蠢子怕老婆有名。一天，老婆命他去卖猪崽，得钱买油盐柴米回来度日。蠢子把猪崽卖了，正要去买盐米，恰遇骗子王老五到来，说教他打架功夫，让他回去制服老婆。蠢子把招数学了，将卖猪崽的钱全部给了王老五。蠢子回家后老婆因他钱米俱失而生气发威，而骗子教给他对付老婆的功夫全不中用，结果还是被责罚跪。

【简评】

这是一部戏弄、取笑蠢子的戏，有明显的不健康倾向。不过这部戏通过胡蠢子外出被骗的遭遇，反映了当时社会世风日下的现实。

此剧由容观送发掘、保存。

王老一讲理

剧中人物

⊙王老一（行当：小丑，简称：王）

⊙王秋莲（行当：花旦，简称：莲）

⊙邝寡妇（行当：摇旦，简称：邝）

第一场

王老一 （长锣。舞蹈上，数课子）出得门来把话表，叫声诸位你听到。天上出了日头月亮宝。东边出、西边倒。没得这样宝，不分日夜了。世间还有一样宝，还有五谷是大宝。吃得饱、做得好。世间上若还没有这样宝，人类都没得了、没得了。（坐，白）小子本姓王，住在三马场。我，王老一。爹娘生下我兄妹二人。那时我妈妈听了媒婆的话，将妹妹接邝家去做小媳①，每天受我那亲家娘拷打。我出外间去吃粮当兵，三两年就未见过她的面。想我今日回来了，不免到她家中看看妹妹，岂不是好？出了门前，往街上走呀！（唱麻疯腔）出得门来用目看，清风徐徐好不凉。只见青山好美景，只闻花园玫瑰香。迈开脚步往前闯，要到他家走一场。（下）

第二场

邝寡妇 （一条龙上，念）老娘生来恶又恶，好比天上雷公婆。老娘要打就要打，哪个岂奈老娘何？老娘，邝寡婆。我老老[2]邝老七，早年死去了。我的儿子往外面寻生活，我讨得这秋莲媳妇，好吃懒做，家务事情完全不理。不免我叫她出来，到外面讨点猪菜也好。秋莲媳妇哪里？走来。

王秋莲 （上）婆婆叫一声——

［邝砸凳子。

王秋莲 吓掉奴的魂。婆婆在上，媳妇万福。

邝寡妇 万福、万福，三个钱买豆腐，我要打得你变鬼哭。

王秋莲 请问婆婆，叫得媳妇出来，哪厢走动？

邝寡妇 老娘吩咐你，看你走不走得动。上山去捡田螺，你去不去？

王秋莲 我不去的。

邝寡妇 那你下水去舂墙[3]，你去不去？

王秋莲 那也舂不起。

邝寡妇 那你到山岭上面去砍柴。

王秋莲 我鞋尖脚小去不得。

邝寡妇 叫你东也不去，叫你西也不去，叫你南也不去，到底你要做什么才去？那讨猪菜你去不去？

王秋莲 若要我讨猪菜么，我从未讨过，我哪里讨得倒？

邝寡妇 啊吔。叫你这也不去，那也不去。你同老娘顶嘴，你听老娘骂呀！（唱梁氏腔）开言我把秋莲骂，骂声秋莲不是人。我叫你上山砍柴火，你说脚小路难行。叫你下水去舂墙，你说这也不能行。样样事情你都不做，你同为娘顶嘴唇。手提棍棒打一顿，活活打死你小贱人。

王秋莲 （接唱）双脚跌跪地埃尘，尊声婆婆听分明。恕媳是个年轻女，年轻不懂做事情。还望婆婆来饶恕，且消停来慢消停。（白）婆婆，家法难受，我愿去了。

邝寡妇　你何不早说愿去，免得老娘来打你。话讲多了费精神，路走多了又困人。愿去，就滚了起来！听我前来交代。讨猪菜，不要那些老的，又不要那个嫩的，要那不老不嫩的。

王秋莲　哪有那么合适？讨那不老不嫩的。

邝寡妇　你这婊子婆，你晓得什么？那老的，猪吃了卡住屁门屙屎不出。那嫩的，熬起没得几多。那不老不嫩的，又易得饱，又易得煮。同我讨一篮才回，快点滚了出去。（推莲出，关门）老娘下面吃饭去了。（下）

王秋莲　你看我婆婆做出这样的事，好狠的心呀！（唱四平腔）婆婆责骂千斤重，每日拷打不能容。她要我去讨猪菜，不觉来此是田中。（白）来至田中，待我用功一会。（动作）

王老一　（上，唱路腔）急急忙忙往前进，要到妹家走一程。三步拿来二步走，二步拿来一步行。一路行程来得快，不觉来此是田塍④。睁开眼睛看一下，那旁好像是妹身。（白）咦，那旁好像是我妹子模样，那旁敢是我秋莲妹妹？

王秋莲　啊呀，那旁敢是我王一哥哥。

王老一　正是。妹妹！（哭）

王秋莲　啊呀，哥哥呀！（哭）

王老一　妹妹，你不在家中，来田里做什么？

王秋莲　哥哥哪曾知道，邝寡婆做出这样事情，她要我上山捡田螺，要我下水去舂墙，又要我上山去砍柴火，你妹妹一样都不去。她要我来讨猪菜，要不老不嫩的，叫我怎能讨得够？哥哥，你带我回去罢，我不愿到她家去了。

王老一　妹妹，你不要这么说，我今送你到她家里去。

王秋莲　那我不去的，回去她又要打。

王老一　你胆大前去，不怕的，有我哥哥在这里。她再要打你，我做一张状子告了她。妹妹，你不要哭，你随着哥哥这里来呀！（唱黄花腔）手带妹妹往前进，慢慢走来慢慢行。若还邝寡婆她打你，我做状子告衙门。

举目抬头来观看，不觉来到她家门。（白）妹妹，到了门口来了，你前去喊门，我在门外等着救你。你莫说我来了，看看她拿你怎么样。倘若她要打你，我就来护你。

王秋莲　晓得。哥哥，她要打我，你就要来呀。婆婆，开门！

邝寡妇　（上）来了。回来了吗？怎么样猪菜没讨？你找老娘的打呀。（打莲）

王秋莲　你莫打我，喊我外家人来，你就该死。

邝寡妇　喊你外家哪一个？

王秋莲　我喊我姨妈来。

邝寡妇　啊吔，且莫讲你姨妈，你姨妈有那么能干？你姨妈是个喇叭嘴，又是个大肚皮。

王秋莲　那我就喊我大伯伯来。

邝寡妇　再莫讲起你大伯伯。大锣边，蜜蜂叫，讲话新新哄哄的，没人听得懂。

王秋莲　那我就喊我二伯伯来。

邝寡妇　他擤鼻涕上不得墙，中甚么用？

王秋莲　那我就喊我哥哥来。

邝寡妇　再莫讲你哥哥，三泡牛屎这么高，好像个毛猴崽，牵出去要把戏倒可以的。

王老一　（偷听，怒）开门！

邝寡妇　（急为莲抹泪，拉起，叫她莫哭）哪个？我来开门了，我看看是哪一个？啊呀，原来是王一舅。舅舅，你请进来。

王老一　我就是三泡牛屎那么高，你那门槛高了，我走不进。

邝寡妇　莫讲这样话。舅舅，请坐呀！

王老一　我三泡牛屎那样高，我怎么坐得上去？

邝寡妇　不要讲笑话。秋莲，倒茶来给你哥哥吃。

王秋莲　（倒茶上，见王）啊呀，哥哥呀！（哭）

王老一　妹妹，你不要啼哭，有什么话，你对哥哥讲来。

王秋莲　哥哥，你听呀！（唱数板头子）哥哥打坐堂前地，细听妹妹说根基。都只为爹娘他去了世，丢下我兄妹好孤凄。当初顺了媒婆的意，接到她家做小媳。婆婆将我看不起，每日棍打脚来踢。样样事情都要我做，不是做东便做西。要我上山捡田螺去，下水舂墙不准迟疑。他家有件奇怪事，水桶重有百六七。纵然男子汉也挑不起，莫说你妹妹是个妹娃仔无气力。今日望哥哥与我出口气，我愿跟你回家好过日。

王老一　下去。

[莲下。

王老一　亲家娘，你这邝寡婆，我有言语，你可爱听？

邝寡妇　有话你就讲，有屁你就放。

王老一　那你就听到！（唱数板）南斗高、北斗低，万丈高楼从地起。你是个亲家娘，我是个亲家子。讲起我妹妹，人人知底细。嫁到你家来，与你做小媳。你家多怪事，做事无道理。上山去捡田螺，哪又捡得起？下水去舂墙，哪又舂得起？上山砍柴火，路程几多里。你家一对桶，重有百六七。男子都挑不动，莫说是妹娃仔。你家死人死完了，靠我妹妹挑水吃？你家也有姊和妹，别人打骂你依不依？手摸心头比一比，看你有理没有理。长言短语休得论，是非曲直问自己。

邝寡妇　（唱数板）骂声王老一，你讲话放狗屁。你今讲鬼话，全然没道理。讲我家做怪事，哪有这条理？你没有亲眼见，讲风就是雨。谁叫她上山捡田螺，水里舂墙舂不起？你在哪里听见过？莫要轻信闲言语。你听你妹说的话，还须明白问究里。我是个亲家娘，你是个亲家子。你今天得罪我，老娘不依你。你莫逞横蛮，且听旁人讲道理。你好像个毛猴样，牵出街上耍把戏。你把尾巴摸一摸，只说别人忘自己。长言短语休要提，乱说老娘不依你。

王老一　（接唱）骂声邝寡婆，你讲话无道理。你今天得罪我，要与你搞到底。你骂到我的姨妈，她又何干你？讲她是个喇叭嘴，又讲她是大肚皮。还讲我的大伯伯，说话不清楚。又骂我二伯伯，捧不上鼻涕。再讲我王老一，是个猴儿耍把戏。三泡牛屎高，爬不过门槛去。你讲得我这么丑，我也把丑处来讲你。你这邝寡婆，真是横蛮不讲理。你今日得罪我，我总总[5]不依你。你再要打我妹，到衙门去告你。我到衙门递张纸，要你寡妇当不起。衙门里头我熟人多，怕你不坐穿牢狱底。若还你不打我妹，大家来和气。

邝寡妇 （接唱）听你说此话，完全不通理。你大话来吓我，老娘不怕你。你衙门去告我，老娘和你去。讲起那大老爷，是我小舅子。我在面前讲三句，屁股都要打烂你。你今天来骂我，我讲你欺我寡婆子。长言短语不要讲，不讲好话我就不依你。

王老一 （接唱）她今说话有道理，不禁难坏我王老一。她是天来我是地，得罪她来我不合理。回头就把妹妹叫——

［莲上。

王老一 （接唱）愚兄言来你听仔细。自古言道婆婆如天大，你总是她家的小媳。我和你二人上前去，婆婆跟前去赔礼。双脚跌跪尘埃地，叫一声亲家娘你听取。千万看在我妹妹面，亲家娘莫要发脾气。得罪天来打个醮[6]，得罪你来赔个礼。从今后我妹妹来孝顺，煮茶弄饭侍候你。还要亲家娘开个口，我和妹妹才敢起。

邝寡妇 哎哟，今天早晨，我错吃了二杯早酒，不要见怪。王一舅舅，秋莲媳妇，起来、起来。以后不要再伤和气。秋莲媳妇，下面弄起好酒好菜，招待你的哥哥。下面饮酒去罢。

［莲、王、邝同下。

（剧终）

【注释】

①小媳：童养媳。

②老老：对男性老年人的敬称。

③舂墙：民间建房子的一种建筑方法，即用土来舂砌墙壁。这种建筑最怕下雨，阴雨天墙体难干，易倒塌。所以剧中说的“下水去舂墙”与“上山捡田螺”是一样难以办到的事情。

④田塍：田埂，意思是田间的土埂子。

⑤总总：众多貌。在此指“处处”。

⑥打醮：道教为信徒设坛祭祷以求福消灾的一种宗教仪式。

【剧情简介】

王老一父母早死，只剩兄妹二人。妹妹秋莲接给邝寡妇家做童养媳。王老一从军归来去看妹妹，恰巧秋莲奉命田中讨猪菜，兄妹相遇。秋莲对哥哥哭诉邝寡妇的虐待，王老一便到邝寡妇家中大闹，彼此对骂，不相上下。后来仍以亲情为重，各自让步，乃言归于好。

【简评】

旧时，童养媳在我国甚为流行。所谓童养媳，就是从小被人抱养，长大成年后，就要成为那家的儿媳妇。之所以盛行童养媳，原因之一就是当时的社会非常贫穷落后，女方家没有能力抚养女童；男方家无财力为儿娶媳，老百姓的生活水平十分低下。这个剧通过王老一与亲家娘说理的过程，揭露了童养媳习俗的丑陋与不合理。

此剧由林瑞南发掘、保存。

大审土地

剧中人物

⊙郑氏（行当：正旦，简称：郑）
⊙杨氏（行当：老旦，简称：杨）
⊙旭日生（行当：生，简称：生）
⊙张老（行当：老生，简称：张）
⊙土地（行当：老丑，简称：土）
⊙大神（行当：粉面，简称：神）
⊙城隍（行当：花脸，简称：隍）
⊙小卒（行当：杂，简称：卒）

第一场

杨　氏　（上，念）老身家住在襄阳，不幸丈夫命已亡。孩儿又把命来丧，怎不叫人泪两行。（白）老身杨氏。许配余门为妻所生一子，取名余青，媳妇郑氏。郑氏生有一子，取名孝感，现只二岁。不幸我儿生病夭亡，丢下婆媳，苦守门庭。如今家中贫寒犹如水洗，不免叫得媳妇出来，劝她另行改嫁，免误她年少青春。郑氏媳妇儿哪里？走来。

郑　氏　（内白）来了。（上）婆婆叫一声，急步到来临。见过婆婆，有礼。

杨　氏　媳妇儿，不消讲礼，一旁坐下。

郑　氏　媳妇儿陪坐。请问婆婆，打叫媳妇出来，有何教训？

杨　氏　坐在一旁，听我言讲呀！（唱）坐在堂前把话表，儿媳一旁听根苗。不幸我儿命亡了，丢下婆媳受煎熬。家庭贫穷无依靠，劝我媳儿把郎招。若是媳妇依从了，免得婆婆把心操。

郑　氏　婆婆说哪里话来？你不必替儿媳操心。想我衣食事小，照顾婆婆事大。奴有三不嫁。

杨　氏　儿呀，哪三不嫁？

郑　氏　婆婆请听呀！（唱数板）儿媳衷心把话表，尊声婆婆听根苗。自古养儿来防老，婆婆不必把心操。不幸奴夫去世早，儿媳理应把婆孝。在生儿媳奉到老，死后儿媳把香烧。适才婆婆来劝我，劝我改嫁为哪条？不孝之事媳不做，不忍把婆来相抛。

杨　氏　二不嫁理由为何呢？

郑　氏　（接唱）奴把实言来上奉，婆婆一旁听心中。禾苗最怕包胎旱，人到老来最怕穷。奴家每日把钱弄，买米买肉来侍奉。在生要把婆来养，死后要把婆来供。

杨　氏　三不嫁者何来？

郑　氏　听道呀！（接唱）古人有话流后世，奴家谨记在心中。好马不把双鞍配，烈女不能二婚重①。高堂老母无人奉，还有两岁小孩童。虽然奴夫把命送，还有婆婆在堂中。倘若媳妇另改嫁，三重罪过岂能容？不替丈夫来敬奉，死后罪名比山重。

杨　氏　媳妇儿呀，照你说出这些话来，真是个好孝女啦。唉！唯愿阎君早早勾我的生死簿，免得媳妇操心。

郑　氏　婆婆呀，为何说出这番话来？好话多讲。有请婆婆后面安身。

杨　氏　好。（下）

郑　氏　且慢，想我家道贫寒，日食艰难，不免将我孩儿孝感，抱到长街去卖。一来得钱奉养婆婆，二来能救得孩儿一条生命，岂不是好？

（下。抱儿上）离了家门，到长街卖儿去吧。（唱）怀抱奴儿好惨凄，不由为娘泪悲啼。只为婆婆身染疾，才卖娇儿把婆医。可怜你父阴间去，娘养娇儿接宗支。只望成人把媳娶，成家立业遂娘心。谁知今日来卖你，娘心痛苦儿怎知？倘若为娘早日死，不愿分离也分离。唯望他日儿知此，娘在阴司也展眉。远望长街人拥挤，看看母子要分离。（转哭板）儿呀！十月怀胎娘带你，为娘时常挂心机。枉费两年来哺乳，费尽为娘儿多力。三更半夜把床起，儿睡干床娘睡湿。为娘抱在胸膛里，几多辛苦人不知。怎叫为娘舍得你，怎叫为娘不悲啼。（白）且慢，来在大街，不免在此等候，倘若有人来买，将我孩儿卖得银钱，买米买肉回家，奉养婆婆，岂不是好？（下）

第二场

张　老　（上，念）我生世上好清闲，膝下无儿也枉然。（坐，白）老汉张老。想我年已老迈，膝下无儿，不免到长街去游玩，岂不是好？（唱路腔）今日在家多烦闷，要到长街走一程。将身且往街前进，忽闻那旁有悲声。

郑　氏　（抱插草标孩儿上，唱）来在中途脚又困，手抱娇儿坐埃尘。

张　老　（接唱）将身且把路途进，呀，她抱子号啕为何情？（白）且慢，那旁有一女子，怀抱孩儿，双目掉泪，必有缘故，待老汉上前问个明白。（对郑）请问大嫂，手抱娇儿痛哭，所为何情？

郑　氏　这位伯伯有所不知，只因家道贫寒，婆婆有病在身，无钱医治，愿将娇儿出卖，一来医治婆婆，二来我儿也有一条生路。

张　老　这也难怪。（看孩，背台）看这小孩，天堂饱满，日后必可发达，待老汉与她买来抚养。待我上前问过。请问大嫂，买此娇儿，要多少银两？

郑　氏　只要三十两银。

张　老　三十两银子不算多。（取银）大嫂，银两在此，将小孩交与老汉。

郑　氏　（交儿收银）如此有劳了。我还要到大街买些米肉回家侍奉婆

婆。（走几步，回头叫）唉，我的儿呀！（哭下）

张　老　抱了小儿回家走吧。（唱）适才买来一娇孙，不由老汉喜在心。回头且把大路进，手抱婴儿转回程。（下）

第三场

郑　氏　（上，唱）只为婆婆染重病，不由奴家挂在心。（白）想奴家把娇儿出卖之后，银两用不多久，现已用完了，如今吃没得吃，不免扶着婆婆长街求乞。（扶杨出门）唉，婆婆，我扶你长街想办法呀！（唱）婆婆年迈身有病，扶着高堂慢慢行。

杨　氏　媳妇儿，我两足疼痛。唉，行不得了。

郑　氏　唉，可怜的婆婆呀。（见前面庙宇）我扶你到前面庙堂内歇息吧。（唱）搀扶婆婆把庙进，你在此地暂安身。

［杨下。

郑　氏　且慢，我还要到长街去求食呀。（唱）这一阵饿得我一身汗下，这一阵饿得我头晕眼花。这一阵肚子里好似刀剐，这一阵走得我两足酸麻。想起我命运丑实在不假，并未见有一人前来助咱。我婆婆受困穷全家孤寡，为媳妇不奉养罪该天杀。带婆婆到长街去做叫化，每日里只讨得三四五家。到晚来睡岩洞受苦还罢，最可叹冬天里贫病交加。前几天下大雨难去讨饭，有三天未出门庙内空嗟。并未有一粒米来把锅下，只饿得我婆婆口呼菩萨。莫奈何独一人去把米讨，讨得了残羹冷饭侍奉妈。在路途遭狂风吹倒地下，怕的是头发晕命染黄沙。哭一声天老爷你开恩罢，请神灵保佑我苦命人家。这一阵哭得我口干喉哑，（晕倒）望只望来一个救命菩萨。

旭日生　（上，唱）适才我把大街进，如今要想转回程。举目抬头来观看，见一女子倒埃尘。（白）且慢，见一女子倒在路旁，待我前去看个明白。请问这位大嫂，为何睡在路旁？

郑　氏　（苏醒、爬起）唉，原来是一位伯父。只因肚中饥饿，故而晕倒地下。

旭日生　篮内有馍请吃吧。

[郑不忍吃。

旭日生　为何不吃？

郑　氏　唉，还有婆婆，病倒庙堂，我想拿回去给她老人家吃。

旭日生　此女子乃一孝妇。（想）大嫂，你先吃去，我去另要一些给你。

郑　氏　如此多谢了。（吃馍）

旭日生　（下取馍上）大嫂，这里有馍，拿去侍奉婆婆吧。

[郑吃完站起来，走不动。

旭日生　你看，这位大嫂，行走不动，不如扶她下去。（扶郑下）

第四场

大　神　（上，念）阳间立座大神堂，普救善人脱灾殃。（白）贫道，大神是也。可怜郑孝妇被土地推倒尘埃，不能起来，多得旭日生搭救于她。人来。

小　卒　（上）有！

大　神　叫土地上堂。

小　卒　土地上堂。

土　地　（上）报，土地报进，参见大神。

大　神　拿下拷打。（推土下杖责）

土　地　（上，唱）这一阵打得我浑身起泡，小土神无辜受煎熬。跪在殿下来问道，不知卑职犯哪条？

大　神　胆大的土地，郑孝妇历尽艰难，供奉老母，只候功成圆满，即到天堂为神，在你境内讨米，无故被鬼差推倒在地，你完全不管，倘若玉帝②知道，你我怎样担待得起？

土　地　（接唱）听你言来魂魄散，推倒孝妇怎开交。跪在殿前来哀告，还望大神加恕饶。昨日鬼差奉发票，要拿人到殿前交。

大　神　（接唱）鬼差拿人是正道，推倒寡妇为哪条？

土　地　（接唱）城隍[3]命我去看庙，不知郑妇受煎熬。

大　神　（接唱）孝子头上火光照，难道瞎眼不会瞧？

土　地　（接唱）困睡庙前不知晓，惊动大神罪难逃。

大　神　吾神到此，才知其情，不是旭日生搭救于她，你就误了大事。

土　地　（接唱）万望大神行个好，恕我初次感恩高。

大　神　饶你这一次。郑孝妇贫苦受难，须当敬奉。命你即到华容县托梦救她婆媳二人。

土　地　从命。

大　神　下去。

土　地　叩谢。（下）

大　神　来呀！

小　卒　有。

大　神　宣得城隍上殿！

小　卒　城隍上殿。

城　隍　（上）忽听一声宣，忙步到金殿。城隍告进，参见大神。

大　神　免礼。命你派鬼差协助土地搭救郑孝妇婆媳。

城　隍　遵命。

［神、隍等同下。

（剧终）

【注释】

①“好马不把双鞍配”二句：意为女子出嫁后要从一而终。

② 玉帝：玉皇大帝，是道教中地位最高、职权最大的神。

③ 城隍：原意为城墙和护城河。此处指守护城池的神。

【剧情简介】

孝妇郑氏，青年守寡，婆婆因家庭贫困劝其改嫁。郑氏不忍抛下年老体弱的婆婆，立志终身奉养。但由于生活所迫，郑氏不得不卖子济食。后婆婆贫病交加，罗掘已尽，郑氏只好扶婆婆沿门乞食。郑氏因饥饿晕倒途中，为路人旭日生救活。事为大神所知，谓土地照顾不周，有失职守，加以责打。后命土地华容县托梦，搭救郑氏婆媳，立功免罪。

【简评】

由于“神明报应如影随形”的观念根深蒂固，所以，我国的戏曲结构大多为双重结构，即善恶有报。即使当时未报，那是时候未到，或将来，或来世，时候一到一切都报。目的其一是给人们行为的一种警示。其二是满足观众的心理需求，使观众内心达到一种平衡。古人云：神静则心和，心和则形全。神躁则心荡，心荡则形伤。所以剧情的大喜大悲都是不可取的。这个剧前三场均为苦情戏，最后一场苦命婆媳为神仙所救。尽管情节结构与人物形象都缺乏精彩，但亦悲亦喜、悲喜中节的审美趋向还是显而易见的。

此剧由何学仕、韦其英、韦三章、韦天生发掘，李长民记录保存。

花姑进城

剧中人物

⊙赵凶（行当：丑，简称：赵）

⊙廖怕（行当：丑，简称：廖）

⊙花姑甲（行当：花旦，简称：甲）

⊙花姑乙（行当：花旦，简称：乙）

第一场

［赵、廖小点上。

赵　凶　（念）这门差事钱好赚，

廖　怕　（念）就怕夜晚守城门。

赵　凶　（念）天黑有人从此过，

廖　怕　（念）化子①也要捞几文。

赵　凶　廖怕，刚才我俩领了老爷的差事，前往南门守城，今晚你不要像以前那样，怕三怕四。

廖　怕　赵凶，你莫要开玩笑了，我虽然怕鬼，我们小心地看守才好啦。

赵　凶　莫扯大炮②啦，我俩还是走的好啦。

廖　怕　如此我俩就走起来呀！（唱强盗腔）喝好酒来吹好烟，腾云驾雾上西天。

赵　凶　（唱）自从衙门当差后，有钱差事我走先。

廖　怕　（唱）要我解犯走路远，我就装病喊连天。（摸肚）

赵凶、廖怕　（唱）急急忙忙来得快，不觉来到城门边。（白）到了。

赵　凶　夜晚守城门，是捞钱的好机会。廖家老弟，时候管他到不到，我们还是把城门关起来吧。

廖　怕　好，把城关起，再作道理。

赵凶、廖怕　（整装后关门，唱补缸调）忙把城门来关上，关好城门有商量。

赵　凶　（唱）叫声伙计听我讲，门重还要用力扛。

廖　怕　（唱）关好门来上好锁，二人也好上牙床。

赵凶、廖怕　（唱）若有人往这里过，捞他几文进赌场。

廖　怕　老赵，听说最近这几夜常有人偷爬城墙，丁老贵听讲还挨绹[3]，好怕呵！夜晚我们不要眯眼死睡，醒点才好，免得有什么事情都不晓得。

赵　凶　胆小鬼，怕什么，老子在此，谁人敢来？

廖　怕　莫扯大炮啦，上次守门，听见老鼠叫，你都打战起来。那时我讲我怕，谁知你比我还要怕。

［赵、廖做鬼脸互相取笑。

赵　凶　你还来讲我呀，你拿镜子照照你的脸看，哪个是胆小鬼？上回骚甲子[4]爬到你脸上，你怕起来，讲是挨鬼摸，喊救命呀。（学丑相）

廖　怕　莫讲了，天黑了，点了灯笼，将城门四处搜查一番，也好睡觉啦。

赵　凶　对对！如此还要走呀！（唱补缸调）点起灯笼四处照，

廖　怕　（唱）城门四角走一遭。

赵　凶　（唱）莫给坏人来偷进，

廖　怕　（唱）免得人头挨砍掉。

赵　凶　（唱）叫声伙计仔细查，

廖　怕　（唱）查好城门好睡觉。

[赵、廖搜查毕，爬上桌，背靠背休息。

赵　凶　伙计，这么早哪里睡得着？还是找点什么东西来谈吧。

廖　怕　我看猜谜子还蛮过瘾的，老兄意下如何？

赵　凶　对，猜谜子。

[赵、廖并排坐在桌上。

赵　凶　我来讲，你猜嘛。

廖　怕　请讲。

[赵下桌，动作。

[廖坐桌上听。

赵　凶　那就请听！（唱尖尖腔）什么尖尖尖上天？什么尖尖水里眠？什么尖尖长街卖？什么尖尖在眼前？

廖　怕　（跳下，边舞边唱）宝塔尖尖尖上天，泥鳅尖尖水里眠。粽子尖尖长街卖，十指尖尖在眼前。

赵　凶　（接唱）什么圆圆圆上天？什么圆圆水面眠？什么圆圆长街卖？什么圆圆在身边？

廖　怕　（接唱）月亮圆圆圆上天，荷叶圆圆水面眠。品碗⑤圆圆长街卖，铜钱圆圆在身边。（摸口袋，空的）

赵　凶　伙计，想捞钱就要学精点，说不定今晚有个把财神送钱来，明天酒钱也有，赌本也有了。

廖　怕　是啦。

赵　凶　不猜谜了，时间不早，睡觉吧。

[赵、廖上桌，背靠背睡。

第二场

花姑甲、花姑乙 （内白）走呀！（上）

花姑甲 （唱流水腔）上了一个岭，下了一个坡。

花姑乙 （唱）转了一个弯，抹了一个角。

花姑甲 （唱）过了一条桥，姐妹桥上过。

花姑乙 （唱）跨了一条沟，渡了一条河。

花姑甲 （转路腔十九）姐妹双双来赶路，黑夜摸路困难多。

花姑乙 （唱）小心急步来得快，不觉到了城墙脚。（白）姐姐，到了没有？我脚已走痛了。天又黑，我有点怕。

花姑甲 妹妹不要怕，你看城门就在眼前，进了城门，我们去找店房歇息吧。

花姑乙 深更半夜，不知别人开门给我们进去吗？

花姑甲 妹妹，我们可以慢慢地打叫，他一定放我们进城的。妹妹你拿好东西，跟我上前喊门。（圆场。喊）哪位老爷在城上？请开门。（无人答，着急，又喊）老爷开门！老爷开门！

[赵、廖听见有人喊。

廖 怕 （爬进桌底）有鬼、有鬼！

[赵滚下台中间，倾听。

花姑甲、花姑乙 老爷请开门！

廖 怕 （在桌底）有鬼、有鬼！

赵 凶 （笑）哈哈。（拖廖出）

廖 怕 有鬼、有鬼！救命呀、救命呀！

赵 凶 胆小鬼，救什么命？哪里是鬼？是有人来喊开门。伙计，财神到了。

廖 怕 （由惊而喜）是真的吗？那你就去开门啦。（推赵）

赵 凶 （怒）你急什么？得钱，你要不要？我讲你听，先到城门，问个清楚，再去开门。

赵凶、廖怕 （点灯笼，互推先走，上城门楼，下望，大喊）三更半夜，是哪个喊开门？

花姑甲、花姑乙 守门老爷，是我们姐妹喊开门。

［赵、廖对笑。

赵 凶 老廖，是女的，钱捞不到，起码……哈哈……

［赵、廖会意大笑。

廖 怕 你们是从哪里来的？来做什么？到哪里去？从头一二说个明白，才能开城门。

花姑甲 老爷要问，请听呀！（唱四平腔）我姐妹本从凤阳来，卖唱小调过生涯。只因远道来这里，人地两生路难挨。还望老爷开恩典，下楼请把城门开。

花姑乙 （拉着甲）姐姐，还不下来开城门呀？

花姑甲 妹妹，不要心急。

赵 凶 花姑妹，你听着，半夜三更，要进城门，你们可晓得规矩？

花姑甲 什么规矩？我们不晓得，请二位老爷讲来。

赵 凶 夜晚进城，钱要几文，若还不给……

廖 怕 莫想进城。

花姑甲 但不知要多少？

赵 凶 八百文。

廖 怕 少就一千文。

［赵骂廖乱讲话，会意笑。

花姑甲 二位老爷请听，我们姐妹二人是以卖唱为生，每日得钱，只能糊口，去哪里有这么多钱给你们？这不是有意为难我们么？现在我们只能出五文钱。

廖 怕 不行，少一个不开门。

花姑甲 还望二位老爷高抬贵手，让小女子进城去吧。

廖　怕　那就五百文吧。

花姑甲、花姑乙　我们实在出不起。

廖　怕　出不起这样多，那就等天亮才进城。

花姑甲　二位定要这么多，那我们只有打转。

赵　凶　慢着！（假情假义地）看你们姐妹蛮可怜的，你们有几文就拿几文吧。（对廖耳语）等她进城，再作道理。

［廖会意。

花姑甲、花姑乙　谢谢二位。

［赵、廖下城楼，到城门窗口处。

赵　凶　二位姑娘请拿钱来先，再开门。

［甲从窗口给钱交赵，赵放入袋，廖想去要。

赵　凶　（推开廖）等下再分。

［赵、廖开城门。甲、乙同进，欲走。

赵凶、廖怕　（拦住）慢着，你们就走了吗？（用灯照看）

花姑甲　请问二位，还有什么事？

赵　凶　今日我两个守城，才得你几文钱，赌又不够本，吃又不够喝。今夜我两人守城辛苦了，你们姐妹二人唱一两曲小调给我们听。不然，休想进街。

花姑甲　二位请听，我们姐妹赶了一天路，人也困了，肚子也饿了，哪里还有气力来唱呢？

花姑乙　我脚还痛呢。

廖　怕　不唱就不准走！

花姑甲　（拉乙背）妹妹，我们不和这种人争吵，我们还是唱一曲小调算了吧。

花姑乙　小妹从命就是。

花姑甲　二位请听呀。

［赵、廖用碗打拍子。

花姑甲、花姑乙　（愁苦地唱十月调）正月采花无花采，二月采花花正开。满园鲜花开得好，蝴蝶飞过来，过来把花采。三月桃花红又红，四月钱树开花一蓬松。姐妹二人来采摘，桃花采两朵，插在妹头中。五月龙船花茂盛，六月荷花水面张。荷花开得香喷喷，开得香喷喷，花开花正香。七月菱角花浮水上，八月风吹桂花香，桂花就是花中王。采朵好桂花，送给妹情郎。九月菊花黄又黄，十月芙蓉牡丹结成双。姐妹双双同来采，采对鲜花，成对又成双。

廖　怕　唱得好，好听。（拍掌）

赵　凶　正听得过瘾。就唱完了？

花姑甲、花姑乙　我们唱完了。

赵　凶　不行！再唱一曲。

廖　怕　再唱一曲才准走。

花姑甲、花姑乙　那就请听。（唱饮酒腔）一杯酒来酒又清，请问情郎贵庚生？你细说妹听，喝酒先。郎是正月十五生，妹是元宵闹花灯，同年又同庚。喝酒先。

花姑甲　我们唱完了。

赵凶、廖怕　又唱完了。

赵　凶　（拉廖，背白）反正今晚睡不着觉，何不叫她唱到天亮，免得我俩打孤单。

廖　怕　对！正合我意。

赵　凶　喂！你们听着，我们听得不过瘾，要你们接着再唱。

花姑甲　再唱多久？

廖　怕　唱到天光。

花姑甲　啊！唱到天亮？

赵凶、廖怕　是的。

花姑乙　（拉甲台口，背白）姐姐，我们不唱啦，你看，脚又软，肚又饿。

花姑甲　妹妹，不要着急，待我们慢慢想办法。（与乙耳语）

赵　凶　喂！你们在搞什么鬼呀？

花姑甲　并非搞什么鬼，刚才我们姐妹商量了一下，也愿意陪你们二位玩乐到天亮。

赵凶、廖怕　（笑）那就好啦！

花姑甲　不过光唱小调，口味不鲜，况且我们姐妹二人又困又饿，唱也唱不好的，我想……

赵　凶　你想什么？

廖　怕　想走啦。

花姑甲　不是的，我想替你们二位看相。

赵凶、廖怕　看相？（喜）好呀！

赵　凶　看我几时发财？

廖　怕　帮我看先，我什么时候讨老婆？

花姑甲　（以赵、廖中计，暗喜）二位不用争，两个一齐看。

赵凶、廖怕　一齐看？哪样看？

花姑甲　一齐看，只要诚心诚意听我的话，才能看出真相。

赵凶、廖怕　愿意。

花姑甲　妹妹，你帮我。

花姑乙　妹妹从命就是。

花姑甲　二位请并排站好。

［赵、廖站不对。

花姑乙　（指点）两脚打开。（找绳分别将赵、廖二人的右脚和左脚绹在一起）

廖　怕　喂！为什么绹我的脚？

赵　凶　莫啰唆！

花姑甲　你们是不是诚心？就看你们动不动。

赵凶、廖怕　诚心。

花姑甲　打开两手。

［乙又分别将赵、廖的右手和左手绚在一起。

花姑甲　（边指赵、廖的手，边念）算命算八卦，老赵和老廖呀！（唱八洞神仙腔）二位哥哥相不错，有钱有势有老婆。这种相貌真少有，你们相貌差不多。

［赵、廖听甲唱时，边作丑态，同说好呀，对呀。

花姑甲　待我再看呀。（唱浪里白腔）我再把二人相来看，头像橄榄耳像扇。眼小鼻高嘴爱吃，龟背大肚手爬沙。这种相貌真少有，看来一点都不差。

花姑乙　（待甲刚唱完，捡行李，急）姐姐，快点跑，老爷来了，快点呀！（下）

花姑甲　在哪里？在哪里？（急下）

廖　怕　什么老爷来？快点跑！

［赵、廖因手脚被绚，一走就跌，挣扎站起，解手上的绳子，各向一边跑，脚上绳子还未解，又跌倒。

赵　凶　你急什么？老爷来了，解绳子先。（解绳子，拿灯笼站着迎接老爷。四望不见人，摸头摸耳，知道上当，非常懊悔。回头见廖也站着，装老爷架势）你们为什么不好好看守城门？搞什么鬼？混账！

廖　怕　是！

赵　凶　糊涂！

廖　怕　是！

赵　凶　抬起头来。

廖　怕　是！（抬起头看）我以为老爷当真来了，你哄老子！

赵　凶　（强笑）啐！我哄你？我们上了别人的当啦。

廖　怕　该死该死！去追。

赵凶、廖怕　去追呀！（长锣。下）

（剧终）

【注释】

① 化子：叫化子、乞丐。

② 扯大炮：吹牛。

③ 挨绹：被捆。

④ 骚甲子：蟑螂。桂林话。

⑤ 品碗：较大的碗。桂林话。

【剧情简介】

赵、廖两个差役，奉命于晚间看守城门。尚未到关城之时，他们就将城门关闭，为向行人索诈。花姑二人行至城门，见已关闭，喊叫开城。赵、廖向她们索钱，二花姑罄所余五文给之。他们才开门放花姑二人入城。当发现两个女子会唱调咏曲时，要挟她们唱到天明才许走。花姑乃设计捉弄二差，然后趁机离去。

【简评】

此剧表现两位女子靠智慧与故意刁难她们的差役周旋，最后顺利通过城门离去。要说这个简单的故事对观众有何吸引力的话，或许随处可见的桂林方言给观众传达了一种亲近感。同时，剧中融入二差的对唱猜谜、花姑的献曲唱调，给全剧营造了一种欢快热闹的气氛，体现出彩调这一“快乐剧种”的特点，使观众在轻松愉快中收获一份自己的心得。

此剧由李长民发掘、记录保存。

碓杵[1]煞

剧中人物

⊙徐来汗（行当：正丑，简称：徐）

⊙徐妻（行当：旦，简称：妻）

⊙覃不落（行当：丑，简称：覃）

⊙王大娘（行当：摇旦，简称：王）

第一场

徐来汗 （上，数课子）春来了、春来了，百样生意都不好，只有耕田种地好。耕田种地哪样好？落雨一出门，蓑衣来遮背，帽子盖头脑，一天三餐饭，你讲好不好？（念）往年古怪少，今年古怪多，堂屋中间撒苞米，屋背墙头出旱禾。（坐，白）在下徐来汗。想我爹娘在世，家里是蛮好过的，不幸爹娘相继亡故，家里产业，被我搞得一空。这些时来，天不落雨，别的挨旱，倒还小事，最怕旱了那块田。目下无事，不免扛得锄头，去到田上看看田水，岂不是好？言得有理。（向内）老婆，你带娃仔在家，莫要带他出去，外面风大，我去看看田水就回来。

徐 妻 （内白）是啰。你快去快回，好帮我带娃仔，我去洗东西。

徐来汗 是啰。（取锄出门）出得门来，把门带上。离了自家门前，还

要走起来呀！（唱丑角花腔）扛起锄头往前进，一心要往田里行。天上好久不下雨，撒下谷秧要当心。（下）

第二场

徐　妻　（抱娃仔上，引）打扫堂前地，放出笼里鸡。（坐，白）奴乃张氏，许配徐门为妻。今早丈夫去看田水，至今未见回来。想我娃仔屙屎邋遢了几条裙，不洗又没得换。不知他几时才回，我不免背好娃仔，去河边洗裙便了。（提篮出门）出得门来，将门带上。离了自家门前，还要到河边去呀！（唱路腔）出得门来把路上，要到河边洗衣裳。急急忙忙来得快，不觉到了小河旁。（洗衣，唱洗三坎）那边有一蔸杨柳青，哪啊嗨，风吹杨柳点点花开，点点花香。四季花儿开，四季花儿香。慢慢洗起来，慢慢洗起来。（白）且慢。

［娃仔哭。

徐　妻　衣裙洗净了，娃仔又哭，我还要赶紧回去解他下来，离了河边，还要走呀！（唱三板快腔）急急忙忙往前进，一心要往我家行。娃仔哭得心里急，解下娃仔才安心。（下）

第三场

覃不落　（上，引）我的名字覃不落，学会算命打流年[②]。（坐）哪个若是相信我，我就捞他几把钱。（白）在下，覃不落。想我父母在世，送我枉读几年诗书。文不文、武不武。父母去世之后，百艺俱无，只学得算命打流年，到处漂流浪荡。观看今日天色不早，我还要赶路才是呀！（唱十字腔）想起当年有爹娘，有吃有穿无愁肠。不幸爹娘把命丧，几万家财花个光。耕田种地嫌出汗，只学算命打流年。凭着嘴巴去哄骗，捞得几个柴米钱。急急忙忙往前进，不觉来到是村边。（白）且慢，来此已是村边，待

我把二弦子拉响进村去。（拉二弦，高叫）算命打流年呵！（重喊）

徐　妻　（抱娃仔上）吔，外面来了一个算命先生，我的娃仔不大好带，不免喊他来算一个命看看。（开门）先生，你是算命的吧？

覃不落　是呀。

徐　妻　那我请你来算一张八字③。（带覃进家）先生请坐。

覃不落　坐。（打开包袱，取出笔墨）你算男命，还是女命。

徐　妻　算我这个弟弟的。

覃不落　那你这个弟弟生在哪年？

徐　妻　就是今年。

覃不落　今年是甲子年。（写）哪一个月？

徐　妻　正月的。

覃不落　哪一天？

徐　妻　初三日。

覃不落　什么时候的？

徐　妻　晌午过点咯。

覃不落　（翻百中经算）今年是甲子年，甲子乙丑海中经，他是金命，八字犯个白虎星。白虎、白虎，两眼鼓鼓，若不解煞，就要夜哭。

徐　妻　是呵，近来我这个娃仔难怪夜哭呀。

覃不落　生在正月呀。（想）甲子之年丁作首，乙丑之岁戊为头。大嫂，他生丙寅月，丙寅属火，命犯天罗，天罗地网，命犯碓杵煞。初三乃是庚午日干，子午逢冲，关头实在凶。若不解煞，死了一场空。未时呀，未时属羊，命犯六塘，六塘六塘，两泪汪汪，不克老子就克娘。老板娘呀，这个娃仔犯冲犯这样多，要送才好。

徐　妻　送就送嘛。

覃不落　送是要钱的呵。

徐　妻　只要送得去，钱我都不讲呵。

覃不落　那你男人在家没有？

徐　妻　弟弟他爸出去还未曾回来。

覃不落　送这个要用蛮多钱呵，那你可做得主呀？

徐　妻　做得主的。先生，你晓得送嘛？

覃不落　晓得的，晓得算就晓得解的。

徐　妻　怎样送呢？

覃不落　要几根香，几张钱纸，三升六米，一副三牲[4]，一个公鸡。

徐　妻　（叹）哎呀，三牲一下买不到呀。公鸡我又送去了。

覃不落　没得也可以，打一个利市来顶就得了的。

徐　妻　那要几多利市呢？

覃不落　随便嘛，有三吊六就得了。

徐　妻　没有这么多，先生呀。

覃不落　那就一吊二钱嘛。

徐　妻　好啰好啰。

覃不落　嗨，那你就拿来，快送快好。

［妻捧米、香、纸出。

覃不落　大嫂，你家有碓杵没有？

徐　妻　有的，在这边。

覃不落　要去碓杵那块去送煞，要一盆水。（到碓杵边，查看，念词舞跳）一炷明香通天庭呵，一请祖师二请神。白虎生得喉咙大，猪羊三牲一口吞。二炷明香天门开，利市银子摆出来。

徐　妻　（忙取封包）呵，我忘记了。

覃不落　（念）哦，二炷明香天门开，利市银子摆出来。有酒有肉送得去，莫在门口站排排。三炷明香通地下，你仔犯个碓杵煞。白虎六塘都送了，我今恭喜你主家。（抓米乱撒，到台口）且慢，出来几天一个钱未曾捞得，今天和她家搞了半天，封包又这样少。（想计）有了、有了！她丈夫不在家，等我搞她一水[5]。（对妻）大嫂，来来来，你把娃仔给我抱到那个碓臼去，你去踩起碓尾，等我抱娃仔来拜祖师。

徐　妻　好，那我去踩。（踩起碓尾）

覃不落　（抱娃仔拜，将娃仔放进碓臼里）大嫂，你莫放下碓杵呵，等我进去赶鬼出来。

徐　妻　你要快点呵，等下脚酸就难搞啊。

覃不落　是啰。（捧起水盆边走边念）七个零丁、八个零丁、七八一十五个零丁。（进房抱出衣服被窝急下）

徐　妻　先生，你拿被窝去哪里？

覃不落　对不起，借给我拿去当先。

徐　妻　慢着慢着。（想放下又不敢放）

［仔哭。

徐　妻　哎呀，这回上了当了呀。（唱哭板）算命先生心肠狠，哄我将儿放碓坑。

［仔哭。

徐　妻　（又想放下去抱仔，仍又不敢放）把我东西拿去了，这回真的死得成。（白）救命呀、救命呀！

徐来汗　（上）看罢田水，转回家门。

徐　妻　救命呀！救命呀！

徐来汗　（惊）咦，哪个在我家里喊救命呀？（冲进）你做什么喊救命？

徐　妻　这这这……（指臼内儿）

徐来汗　什么？你发癫了吗？怎么把仔放进碓坑里呀？（抱起仔）你又去那头踩起碓杵，你想舂死这个仔去吗？

徐　妻　（放下碓杵）不是咯。

徐来汗　是什么？

徐　妻　刚才来了一个算命先生，我见娃仔难带，就请他来算一个命。

徐来汗　算命就算命，怎么又把娃仔放进碓坑里头呢？

徐　妻　算命先生讲，娃仔犯碓杵煞，他帮我解煞。（指桌上香、米）

徐来汗　解煞又怎样？

徐　妻　他讲抱娃仔去拜祖师，他喊我踩起碓杵，他就把娃仔放进碓坑里头，他走进里面拿东西，把我们的衣服、棉被、钱都拿跑了。

徐来汗　那算命先生又去哪里了？

徐　妻　跑走了。

徐来汗　（惊）什么？他走了几久了？

徐　妻　才走得一下子。

徐来汗　你把娃仔抱好。（递娃仔）等我去追。（急下）

[妻抱仔下。

第四场

覃不落　（用木棍扛棉被，一头挂弦子上）走呀！（唱路腔）拐得被窝把路上，去到长街找铺当。急急忙忙往前撞，走得口渴汗又淌。（白）哎呀！（抹汗）这一趟我也够累了，等我歇一会儿再走吧。（抹汗）

徐来汗　（急上）走一个岭、下一个坡，转一个弯、抹一个角。（白）追来追去，不觉追到一个凉亭来了。吔，那旁坐着一个人，身边放着一床棉被。唔，我看就是这个家伙，等我进去问问看。（想、停步）唔，等我假装问路才得。喂，请问老板，这块进城还有几远呀？

覃不落　你去哪块呀？

徐来汗　我。（摸头、想）我进城去找工夫做的。请问老板，你去哪里？

覃不落　我也是进城的。

徐来汗　那就有伴啦。请问老板，你是做什么生意的？

覃不落　我是进城摆课棚的。你这位大哥，你想找什么工做呀？

徐来汗　不论什么工，有什么做什么。

覃不落　（背台）唔，我扛这些东西，走得也困了，不如请他挑一挑。对！（对徐）喂，大哥，我们大家都进城，我今天走得太远了，脚有点困了，想请你帮我挑这担行李进城去，你要几多钱呀？

徐来汗　呀，先生，我们一路进城，我帮你挑去，有什么要紧？不讲钱的。

覃不落　好啦，到夜我请你吃夜饭就是了。

徐来汗　得了，这样招呼那还讲。请问先生高姓？

覃不落　我姓覃，名叫不落。

徐来汗　原来是覃先生。

覃不落　大哥你呢？

徐来汗　我叫徐来汗。

覃不落　好啦，时间不早了，我们走啦。

徐来汗　好，先生你先走。（挑东西）

覃不落　二人离了凉亭，还要走起来呀。（唱）今天出门挑得累，挑得肩痛脚又酸。到了凉亭遇着你，多谢大哥帮我担。

徐来汗　（唱）先生莫要讲客气，得你带路我感激。今后还望多照顾，帮助老弟找饭吃。（白）先生，进城了，你看到哪块客栈去住？

覃不落　这块就是客栈，就在这块住算了。（向内）老板！老板！

王大娘　（内白）来了。（上）呵，你两位是过路的，还是投宿的？

覃不落　我们是来投宿的。有清静房间没有？

王大娘　有呀有呀，拿东西进去，里头有热水，你们洗凉呀。

覃不落　好啦好啦！

徐来汗　（下提水上）覃先生，来洗凉呀！

覃不落　呵，来了！嗨，你洗先。

徐来汗　你做先生的洗先。

覃不落　好，那我就不客气了。（脱衣拟入房洗澡）

徐来汗　先生，你这些衣服，我帮你拿去洗干净好不好？

覃不落　不用不用，莫客气。

徐来汗　不关事的，大家同出门的，有什么要紧？

覃不落　好，那你就帮我洗好烤干送来。

徐来汗　是咯。（抱衣及棉被等下，背白）这回你就死得成啦，我走回去了。（下）

覃不落　徐来汗、徐来看、徐来看。

王大娘　（出）哪个？喊什么？（见覃只穿汗衣裤）

覃不落　徐来看！徐来看！

王大娘　呸！你这个坏家伙，你洗凉也喊人家出来看，等老娘去拿鞭来先。（下，取鞭上）

覃不落　徐来看！徐来看！

王大娘　呸！（鞭覃）你这个坏东西，洗凉也喊人家出来看，你喊哪个来看呀？

覃不落　不是呀，我喊我的伙计徐来汗。

王大娘　你的伙计走了。（下）

覃不落　什么？他跑了？我的棉被衣服都被他拿走了？这才是前头赶了黄雀鸟，后头失了老鸡婆呀。（丧气下）

（剧终）

【注释】

① 碓杵：在石臼里捣米用的棒。

② 流年：旧时算命看相的人称人一年的运气为“流年”。

③ 八字：生辰八字，是一个人出生的年月日时，各有天干地支相配。每项用两个字代替，四项就有八个字。如甲子年、丙申月、辛丑日、壬寅时等。旧时人们认为根据这八个字，即可推算一个人的命运。

④ 三牲：古时祭祀用的供品，分大三牲（猪、牛、羊）和小三牲（鸡、鸭、鱼）两种。

⑤ 搞她一水：意即占她一回便宜。

【剧情简介】

算命先生覃不落，以卜算骗钱为生。一日，行至徐来汗家，徐妻请他替子算命。覃不落说幼子犯碓杵煞，非解送不得救，骗了财米，心犹未足，叫徐妻将碓杵踩起，放其子入臼，使徐妻因担心幼子被伤害，只能眼睁睁看着覃不落搜取自家衣服、棉被而去却不敢挪脚追赶。徐来汗出工归来，始知其事，追至凉亭遇上覃不落，自请替覃挑送行李至店，乘覃不落脱衣洗澡之机，不但将原物拿回，还将覃脱下衣服带走，以惩诈骗行为。

【简评】

冲突是戏剧的核心。这一部小戏，虽然上场的人数不多，但是戏剧冲突非常明显。剧中让算命先生利用徐妻爱子心理，一步步将她引入自己设计好的圈套，剧情因此层层推进。尤其是第三场戏中算命先生骗徐妻将碓杵踩起，放其子入臼，徐妻由于无法动弹而导致家中物品被搜刮一空。徐家的财产性命受到侵害威胁，矛盾冲突因此尖锐化，情节发展到了高潮，使人物性格和人物关系得到进一步揭示。

此剧由李丙均、杨威发掘，杨钦华记录保存。

打扒灰公

剧中人物

⊙吴用（行当：丑，简称：吴）
⊙何氏（行当：正旦，简称：何）
⊙吴春发（行当：小生，简称：春）
⊙郭意嫂（行当：旦，简称：郭）
⊙王麻婆（行当：摇旦，简称：麻）

第一场

何　氏　（上，引）早当家来晚当家，想起当家泪如麻。清早起来七件事，柴米油盐酱醋茶。（白）我，吴门何氏，所生一子，名叫吴春发。又在学堂读书，不免叫儿出来，吩咐于他，到学堂读书去吧。春发儿，走来。

吴春发　（上，念）母亲叫得忙，不知为哪桩？（白）孩儿见过母亲，有礼。

何　氏　孩儿不要讲礼，一旁坐下。

吴春发　遵命。请问母亲，叫儿上堂，有何教训？

何　氏　为娘叫你到学堂读书。

吴春发　孩儿遵命。

何　氏　遵命就是好的。坐在一旁听为娘训教一番。（唱倒板桨）坐在堂前把话论，我儿一旁仔细听。我儿离家学堂进，学堂内面读诗文。娘望儿读书要发狠，发狠读书做好人。我儿年轻要学正，莫贪玩耍做坏人。家中妻子娘照应，愿你夫妻和顺到百春。

吴春发　母亲呀。（接唱）多得母亲来教训，为儿紧紧记在心。二寸脚板娘带大，亏了母亲多操心。孩儿一定听娘话，坏事孩儿不敢行。我夫妻一向多和顺，两人还是年轻人。（起立）辞别母亲出门外，儿到学堂读五经。（下）

何　氏　（接唱）眼看我儿学堂进，不由为娘喜在心。将身且把后堂进，家务之事要担承。（下）

第二场

吴　用　（上，引）人在世间不怕穷，只要主意打得通。我年纪有了五十岁，个个称我是老英雄。（白）在下，吴用。家中事情我全不管，我只晓得玩耍喝酒。这两天老婆在家，喊我不要乱走，心中有些烦闷。不免今天到王氏那里去喝两杯酒，去谈一谈家常，开一开心，岂不是好？不给我那个老婆晓得，离了我家到她家喝酒去呀！（唱四平腔）人在世间讲风流，不嫖不耍像条牛。有日阎王来勾簿，万贯家财一旦丢。甩开大步往前走，王氏性情好温柔。到她家中去喝酒，情投意合乐悠悠。（白）喂喂！开门呀。

王麻婆　（内白）哪一个啦？

吴　用　我来了。

王麻婆　（内白）来了。（上）快进来。（将吴拉进，关门）坐嘛，坐嘛。

吴　用　哎呀，我几天不见你，好像有几年了。

王麻婆　该死的，我怕你不来了。你老婆管得那么紧，今天哪么来了啦？

吴　用　讲空话，哪个男人还怕女人管？还有酒没有？

王麻婆　有。你那天给了钱给我，我就打好了酒等你来。菜也有，那天杀了个鸭子，我腊起来还没有吃，我就拿来给你吃。

吴　用　你真有义气呀。那我怎舍得你？

王麻婆　你等下，我去拿酒拿菜来。（下，拿酒菜上）

吴　用　给我来把盏。

王麻婆　给我来，给我来筛[①]吧。饮起酒来呀。（唱酒调）一个螃蟹几个脚，二个眼睛一个背囊壳。夹呀夹得紧，甩也甩不脱。

吴　用　（唱）你是我的妹，

王麻婆　（唱）你是我的哥呀。

吴用、王麻婆　（唱）你我情好难舍脱，但愿你我到百岁呀，欢欢喜喜不要离脱。

王麻婆　（唱）二个螃蟹脚几多，四个眼睛二个背囊壳。夹呀夹得紧，甩也甩不脱。哥妹忙把酒来喝。

吴　用　（唱）我俩连双连到老，

王麻婆　（唱）六十岁不死不丢哥。我的老相好呀——

吴　用　（唱）我的美娇娥，露水夫妻难舍脱。

王麻婆　吃得尚好，怎么不饮了呀？

吴　用　（醉）醉了醉了。（想吐）

王麻婆　（扶吴）你酒醉了，我扶你下去睡吧。

［吴、麻同下。

第三场

何　氏　（上，念）只为家务事，每日常挂心。（白）老家伙！（无人应）这个老不死的，一定又去麻婆子那块去了。哼！老娘去看看先，给老娘看见了，扭他的耳朵回来。喊他不要去耍，他偏要去。（圆场，拍门）王大嫂、王大嫂！开门呀。

王麻婆　（惊上）来了！来了！哪个啦？哪个啦？（开门）啊，原来是何大嫂。请进！请坐！

何　氏　（进门、两边望）王大嫂，你个人吃酒，怎么会有两双杯筷？

王麻婆　哦，两双杯筷呀，我吃一杯，另一杯敬神啦。

何　氏　哦，今天又不是年，又不是节。敬神，怎么在堂屋里头呀？

王麻婆　哎呀，我敬我的祖先咧。

何　氏　哦，敬祖先好呀。我走了，走了。（出门）

王麻婆　（急关门）哼！你还卖得脱老娘的鬼，老娘早就知道了。

［何下。

王麻婆　（开门、左右望，无人，入内、关门、拍手）喂喂！你酒醒了没有？快出来！

吴　用　（醉步上）嗯。

王麻婆　该死！把老娘的汗都吓出来了。

吴　用　你怕什么？

王麻婆　怕什么？你那个老婆来了。

吴　用　她来了也不怕，有我在这块，还怕她吗？

王麻婆　你讲得好，闹起来不好意思呀。好好，你回去吧。以后你夜头②来，日头③莫来了，给别人看见了不好看。

吴　用　好了，我这里还有两块钱给你买菜，等我下回再来吧。我走了。（出门）

［麻关门下。

吴　用　哼！她吵我，我回去再作道理。管他不管，走起来呀！（唱四平腔）虽然酒醉心明白，大行小字我认得。老婆妄想将我管，管到我一步动不得。（圆场，进门）春发妈，走来。

何　氏　（上）哦，你回来了嘛？

吴　用　不回来在外头过年呀？

何　氏　哎呀，老家伙，我讲的话，你怎么没听呀？你这么老的人了，又有了仔，又有了媳妇，讲起来也不好意思了嘛。你怕你去耍一个好的呀，要得那么难看的人，眼睛那么小，嘴巴又有点歪，满脸的麻子，三分不像人，四分不像鬼你也要。要个年轻点的，比老娘强点的也还逗我少生点气。

吴　用　别个年轻的还要我吗?

何　氏　好了，你爱吃酒，今天我到街上去给你买点好酒、好菜回来吃。我去了，你在屋里看屋。媳妇等下做活路就回来了，你弄点晌午给她吃。（下）

［吴关门下。

［郭上推门进、放锄、取下头巾、擦汗。

吴　用　（上）媳妇儿，你回来了呀？菜饭弄好了，你吃吧。

郭意嫂　是。（下，拿菜饭上）公公，吃饭了。

吴　用　媳妇儿，帮我筛酒。

［郭筛酒，吴夹很多菜给郭。

郭意嫂　公公，你自己吃吧。

吴　用　莫吃饭先，你累了一天，喝几杯酒先。

郭意嫂　公公，你知道媳妇从来不吃酒的。

吴　用　从来不吃，今天也要吃几杯。媳妇，我待你好不好呀?

郭意嫂　好。

吴　用　好，那你就和我做件事情，你和我到我房里去拿我的衣服出来洗。

郭意嫂　嗯。（欲走）

吴　用　等下。（拉郭手）媳妇，我待你好，你依从我一件。

郭意嫂　公公，但不知什么事?

［吴用手比睡觉势。郭羞拒、拿米、欲去舂。吴紧跟，郭无奈，入内房关门。

吴　用　媳妇儿，开门呀！你讲依从我，怎么不依从呀?

［何提篮上，吴见何，溜下。

何　氏　媳妇儿。

郭意嫂　（开门，含泪）嗯。

何　氏　你今天做什么哭呀？

郭意嫂　我……

何　氏　讲了嘛，为娘是自家人，不要紧的，哭什么？敢莫是丈夫回来打你呀？

［郭摇头。

何　氏　你公公骂了你吗？

郭意嫂　（望何）公公，他——

何　氏　他，他做什么？

郭意嫂　他要我陪他吃酒，要我依从他一件。

何　氏　依从他哪一件？（摇郭手）

［郭不语，哭。

何　氏　莫哭，为娘自有主意。你去舂熟那些米去。

［郭下。

何　氏　嗯，老家伙不贤，想个什么主意才好？好，又不要给儿子晓得，想个法子整整老家伙是了。当家的走来！

吴　用　（上）哦，你回来了，和我买了酒菜没有？

何　氏　买了。我来嘱咐你，等下我到姨妈家中去吃酒去了，你在屋里照管下家中之事，酒席散了，我就住在那里，不回来了，你好好看屋啊。

吴　用　哦，住夜把两夜没有关系的，你去吧。

何　氏　你下去，去弄菜嘛。

［吴下。

何　氏　媳妇儿，走来。我来交代你，你的公公喊你和他筛酒，你就和他筛。他讲什么你都答应他。

郭意嫂　哎呀！婆婆，做不得的呀。给你儿子知道了，有何脸面呢？

何　氏　我自有道理。我哄着你公公说我今天去吃酒了，他叫你什么，你都答应，你带他到灰房里去，为娘偷偷去换你出来，你莫作声。要记着为娘的话。

郭意嫂 （点头）嗯。

［何下。

吴　用 （端酒、菜上）媳妇儿，走来。

郭意嫂 来了！

吴　用 你们妈去吃酒了，就是我们两个在屋里头，好不好呀？

郭意嫂 好。

吴　用 好，来给我筛酒。你要依从我，我明天给你缝两套好衣服，和你打对镯头，那不是漂亮吗？（动手摸郭）

郭意嫂 公公，在屋里头不好看，怕你儿子撞回来。要媳妇依从你不要紧，要依从我一件。

吴　用 依从你哪一件？

郭意嫂 我们两人到灰房去，不是一个都看不到嘛？

吴　用 噫！好得很，灰房没有哪个去，哪个都晓不得。

郭意嫂 公公，你随我来。（圆场，到）公公，你进去先，我就来的。

吴　用 你莫走呗。

郭意嫂 哎呀，公公，我喊你来还走吗？

［何暗上、进房。

［郭下。

何　氏 （装郭的声音）公公，你在哪块？

吴　用 媳妇儿，我在这块。

何　氏 我在这里，你过来嘛。

吴　用 （至何处，摸）我想你好久呀，今天总算想到了。

何　氏 老短命鬼，你想好久呀，想到了。（拉吴耳出灰房）是老娘你想吧！你这老牛，想吃嫩草！（拉起一把草）死短命鬼，你给老娘跪在这块。你这个老挨刀的，你不讲道理，媳妇你也要，你变了种，老娘给把草给你吃。（向吴嘴塞草）听老娘骂你呀！（唱骂板）老短命鬼做事不是人，自己的媳妇你也要奸淫。你活了变牛变畜生，枉费你长到几十春。你不是吃饭来长成，你是牛马狗投生。给儿子知道了有何面见人？要你跪倒此地不许动身。三天我不来不许你动，你是活活气死老娘的狗畜生。（白）你这个老鬼，老娘三天不来，你三天莫动。（气下）

吴春发　（上，唱四平腔）心中跳颤不安宁，莫不是家里出事情。举目抬头来观看，不觉来到我家门。（进门，见吴嘴含牛草）爹爹，怎么这样跪着呀？

［吴摆手不语。

吴春发　孩儿拜请母亲。

何　氏　（上）我儿一声请，移步出房门。儿呀，你回来了呀。

吴春发　请问母亲，爹爹跪在此地，嘴中含草，为了何事呀？

吴　用　我有点寒气。

吴春发　你为什么含草？

吴　用　你妈妈讲含了草，我的病就好了。

何　氏　儿呀，你莫听他乱讲，你老子变了牛。（耳语）

［春怒。

何　氏　儿呀，拿帚子来，打这条牛下去。

［春下拿扫帚上。

何　氏　（唱骂腔）老鬼做事不知羞，年迈之人要风流。口里吃着是牛草，来生投胎你变牛。

［春拿帚给何，何骂一句打吴一下。

吴春发　哼！

何　氏　给我滚下去！

［吴羞下。

何　氏　儿呀，这事情不怪你的老婆。只怪你那吃草的老不贤。下去不要怪你的妻子，夫妻和顺才是。

吴春发　孩儿知理，多得母亲操心，儿遵母命就是。

[何、春同下。

（剧终）

【注释】

① 筛：倒的意思。筛酒，倒酒。桂林话。

② 夜头：晚上。

③ 日头：白天。

【剧情简介】

吴用年老贪淫，背着妻子何氏与王麻婆暗中来往，且欲私通儿媳。一日，吴趁儿媳一人在家，加以诱奸。儿媳不仅坚决拒绝，还将此事告诉婆母何氏。何氏命媳佯允，诱吴进入灰房。于是何氏暗中潜入灰房易媳，将吴责打，喂之以草，斥为畜类。

【简评】

扒灰，谓公公淫于儿媳。清李元复《常谈丛录》卷八：“俗以淫于子妇者为扒灰，盖为污媳之隐语。”这个剧中，由于婆婆何氏的精心设计，公公吴用的丑态暴露在灰房中。有效地讽刺揶揄了吴用那见不得人的行为。

此剧由张桂妹发掘、张丽琳记录保存。

讨学钱

剧中人物

⊙张元秀（行当：老生，简称：张）

⊙陈大娘（行当：摇旦，简称：娘）

全一场

张元秀　（长锣。小点上，念）天子重英豪，文章教尔曹[①]。万般皆下品，唯有读书高。（坐，白）我，张元秀。曾经读过许多诗书，只因家道贫寒，无钱上京赴考，在乡中教馆度日。因陈家请我到他家中教了一年书，学钱学米尚未给我，今日不免到他家中催讨，还要交代我娘子看守门庭。（向内）娘子，我去陈家催讨修金[②]去了，你好好看守家门。

［内白："好，你要快去快回呀！"

张元秀　是啦！（出门）离了家门，还要往陈家庄走呀！（唱浪里白腔）正月里来正月正，（白）正月里来正月正，正月元宵闹花灯。龙灯前面走，狮子随后跟。近水楼台先得月，向阳花木早逢春。陈家府上有名声，一张帖子请先生。请到他家内，先安孔圣位，然后拜先生。他家礼性大，就把酒来斟。芋头不刮皮，萝卜起网筋。牛头皮当海参，芋苗当金针[③]。芋头芋苗未煮透，吃了麻舌根。（收腔。长锣。接唱）二月里来是花朝，（白）阳春雀儿闹嘈嘈。陈府请我把书教，独坐幽篁里，弹琴复长啸。深林人不知，明月来相照[④]。当初教书易为教，目下教书把气淘。学生一天爱讲笑，我才骂一句，他往山上逃。我跟着追上去，跌了两三跤。别的位子[⑤]未跌着，跤跤跌着我的腰。（收腔，长锣。接唱浪里白腔）三月里来三月半，（白）小人长戚戚，君子坦荡荡[⑥]。陈家请我去吃饭，煮了一盘鱼，煎了两个蛋。他又放得咸，我又吃得淡。吃菜没有菜，喊我把辣椒来沾。吃罢口渴了，喝茶喝了两三罐。走在半路上，肚子打内战。扯脱裤头打标枪[⑦]，即刻翻脸看。那泡屎真难看，辣椒皮都有一大半。（收腔。长锣。接唱）四月里来四月八。（白）学生请我到他家，陈家礼性实在大。又道是有意栽花花不发，无心插柳柳发芽。老公喊杀鸡，老婆喊杀鸭。鸡鸭杀好了，捞总[⑧]只有四个碗，他想摆出五梅花。摆又摆不出，害得他公婆打一架。你一推、他一拉，你一脚、他一巴。桌子推倒了，菜都倒落在地下。吃也没得吃，夹也没得夹。遇着两个大黄狗，一个用嘴咬，一个用脚扒。害我睁起两个眼睛看到它。（收腔。长锣。接唱）五月里来端阳[⑨]会，（白）贫与贱、富与贵，学生送礼不大对。粽子送一个，粑粑送一对。粽子起了霉，粑粑走了味。吃也不好吃，退也不好退。我想去给黄狗吃，恰恰遇着那年米粮贵。陈家府上请酒会，我到他家吃得昏昏醉。看见天黑了，留在他家睡。床铺铺在大门背，门背有架碓[⑩]，碓下有个母狗睡。睡到半夜打翻身，害我跌下来同狗睡。（收腔。长锣。接唱）六月里来日子长，（白）不觉来到陈家庄。自古道，窦燕山，有义方。教五子，名俱扬[⑪]。大叫三声陈大爷，小叫三声陈大娘。陈大爷、陈大娘，快快把门来开上。（白）走来走去，不觉走到陈家门口来了。青天白日为何把门关上呀，不免冒叫一声。大娘开门！

陈大娘　（内应）甲子乙丑海中金，门外打叫是何人？

张元秀　丙寅丁卯炉中火，门前打叫就是我。

陈大娘　（内白）戊辰己巳大林木，先通名姓后进屋。

张元秀　哈哈！她倒与我要起文来了。庚午辛未路旁土，乃是我张先生来拜府。

陈大娘　（内白）啊！原来是张先生来了。张先生，门外久站，我就来了呀。（长锣。上，整装、唱浪里白腔）奴在厨房做事情，忽听门外叫开门。邦君树塞门，管仲亦树塞门[12]。有事才开门，无事懒开门。双手打开门来看，我怕是哪一个？原来是张先生，你请进！

张元秀　（接唱）进得门来行一礼，恭喜你、贺喜你！有道是生事之以礼，死葬之以礼。祭之以礼，可谓孝矣。今天来到你家里，看你红光满面，不是发大财，就是添大喜。

陈大娘　（接唱）堂前板凳拖一拖，尊声先生你请坐。三里之城，七里之郭。天时不如地利，地利不如人和[13]。堂前请你坐一坐。

张元秀　你到哪里去？

陈大娘　厨房倒茶你止渴。（下，捧茶即上）

张元秀　（接茶，接唱）接着茶杯笑嘻嘻，我有言来你听知。大娘真讲礼，板凳给我坐，又倒茶来吃。自古道，勤有功，戏无益[14]。戒之哉，吃板栗。

陈大娘　老师，你讲错了。戒之哉，宜勉力。

张元秀　我平日教学生，戒之哉，吃板栗，今日才晓得宜勉力。难怪别人喊我糊涂老师。大娘，戒之哉，宜勉力，牧童把牛骑。萤火虫，穿花衣。吃了你的茶，多谢你的好义气。

陈大娘　（接唱）接着茶杯往后进，转来问声张先生。昔时贤文，诲尔谆谆。集韵增广，多见多闻[15]。许久不到我家里，老师有何贵干到寒门？

张元秀　大娘，你坐你坐。

陈大娘　老师三日不来，四日不到，今日到我家来，有何贵干？

张元秀　无事不登三宝殿，有事才到你府上来。

陈大娘　不敢，乃是寒舍。

张元秀　你也莫舍，我也莫府。两碗搞做一擂钵，别别脱脱[16]。

陈大娘　你来到底有什么事？

张元秀　我来会陈大爷的。

陈大娘　我家大爷不在家中。

张元秀　哪里去了?

陈大娘　到曰南北，曰西东去了。

张元秀　几时才回来?

陈大娘　曰春夏，曰秋冬方回。

张元秀　看起来，你家大爷敢莫是四方的菌子。

陈大娘　不是的，乃是四方的君子。

张元秀　少陪了。

陈大娘　你哪里去?为何去性太急?

张元秀　我来得好有一比。

陈大娘　好比何来?

张元秀　好比白人骑白马，白马白人骑。白雪之白，白玉之白。搞得他娘的白白白白。

陈大娘　大爷不在家，我在家皆是一样。

张元秀　大娘，你敢莫是苋菜子?

陈大娘　不是的，我好比韭菜花。

张元秀　啊，你做得主?

陈大娘　我乃吊得锁匙，当得家。

张元秀　那我说出来，你莫见怪。

陈大娘　有什么话请讲吧。

张元秀　当堂告个罪。(起身作揖)先做小人，后做君子。那你听我来讲呀!(唱浪里白腔)站立堂前把话论，尊声大嫂你细听。自古道，日日新，又日新。康诰曰，作新民[17]。来到你家无别事，大娘呀，特地前来讨学金。

陈大娘　(接唱)你今说话不中听，开口就讲讨学金。一而十、十而百、百而千、千而万,一毫一厘都还清。别人学金要一次，你想要两回，不能不能万不能。

张元秀　(接唱)不能不能万不能，说什么一而十、十而百、百而千、千而万，一毫一厘都还清。有道是人不通古今，牛马穿裾襟。学米未曾给，学钱未交清。讲我要两道，真正气死人。若得你一个钱，吃了烂舌根。

陈大娘　（接唱）烂舌根来烂舌根、越说越讲越伤心。三才者，天地人。三光者，日月星[18]。哪点待错你老先生。儿子送到你书房，到你书房读五经。好酒好菜来待你，碗碗吃的是山珍。别人吃肉才四两，你却吃肉要半斤。

张元秀　（接唱）有半斤来有半斤，有意栽花花不发，无心插柳柳成荫。画龙画虎难画骨，知人知面不知心。又讲待我实在好，芋头不刮皮，萝卜起网筋，牛头皮当海参。芋头芋苗不煮熟，吃了有些麻舌根。鸡肉鸭肉从未见，你拿这样菜来待先生。我若得吃过一块肉，吃了会屙滴滴筋。

陈大娘　（接唱）滴滴筋来滴滴筋，知己知彼、将心比心。酒逢知己饮，诗向会人吟[19]。我送儿子把你书房进，送去读五经。读书三年整，上下二字都还分不清。

张元秀　（接唱）分不清来分不清，路遥知马力，事久见人心。你那儿子如牛蠢，为何前来怪先生？我教他读的上致君，他偏偏读出下泽民。教你儿子全靠是一个，若有两三个，我做老师的要吃牛筋。

陈大娘　（接唱）吃牛筋来吃牛筋，近水知鱼性，近山识鸟音。易消易涨山溪水，老师你易反易复小人心。曾记当年开科考，你曾上京去求名。宗师大人出对题，你在旁边搞不清。教你娘的书，要你娘的文，你是一个白字老先生。

张元秀　（接唱）老先生来老先生，谁人背后无人说，那个人前不说人。有钱道真语，无钱语不真。独独那年开科考，我曾上京去求名。走到半路上，天时忽寒冷，因为无衣回家庭。你不该把我请，学钱无一个，学米无一升。今天无钱给，大娘，我要拿你香火牌来打补丁。

陈大娘　（接唱）听你言来真有气，骂声老师你听知。曰喜怒、曰哀惧，爱恶欲、七情俱。老师你不是在说话，你在这里放狗屁。

张元秀　（接唱）听你言来怒轰轰，我今言来听心中。曰南北、曰西东，此四方、应乎中。你不是来讲话，你好比棒头吹火一窍不通。

陈大娘　你要钱不要紧，我写个字给你认。

张元秀　教书我都教得，何况认字。

陈大娘　两个山字垛起，是个什么字？

张元秀　（想）认得了。少不了是个高字。

陈大娘　哈哈！不是的，乃是个出字。老师你认不得，就请你出去。

张元秀　哈哈！我是讲笑的，这个浅浅的字我都认不得，那还得了？

陈大娘　好！我打个字谜给你猜。

张元秀　请讲。

陈大娘　四人抬一人，莫把四书寻。若还寻到了，就是五十人。

张元秀　乃是雨伞的伞字。

陈大娘　不错，再讲一个四字破。

张元秀　请讲。

陈大娘　木目心，米一斤。犬和句，肉旦勿。

张元秀　（想）乃是想断狗肠。

陈大娘　火烧东门城外，烧死城内两人。男女二人一伙，烧到酉时三更。

张元秀　乃是烂肉好酒。

陈大娘　好肚才！来，我再出副对子给你对。

张元秀　吟诗作对？乃是我的拿手，请讲。

陈大娘　福如东海，海龙王。王母蟠桃，桃开花。花开富贵，贵从命里来得。德者本也，也是我为人忠厚。厚道成家，家有美锦，锦上添花。

张元秀　（想）寿比南山，山乌龟。龟子狼心，心狠毒。狠毒时刻，刻薄成家。家有美酒，酒逢知己少。少说两句空话，话不投机，××东家。

陈大娘　黄狗白狗，站在门口。有人问道，乃是老师的朋友。

张元秀　公鸡母鸡，站在丹墀。有人问道，就是陈大爷夫妻。

陈大娘　（气）你为何将我比鸡？

张元秀　你拿我比狗！

陈大娘　铁砧打铁，铁锤也是铁，铁砧也是铁。听见铁锤响，原来铁打铁。

张元秀　男人也是人，女人也是人。来到你家里，原来人骂人。

陈大娘　香花不红，红花不香。二四八月开的玫瑰花，又香又红，又红又香。香香红红，红红香香。

张元秀　臭屁不响，响屁不臭。三六九吃的红薯打屁，又臭又响，又响又臭。臭臭响响，响响臭臭。

陈大娘　寺里头的钟，不打不响，越打越响。日打日响，夜打夜响。时打时响，刻打刻响。打打响响，响响打打。

张元秀　屁股上的疮，不抓不痒，越抓越痒。日抓日痒，夜抓夜痒。时抓时痒，刻抓刻痒。抓抓痒痒，痒痒抓抓。

陈大娘　我将你好有一比。

张元秀　好比何来？

陈大娘　好比江边的水碓，舂谷舂米，舂糟又舂糠。

张元秀　我也将你好有一比。

陈大娘　好比何来？

张元秀　好比路边的茅厕，屙脓屙血，屙屎又屙浆。

陈大娘　乌龟山，山乌龟，爬进爬出。

张元秀　画眉笼，笼画眉。跳上跳下。

陈大娘　你好比雨淋罗汉，数行珠泪假慈悲。

张元秀　你好比雪塑观音，一片冰心无挂碍。

陈大娘　我做什么没挂碍？

张元秀　你欠我的学钱不给，你还有什么挂碍？

陈大娘　我有个连环口对。

张元秀　请讲。

陈大娘　农夫田中笑，

张元秀　久旱逢甘雨[20]。

陈大娘　逢人路上笑，

张元秀　他乡遇故知。

陈大娘　女子房中笑，

张元秀　洞房花烛夜。

陈大娘　举子科场笑，

张元秀　金榜挂名时。

陈大娘　八月科场，

张元秀　七篇锦绣。

陈大娘　六位高升，

张元秀　五经魁首。

陈大娘　四杆彩旗，

张元秀　三杯御酒。

陈大娘　两朵金花，

张元秀　独占鳌头。

陈大娘　嘻嘻嘻！

张元秀　哈哈哈！

陈大娘　学钱没有给。

张元秀　我就不要它。

陈大娘　将你推出去。（将张推出门）

张元秀　有钱有势力，穷人也无法。

陈大娘　把门关起来了。

张元秀　我今就回家。

陈大娘　老娘进去了。（下）

张元秀　回去看老鸭。发誓从今后，书也不教它。（下）

（剧终）

【注释】

①尔曹：犹言汝辈、你们。

②修金：付给教师的酬金。

③金针：金针菇。

④“独坐幽篁里，弹琴复长啸”四句：出自王维《竹里馆》之诗，写山林幽居情趣。

⑤位子：地方。桂林话。

⑥小人长戚戚，君子坦荡荡：出自《论语·述而》，原文为：“子曰：君子坦荡荡，小人长戚戚。”孔子说，君子心地平坦广阔，小人却经常局促忧愁。

⑦打标枪：拉肚子、拉稀。桂林话。

⑧捞总：一共、总共。桂林话。

⑨端阳：端午节。端午节为每年农历五月初五。《月令广义》卷一：“五月初五端阳节。”

⑩碓：舂谷的设备。掘地安放石臼，上架木杠，杠端装杵或缚石，用脚踏动木杠，使杵起落，脱去谷粒的皮，或舂成粉。亦可用来打糍粑。

⑪窦燕山，有义方。教五子，名俱扬：出自《三字经》。

⑫邦君树塞门，管仲亦树塞门：出自《论语·八佾》。

⑬“三里之城”四句：出自《孟子·公孙丑章句下》。

⑭勤有功，戏无益：出自《三字经》。

⑮“昔时贤文”四句：见《增广贤文》。

⑯别别脱脱：“干干脆脆”、“明明白白”的意思。

⑰“日日新”四句：出自《礼记·大学》。

⑱“三才者”四句：出自《三字经》。

⑲“酒逢知己饮”两句：见《增广贤文》。

⑳久旱逢甘雨：见宋代洪迈《容斋四笔·得意失意诗》，全文为：“旧传有诗四句夸世人得意者云：‘久旱逢甘雨，他乡见故知。洞房花烛夜，金

榜挂名时。’好事者续以失意四句曰：‘寡妇携儿泣，将军被敌擒。失恩宫女面，下第举人心。’此二诗，可喜可悲之状极矣。”

【剧情简介】

张元秀老师在地主陈家教读一年之后，陈家修金分文未送，张乃亲自上门取讨。陈大爷不在家中，陈大娘出来接待。张元秀提及修金，陈大娘悭吝成性，便东扯西拉，引了许多成语，用了一些谜语，对了几副对联，讥嘲诘骂，结果还是一钱如命，耍赖不给。张老师只得怒气而归，誓不再作塾师，改行看鸭。

【简评】

彩调中的“三学”是指三出以农村塾师为主角的戏，即《讨学钱》《狗保闹学》《周乞儿盘学》。这三出戏虽无情节上的联系，但其塾师都叫张元秀，均为剧中嘲讽的对象，所以被人们看作是一组写农村塾师的系列剧。《讨学钱》里的张元秀与陈大娘对唱对白中夹杂不少古文古句、猜谜对对。陈大娘抓住张元秀对答中的失误，赖掉学费。一方面显出陈大娘的蛮横无理，张元秀的狼狈；另一方面在丑化教书先生形象的同时，落后乡村缺少文化教育的现状与心理得到暴露。

此剧由谢济舟发掘、杨爱民记录保存。

送表妹

剧中人物

⊙李氏（行当：正旦，简称：李）

⊙张氏（行当：摇旦，简称：张）

⊙张德明（行当：小生，简称：德）

⊙李桂英（行当：花旦，简称：英）

第一场

李　氏　（长锣。上，念）老身生来命又薄，好似墙头草一窝。（小点。坐）过了今年寒冬月，不知明岁又如何？（白）老身李氏。丈夫早年去世，膝下无儿，单生一女。她到她姑母家去拜年，去了这样久，还不见回来。家中事情多，要人做事，待我搭个信去叫她回来。（出门，关门）出得门来，好天气呀！（唱摇旦腔）老身生来命太苦，三十二岁死丈夫。丢下母女无人顾，思想起来泪如雨。（白）走来走去，走到豆腐伯娘门口来了，等我进去搭个信。（向内）伯娘，你在屋吗？还有豆腐没有？

［内白："卖完了。"

李　氏　你的生意好啰。我请你和我搭个口信，好不好？

［内白："搭口信给哪一个呀？"

李　氏　搭到张家，我那个女仔，正月天去她姑母那里拜年，到如今还没回来。开春了，要人做事，她村里常有人在你这块买豆腐的，你千祈[①]和我搭到。

［内白："你何不自己去走一下？大家姐妹家。"

李　氏　我家里事情多，去到那里，她又留着不给回，还是搭信去好。

［内白："你这样讲，我就和你搭去吧。你进来吃杯茶嘛，我在屋里要做豆腐，又不得空招呼你。"

李　氏　不吃茶了，请你和我搭到吧。你也不空，我也有事，我回去了。

［内白："那你好走了呀。"

李　氏　如今信也搭了，我要回去了呀。（唱四平腔）适才路上搭了信，即时要她回家行。为我女儿常挂念，只怪她的年纪轻。一无老子来教训，一个独女我心疼。在娘面前爱淘气，娘女相依到如今。（长锣。下）

第二场

张德明　（长锣。上，引）笔尖舔干砚池水，晚来熬干一盏油。攻读要受五更苦，只为日后想出头。（小点）小生张德明。父亲去世，母亲带我成人。现在书房攻书，有了几日，未曾归家，今日回去探望母亲一会儿，免她挂念。我也曾禀知先生，还要离了书房。（唱）每日攻读在书房，早晚写字念文章。父亲早年把命丧，教训全靠我的娘。想起母亲回家转，回家与母问安康。一步来在我门上，进屋叫声我的娘。（白）妈妈。

张　氏　（上）来了。哪个呀？呵，我儿回来了，好得很，你不回来，我就要到书房去喊你的啦。

张德明　屋里有什么事，这样急呀？

张　氏　没得别的事，你表妹过年就来了，你舅母搭信来，春天到了，要人做事，叫你表妹回去。

张德明　舅母搭信来，就叫表妹回去啦，哪还要去找我？

张　氏　这样事情娘是晓得的，接得信来，娘就要送她回去，她不肯回去，她要你送。

张德明　妈，你才讲得怪咧，她是个妹仔，我是个娃仔，我怎么好送她去呀？

张　氏　不是娘讲要你送她，是你表妹讲要你送她，她才肯回去。

张德明　那我才不送，她不回去也好。

张　氏　（为难）你才回来，送不送你先下去。

[德下。

张　氏　这个事情就难了，我叫她回去，她要人送。我送她又不肯回去，硬要她表哥送，表哥又不肯送，等我喊她出来先。（向内）妹仔出来！

李桂英　（内白）来了。（上）什么事？姑妈。

张　氏　你妈搭信来，这么久了，要你回去，我想送你回去。

李桂英　你老人家送我，我才不去。在路上走倒好难看呀，你是老人家，我又是个妹仔。晓得的，就说你送我回家。不晓得的，他们讲丑话的。

张　氏　呸你的啾！我送你有什么丑话讲啦？

李桂英　人家讲，那个是媒婆，带着个妹仔去卖啦，去嫁人啦，你讲丑不丑呀？

张　氏　那你要哪个送呢？

李桂英　我昨天不是和你讲了嘛，我要表哥送咧。（带羞）

张　氏　你表哥回来了。

李桂英　他回来就好啰。

张　氏　好？好了还没结疤咧！

李桂英　哪样的啦？姑妈。

张　氏　他才不送你哂。

李桂英　我要他送他不送，你老人家讲要他送，他为什么不送呢？

张　氏　他就是不爱送。

李桂英　你喊他送我，他不送，你就由他不送？（挑拨）是你惯他啰。

送表妹嘛，要什么紧？你怕做别的事呀？姑妈，表哥在屋没有？

张　氏　他回来了，在屋里。

李桂英　我喊他出来，喊他出来。（高声向内喊）表哥、表哥！

张德明　（上）表妹，你尽喊我做什么？

李桂英　没有。（指张）姑妈喊你啦。

张德明　妈，你喊我出来做什么？

张　氏　喊你出来，送你表妹回去。

张德明　妈，我不是和你讲过了吗，我不送。

张　氏　你这个蠢东西，为娘喊你做点事，送个人，你就不送，真是养惯了你了！为娘讲话你都不信，那还了得起？

李桂英　表哥，你送我嘛。

张德明　（学英）表哥，你送我嘛。（不耐烦地，旁白）唉！好难，我不送又不从母命。我想送呀，她又在路上啰啰唆唆。唔，想起来了。（对张）妈，我送是送，要依我三件。

张　氏　哪三件？

张德明　一、在路上不要咿咿呀呀调笑。二、在路上不许做野事情。三、我不送到屋。

张　氏　好，我对她讲。（对英）妹仔，你表哥送是送你，要依他三件。

李桂英　只要表哥送我，莫讲三件，十件八件我都依他。

张　氏　不要这么多，只要三件就得了。

李桂英　好，哪三件？你讲给我听吧。

张　氏　第一件，在路上不准你调笑。

李桂英　唔，第二件呢？

张　氏　第二件，在路上不准你打野[②]。

李桂英　第三件呢？

张　氏　第三件他不送你到你屋。

李桂英　哎哟！我怕讲什么啰，是这样。姑妈，你才信他的话咧。男子和女子走，只怕他和我调笑嘛；我二人走倒有什么野，怕他野啵；又讲不送到屋，不送到屋，你老人家放心没有？

张　氏　你不依从，他就不送。

李桂英　好好，表哥送我。（想）我依从就是。

张　氏　（对德）儿呀，如今你表妹依从你了，你要送她回去。你下去拣好你的衣裳吧。

李桂英　（欢喜地）哂，我也去拣东西。

［德、英下，即上。

李桂英　表哥，走了走了。

张　氏　你们两人好好走，莫要调笑的。（对英）你若是调笑，我告诉你妈，就要打你。

李桂英　我们不调笑的，你老人家放心，下去吧。

［张下。

［德、英出门。

李桂英　表哥，你送我回家，你我二人还要走呀！（长锣。唱路腔）表哥呀送我呀回家呀行，兄妹呀一路呀往呀前进。咿嗬嗨、哪咿哪嗬吔。

张德明　（唱挑担腔）一步来得快，来到河岸边。（一钹）抬头看一看，大桥在眼前。（收腔）

李桂英　表哥，到河边来了，要过桥了。（故意拉德）

张德明　（不耐烦地）过桥了、过桥了。在路上喊你莫调笑，你要调笑。

李桂英　又是我们两个人走，你那个样子好小气哟。我们是兄妹，你怕我和别个调笑吗？才讲难看哪。

张德明　过桥，你走前面。

李桂英　是，我走前面，做出那个样子。

［德、英二人走到桥中，英故意不走，想逗德。

张德明　唔，你怎么不走呀？

李桂英　表哥，我不走啦。这个桥好看呀，桥底有几多东西哂。

张德明　桥底有什么好看呀？

李桂英　（拉德）来嘛、来嘛！咧咧咧，你看那边有对鱼游过来了，好像哟哟哟。

张德明　好像什么？

李桂英　像两公婆一样一对。我们两个呢？你看嘛，也一对，也好像两公婆一样。（笑）嘻嘻嘻！

张德明　你真不害羞啊。

李桂英　（装听错）什么？我们两个人就要睡一头呀。

张德明　（生气）嗨，你好啰唆呀。（走过桥。长锣。唱路腔）离了呀，河边呀，往前进呀，嗨啃嗨。（一钹）抬头看，又到了青草坪呀。（长锣）

李桂英　（唱路腔十七）离了桥边到草坪，只见青草实在青。站在草坪看一眼，见两个菌子在路边。（收腔。见路旁有菌子，停步）

张德明　（见英不走，着急地）走呀！走呀！

李桂英　表哥，慢点走嘛。你看这草坪里头有两个什么东西呀？（指菌）

张德明　那个东西，你莫去搞它，搞不得的咧。

李桂英　（撒娇）搞不得吗？唔，我总没看过，我要看一下先。（拈菌子）呀！真好看呀！圆滚滚的，软奴奴[3]的。（送德看）

张德明　那个东西弄不得的，弄了会搞坏眼睛的。

李桂英　我才不信，我倒要弄一下。（故意将菌子在眼睛边撕开）哎呀！表哥，不好了！这个东西当真坏眼睛了，我这个眼睛开不得了。快点！你来和我吹一下。

张德明　喊你莫弄，你不信我的话，你眼睛瞎了，我都不管你。

李桂英　你不和我吹，我走不得了。我告诉姑妈，讲你不送我，那姑妈要骂死你哟。

张德明　唉！真是无法。（没奈何地）来嘛，和你吹。（用扇扇眼）

李桂英（假装喊痛地）哎哟！哎哟！你拿扇子扇，是冷风，更加痛起来了呀！

张德明　你要什么风呀？

李桂英　我要你拿嘴巴吹。

张德明　我才不吹。（想走）

李桂英　（装哭）哎哟哎哟，痛死我了！

张德明　（旁白）我不吹呀，她又哭。（对英）好，你莫哭。我来吹，你不要罗连④啵。

李桂英　别个眼睛还开不得，还有什么罗连呀？（喊痛）哎哟哎哟！快点嘛、快点嘛！

［德走近吹眼，英趁德不备，向德脸上吻去。

张德明　（推开英）嗨！你的举动才不合呀！

李桂英　什么？我给你做老婆呀？（装听不清楚）

张德明　呸！哪个讲要你做老婆？你这样罗连，我打转了，不送你了。

李桂英　你不送我了？你若是不送我到屋，我回去讲给妈妈听，讲你在路上调戏我、拉我。

张德明　哪个拉你？哪个调戏你？

李桂英　你你你！

张德明　哼！我拉你呀？我硬赌得咒。

［德跪，英亦跪。

张德明　过往神灵，

李桂英　正好成亲。

张德明　日月三光，

李桂英　正好拜堂。

张德明　哼！真恼。（起身）

李桂英　我两个同偕到老呀！（起身。长锣。走圆场，唱化子腔）二人年轻十七八。好比芙蓉配牡丹。小妹对你讲实话。要和表哥结成双。

张德明　（唱）表妹讲话我不听，龇牙露齿乱胡行。一则我们是表兄妹，二则我们是内亲。

李桂英　（唱）表哥表妹好谈情，表妹不嫌你家贫。牛栏起在田基上，肥水不流外人田。越讲越谈越高兴，抬头只见我家门。（收腔。白）表哥，来到我家门口来了。

张德明　到你门口，我回去了。

李桂英　慢着慢着，你送我到门口，就讲回去。我要你进我家坐一坐，吃杯茶。表哥，进屋吧。

［德、英进家。

李桂英　（向内喊）妈妈。

李　氏　（小点上）是哪个？（见英）呵！是你这个死妹仔，你怎样舍得回来了？

李桂英　妈妈，是表哥送我回来的啦。

李　氏　（见德）啊……外甥来了，坐吧！（对英）你表哥来了，快倒茶来。

李桂英　表哥，你坐吧，我倒茶给你吃。（下，端茶上）表哥，吃茶。

张德明　（接茶）舅母，请茶。

李桂英　我妈在家里有茶吃的，表哥，你吃嘛。

李　氏　你莫在这块多嘴，拿茶杯下去。

［英拿杯下，复上。

李　氏　你妈在家好吗？

张德明　（不耐烦地）唔，好。

李　氏　你在书房读书，读得好吗？

张德明　四书五经都读过了。

李　氏　（背台）往日来不对，今日来到总是黑神板脸，想必是女儿得罪了他。（对德）外甥，今天我和你讲话，你为什么哼哼呼呼，在路上你表妹得罪了你是不是？

张德明　你养的好女！

李桂英　表哥，哪点不好呢？又不瞎眼跛脚。

张德明　养了这种女妖怪。

李桂英　哎呀，表哥，你才送一回咧。多送几回，你不是更加怪我。

张德明　我不和你东扯西拉。

李　氏　好啦好啦，你们两人莫闹嘴了。（对德）你到后头去，我弄了点菜饭，你到里头去吃饭吧。

李桂英　唡，表哥，你走困了，肚子又饿了，你去里头吃饭吧，我妈弄有菜的。你一个人去吃，等下我来陪你。

张德明　（极气地）告退！（下）

李桂英　我去陪表哥吃饭了。

李　氏　慢点。

李桂英　我肚子饿了，我去吃饭，怎么又讲慢点呢？

李　氏　怎么又讲慢点呀？你表哥今天面色不对，黑神板脸的，讲你的丑话。

李桂英　路上我没有做错什么事。

李　氏　你没做错什么事呀，你真淘为娘的气呀！（唱骂板）堂前我把女儿骂，骂声女儿听根芽。为娘养你这样大，你表哥进屋就把气发。一定路上你乱讲话，是不是路上你逗他。气得为娘将你打，活活打死你这小冤家。（收腔。白）你和为娘跪下。

李桂英　跪下还不是跪下。（跪下）

李　氏　你这个死妹仔，养你这样大，还逗为娘淘气。打我也不打你了，骂我也不骂你了，打起给别人看见难看。滚起来！

李桂英　（不起）打你也打了，骂你也骂了，我又没做错事。（哭）唡……

李　氏　（背台）哼！真是养倒一个女，打下子她就撒娇了。（对英）起来！

李桂英　我不爱起来，你打嘛、你打嘛！给你打死去。

李　氏　（背台）咦！喊她起来，她不起来。（想）晓得了，她爱她的表哥。我来哄她，说表哥出来了，她一定起来的。（对英）你起来不起来？

李桂英　我不爱起来。

李　氏　你不起来就算了。呵，表哥你吃倒饭，你出来做什么？

李桂英　（急起来）我表哥在哪里？我表哥在哪里？

李　氏　在这里，在这里咧。（羞脸）好不怕羞呵。

李桂英　（调皮地）我不和你讲，我去陪表哥吃饭去了。（下）

李　氏　真是养娇了她了，也难怪的，养女到十七八岁了，人大心大。

［英出来偷听。

李　氏　她见她表哥生得聪明伶俐，一定欢喜他。我看他也忠厚老实，到明日我和我妹妹讲一下。给他们两人结成一对美满夫妻。

李桂英　（急上）妈，你讲什么？你讲什么？

李　氏　我没有讲什么。

李桂英　你莫瞒我，我听见了！我听见了！嘻嘻嘻！（下）

李　氏　你讲该不该死，她晓得听背后话了。管她听见也好，不听见也好，事情就是这样办。弄得我饭也没得吃，我也要去后面吃饭了。（下。长锣）

（剧终）

【注释】

①千祈：千万、一定。表示强调。

②打野：开小差。桂林话。

③软奴奴：非常柔软。桂林话。

④罗连：啰唆；麻烦。桂林话。

【剧情简介】

李桂英到姑母家拜年，一住甚久，不舍回家。其母因春耕开始，农事甚多，搭信要桂英回去。李桂英坚持要表哥相送，表哥无奈，只好陪送。行至途中，英用许多言语引逗表哥，表达自己爱慕之情。回家后，母知英甚爱表哥，遂同意许他们结为夫妇。

【简评】

《送表妹》一剧中，表妹是全剧重点刻画的人物。表妹李桂英钟情于自己的表哥，表现在一是在表哥家常住不归；二是返家时执意要表哥相送；三是二人独处时强行要表哥接受自己的爱情。这一系列的行为使一个纯真率直、激情四射、勇敢追爱的女性形象跃然纸上。这个近似霸道的“表妹”与以往戏曲中那些温婉文雅、隐忍克制的传统女性不同，她在爱情婚姻问题上，变被动等待为主动出击，像一道闪电，冲击与震动了戏曲舞台和人们的思想。

此剧由俸画眉发掘、戴海平记录保存。

赵癞子休妻

剧中人物

⊙赵癞子（行当：丑，简称：赵）
⊙于枝香（行当：旦，简称：于）
⊙万年青（行当：丑，简称：万）
⊙族长（行当：老生，简称：族）
⊙保长（行当：丑，简称：保）
⊙父老（行当：杂，简称：老）
⊙学生甲（行当：童，简称：甲）
⊙学生乙（行当：童，简称：乙）
⊙学生丙（行当：童，简称：丙）
⊙学生丁（行当：童，简称：丁）

第一场

万年青　（锣鼓起。上，念）天子重英豪，文章教尔曹。万般皆下品，唯有读书高。（白）在下，万年青便是。从小攻书，功名无有，只得教书为生。旧年我教八个，今年教一桌，八个不是一桌，一桌还不是八个。（向内）学生拿书来背。

［内白："来了！"

学生甲 （拿书上，将书摆在桌上，转脸背书，念）人之初，性本善。性相近，习相远。苟不教，性乃迁……

万年青 得了得了。拿下去读，第二个来背。

学生乙 （拿书放在桌上、转脸背书、念）赵钱孙李，周吴郑王，冯陈褚卫……

万年青 得了得了，拿下去读。第三、第四，两个同来背书。

学生丙、学生丁 （上，背书，念）天地玄黄，宇宙洪荒，日月盈昃，辰宿列张……

万年青 得了得了，收书下去，回去吃早饭吧，我也要吃早饭了。

［学生先下，万后下。

第二场

于枝香 （上，整装、开门，念）八月桂花香，九月菊花黄。讲到家中事，贫穷苦难当。奴家生来命又丑，嫁个穷夫难出头。（白）奴家于枝香，嫁个穷夫，今日这个鬼打的出去，钱无钱，米无米，我想到发火，心中另有改变，言得有理。我担水桶，到河边挑担水回来先。（下，取桶复上）桶得出来了，离了自家门前，把门关上，就把桶挑起来呀！（唱挑担腔）桶子挑上肩，左肩换右肩。一心要往河边去，河边挑水先。急急忙忙来得快，不觉来到码头边。就放桶来要，挑得水上肩哟。（走圆场）一走走往码头过，不觉经过书房来。又往书房过，把桶放下来。

万年青 （上，出门）大嫂，你这担水是卖的，还是挑回去吃的？

于枝香 不卖的，我是挑回去吃的。

万年青 大嫂，卖一担给我好吗？

于枝香 你要，我就送一担给你吧。

万年青 那好嘛。

［于把水挑起。

万年青　（指水缸）请你把水倒在这缸里。

于枝香　（倒水完）先生，你坐先。

万年青　慢着慢着，你帮我洗一套衣裳好不好？

于枝香　先生，那你没有先生娘吗？

万年青　我的先生娘嘛，外婆未曾养出来。大嫂，你有几个仔呀？

于枝香　第二世。

万年青　难道你没有当家老板吗？

于枝香　我的当家老板呀，他死了一半，还有一半。

万年青　大嫂，你帮我挑担水和洗衣裳，要几多钱？

于枝香　先生，随便你给，我不讲的。

万年青　这衣裳是今夜得，还是明天得？

于枝香　晚点你到我家去要吧。

万年青　大嫂，你帮我送来不好吗？

于枝香　你这里学生太多，我不好意思。

万年青　那你家在哪里呢？

于枝香　你出门口来，我指给你看。（指）我家就在那里，独一家人，门口有棵柚子树。

万年青　哦，就在那里，真不错。

于枝香　现在我拿衣裳去河边洗，顺便挑一担水，先生你请坐。

万年青　大嫂慢走。

［于挑桶，斜望万。万飘飘然，悄悄地下。

于枝香　（出门）还要往河边走呀！（唱倒板桨）离得书房往前走，一心要往前边行。急急忙忙来得快，不觉走到河边来。（将桶放下。四钹。）我就把衣裳来洗呀！（唱山歌）闷水清，闷水流来洗衣衾。衣衾越洗越有样，晒干越望越爱人。广东上来一条河，八根竹篙晒绫罗。绫罗好看要钱买，不知哪样缝才合？（白）我衣裳洗完了，就拿桶要水起来先哪。（唱山歌）挑水莫给桶绳长，莫给水桶碰脚梁。家中还有一缸水，特意挑水望成双。（白）我今行来走去，走去行来，不觉来到我家门口来了。待我开门，挑水进去倒。（下，倒水复上）我把衣裳晒好先。（唱挑担腔）就把衣裳来晒起，晒起湿衣裳。到夜衣裳干，劳力换孔方[①]。（重二句。下）

第三场

万年青　（上，念）昨夜一梦梦不祥，梦见野鬼来烧香。今天买得一担水，给我一天也难忘。（白）在下万年青。给那个女子洗了一套衣裳，她喊我自己去要。她挑桶在肩时，望我一眼，给我一身都软。今日我往她家而去，一打秋风[②]二拜年，看过来由如何？闲话少说，立起身来。（向内交代学生）你们好好读书吧。

［内白："晓得。"

万年青　（出，笑）离了书房门口，还要走来呀！（唱倒板桨）出得门来往前走，一心要往前面行。急急忙忙来得快，不觉来到她家门。（白）且慢，行来行去，不觉来到她家门口了。她说她家门口有一棵柚子树，我怕就是这里吧。门是半掩半开的，不知她在家没有？待我打叫一声。喂！大嫂，在家没有？

于枝香　（内白）在呀，你是哪个？

万年青　我是教书先生来了。

于枝香　（内白）哦，你是教书先生来了，那你在外面等一等，我就来了。（上，唱扁担腔）奴在绣房绣花鞋，忽听外面叫门开。双手打开门来看，谁知先生就到来。（白）先生你来了，请进！

万年青　我不进了，在门口讲吧，我是来要衣裳的。

于枝香　人熟礼生，是要进的。

万年青　那你上前引路，我就进来啊。（唱倒板桨）进得门来把礼拜，尊声大嫂听开怀。我今到家无别事，来要衣裳送钱来。

于枝香　（唱）双手板凳拖一拖，请你先生坐一坐。

万年青　那大嫂你呢？

于枝香　奴家去下面倒杯清茶来给先生喝。（下，取茶复上）先生请茶！

［万接喝。于接杯下，复上。

于枝香　先生，你来要衣裳吗？

万年青　正是。大嫂，可洗好了？

于枝香　洗好了，我刚叠好。

万年青　大嫂，我送你三钱银子。

于枝香　先生，见你给钱这样忙，是何缘故？

万年青　大嫂，你哪曾知道？

于枝香　先生，有什么事？

万年青　昨夜我睡得一梦，拈得一件东西。

于枝香　拈得什么稀奇东西？

万年青　拈得一个阎王鱼，叫作一枝香。

于枝香　哎呀！一枝香，这好比我的名字一样。

万年青　大嫂，你的名字叫作一枝香吗？

于枝香　对了二个字，有一个字不对。

万年青　哪一个字不对呀？

于枝香　我的名字是叫作于枝香。

万年青　你哪样又叫作于枝香呢？

于枝香　我妈命丑，去求神，一记求得五枝保命香，所以叫于枝香。

万年青　那你会唱吗？

于枝香　会唱，你会帮腔吗？

万年青　会是会，怕人家听见不好意思。

于枝香　我这里是单房独屋，没有人听见的，不怕！

万年青　那我们二人就唱起来呀！

于枝香、万年青　（唱五炷香）一更里来一枝香，叫声情哥请到奴家乡。

娘问女儿什么响？隔壁洗碗响叮当。二更里来二枝香，叫声情哥进了奴绣房。娘问女儿什么响？风吹门帘叮当响。三更里来三枝香，叫声情哥坐了奴牙床。娘问女儿什么响？耳环碰枕响叮当。四更里来四枝香，先生离开象牙床。娘问女儿什么响？猫捉老鼠出栋梁。五更里来五枝香，先生出了奴绣房。娘问女儿什么响？隔壁王妈来烧香。

于枝香　哎呀！先生，唱完了。

万年青　唱完了，我的衣裳呢？

于枝香　你的衣裳在此。

万年青　大嫂，慢坐。（下）

[于关门，下。

第四场

万年青　（上）离了她家门前，我还要往书房去呀！（唱倒板桨）离了她家往前走，一心要往书房行。急急忙忙来得快，不觉走到书房门。（白）且慢，走来走去，不觉来到书房来了，我还要去吃夜饭先。（下）

第五场

赵癞子（上，念）记得当年读书文，十年窗下枉苦心。毛锥[3]戳坏千数杆，哪知还是不进门。（白）在下赵忠明，人家叫我赵癞子。今日离了朋友家中，要回我家去呀！（唱倒板桨）离了朋友家回去，一心要往自家门。急急忙忙来得快，不觉走到我家来。（白）且慢，走来走去，不觉来到我家门前来了。吓！青天白日、白日青天，门是半掩半开，不知我妻子在家没有，待我打叫一声。贤妻哪里？开门。

于枝香　（内白）你是哪个？

赵癞子　我是你当家的回来了。

于枝香　（内白）鬼当家，我怕是冤家。（一路唠叨地上）鬼打鬼打，你这个背时鬼，回来做什么？（开门）你这个背时鬼回来了吗？

赵癞子　贤妻，我回来了。

于枝香　鬼是你的贤妻，我晓得你，早就嫌我了。

赵癞子　贤妻，我刚进家，你就发气。丈夫丈夫，不让一丈，也让八尺。进家少不了倒一杯茶来喝。

于枝香　倒茶？你的钱呢？

赵癞子　没有茶，水也有嘛。

于枝香　水？没有饭吃，哪个去挑？

赵癞子　你在家里总不弄得点么？

于枝香　我弄得，我还嫁你做什么？

赵癞子　那你来嫁我，就靠我吃么？

于枝香　嫁汉嫁汉，穿衣吃饭。壶中无酒不留客，家里无钱莫娶妻。

赵癞子　床头有棵葱，也有老婆养老公。

于枝香　请不多言，我懒刮你[4]。（下）

赵癞子　时不通来运不通。眉毛里面生臭虫。家中无米煮，老婆丢老公。唉！我赵忠明，就是背时到这里止啦。（坐，突然想起）哦，有了。我赵癞子在堂屋装睡着，做个梦中巧计，来一个假休妻。今日我睡在梦中，我大喊三声。（喊）赵癞子休妻。（佯说梦话）

[于闻声上、窃听。

赵癞子　我赵癞子背时了，弄不到钱米，养不活老婆，老婆也不听我讲了。管她不管，我就开笼放鸟，免得耽误她，也免得她没有饭吃又来怪我。若是她顺得我呢，也就罢了。若是她不顺得我呢，无论如何要离了。我赵癞子好汉休妻，不要钱的。钱是不要的，但有四句谜语，谁猜得对，我给老婆给他，还有二两银子请酒。若还谁来猜，两个人打下赌来，要现的。他猜得对，就要我的老婆，给二两银给他请父老吃酒。他猜不对，我要他一百两银子，外加二两请父老。君子一言，驷马难追。我这四个谜子，我来讲啊。稀稀沙沙是羊粪。重重叠叠是牛粪。二头尖尖老鼠粪。半白半黑是鸡粪。就是这四句啦。他猜得对，我就给老婆给他，还有二两银子给他。他猜不对，就给我一百两银子。要猜的，我先讲。稀稀沙沙是什么？重重叠叠是什么？二头尖尖是什么？半白半黑是什么？你猜得对你就要，你猜不对我就要。我的话讲完了，没有什么啦。（佯睡）

于枝香　（听后，自言自语）哦，这回我拈得了，我去讲给万先生听，给万先生来猜对了，明天我准得嫁他了。先去睡先。（下）

赵癞子　半夜了，冷了，我到房内睡去。（下）

第六场

于枝香　（上）这个鬼打的，他睡着了，我偷偷去讲给万先生听，明天就有办法了。我偷偷走起来呀。（唱倒板桨）离了家门往前去，一心要找万先生。急急忙忙来得快，不觉走到书房来。（白）走来走去，不觉来到书房门口来了，管他不管，我拍门请先生出来先。（拍门）万先生，请起来！请起来！

万年青　（内白）半夜三更，你是哪个？

于枝香　我是于枝香，你快点起来呀。

万年青　（喜上，开门）三更半夜，你跑来做什么？

于枝香　我有个好机会来讲你听。明天赵癞子要休妻。

万年青　哪个赵癞子？

于枝香　就是我家这个鬼打的。

万年青　他讲明天他休妻呀？

于枝香　是的。

万年青　你知道他要多少钱？

于枝香　他不讲要钱。

万年青　他怎讲又不要钱呢？

于枝香　他说他有四句谜子，谁猜对他的谜子，他就把老婆给谁，还有二两银子请父老吃酒。要是猜不对，他要一百两银子，又要二两给他请父老吃酒。先赌钱后猜谜子。

万年青　他讲的谜子谁能猜得对？

于枝香　不怕，我听得他的谜子了。

万年青　他的谜子是怎样讲的？

于枝香　我讲给你听啰。

万年青　你讲嘛。

于枝香　稀稀沙沙是羊粪。重重叠叠是牛粪。二头尖尖是老鼠粪。半黑半白是鸡粪。你要记住呀。万先生，你若猜对了，你我二人就可成美满夫妻了。

万年青　慢着慢着，我拿笔记起来，你再讲嘛。

于枝香　稀稀沙沙是羊粪。

万年青　嗯。（重念一句，记下）

于枝香　重重叠叠是牛粪。

万年青　嗯。（重念一句，记下）

于枝香　二头尖尖是老鼠粪。

万年青　嗯。（重念一句，记下）

于枝香　半白半黑是鸡粪。

万年青　嗯。（记下）

于枝香　我讲完了，你千祈要记，不要忘记了。先生，我告别了。

［万拟吻于，于跑开。

万年青　呀！难舍多了。

于枝香　明天你要来猜呀。

万年青　来的来的。

于枝香　我走了。

万年青　你好走哂。

于枝香　你把门关上。

［万、于分下。

第七场

于枝香　（上）三步两步来得快，不觉走到我家来。唔。待我偷偷进房去睡觉啊。（下）

赵癞子　（内白）哎呀！（锣鼓响。上，念）时不通来运不通，鲤鱼下塘变虾公。时又通来运又通，好比孔明借东风[5]。（白）在下赵忠明。想起我赵癞子，好背时，昨夜又没得吃饭，今早我肚子饿了，喊我妻子出来去煮饭给我吃。妻子哪里？走来！

于枝香　（内白）喊我做什么呀？

赵癞子　喊你来你就来嘛。

于枝香　（怒上）就来就来，癞子你喊我做什么呀？

赵癞子　我肚子饿了，你去煮饭给我吃。

于枝香　有米你就煮，哪个帮你煮？

赵癞子　你帮我煮。

于枝香　我不是你的丫头。

赵癞子　那你不顺从我？

于枝香　不顺从你，你敢哪样？

赵癞子　你不顺从，那我就不理你了。

于枝香　不理就不理，你写退婚书来。

赵癞子　到理事堂去。

于枝香　理事堂就理事堂，你先走，我后来。

赵癞子　那我就走。

于枝香　走就走。

赵癞子、于枝香　走起来呀！（圆场）

赵癞子　理事堂就在这里啦。

于枝香　这里就这里。

赵癞子　你喊还是我喊？

于枝香　你喊嘛。

赵癞子　我喊我就喊，我喊起来啊。赵癞子鸣锣休妻。（打锣三响）喂！理事堂里面，有个赵癞子，今日鸣锣休妻。族长、保长、各位父老，请你们到理事堂，做个公证人。我赵忠明，花名赵癞子，理事堂里面休妻，请你们各位到来，做个公证人。请各位随喊即到，不要耽误。

族长、保长　（与众人同上）到了，到了！

族　长　癞子，你今日喊我们父老到理事堂来有什么事？

赵癞子　你们各位父老请坐下来，我讲你们听。

保　长　你讲嘛。

赵癞子　我来讲啊。今天请你们各位父老到场，我赵忠明背时，无钱又无米，养妻养不活，今到理事堂休妻。我好汉休妻不要钱，虽是不要钱，我有个故事。

保　长　你有什么故事？你讲嘛讲嘛。

赵癞子　我有四句谜子，谁猜得对，我就把老婆给他，另有二两银子请你们各位父老吃酒。

保　长　若是猜不对呢？

赵癞子　猜不对我要一百两银子，加二两银子请你们各位父老吃酒。我赌妻，他赌钱，大家摆现的出来。你们各位父老做证人。

［众白："做证做证。"

族　长　哪个想要老婆就来猜谜。哪个猜得对的，就得一个好老婆，另外有二两银子请我们父老吃酒。猜不对，赵忠明要你们一百两银子，外加二两银子请我们父老吃酒。

万年青　（上）什么谜子？也要写个题目呀。

保　长　赵先生，你要写题目出来呀。

赵癞子　是是是，等我来写就是。（写）稀稀沙沙是什么？重重叠叠是什么？二头尖尖是什么？半黑半白是什么？（白）我写好了。

万年青　等我来猜。

赵癞子　慢，放银子下来先。

万年青　现银子我没有，我拿个金面盆来押好不好？

族　长　可以！你拿来看，抵得一百两银子没有。

万年青　那我去要来。（下，取金盆上）各位父老，金盆在此。你们看，抵得一百两银子没有呀？

[众白："抵得抵得！总值一百多两银子的价钱。"

万年青　各位父老在此，那就猜了。

[众白："赵先生，金盆在此，那人家就猜了。"

赵癞子　猜嘛猜嘛。

族　长　猜得对，人家要老婆去的呵。

赵癞子　君子一言，驷马难追。

保　长　画押下来。

[赵画押交保。

保　长　画押好了。万先生，你若猜不对，金盆人家就要的呵。

万年青　愿赌服输。

族　长　你也画押下来。

[万画押。

保　长　那万先生你就猜啦。

万年青　哪个记录？

族　长　我来记录。

万年青　那我就猜。（锣鼓）稀稀沙沙是羊粪。

族　长　嗯，稀稀沙沙是羊粪。

保　长　第二句呢？

万年青　第二句，重重叠叠是牛粪。

族　长　嗯，重重叠叠是牛粪。

保　长　第三句呢？

万年青　第三句，二头尖尖是老鼠粪。

族　长　嗯，二头尖尖是老鼠粪。

保　长　还有第四句呢?

万年青　第四句，半白半黑是鸡粪。

族　长　嗯，半白半黑是鸡粪。

保　长　赵先生，对不对呀?

赵癞子　不对。

族　长　不对呀，那你就剥开出来啦。

赵癞子　先生不通理，句句都讲粪。金盆拿过来，老婆不到你。

保　长　你讲猜得不对，你就剥开出来。

赵癞子　各位父老，听我赵忠明说出来呵。

保　长　讲嘛讲嘛。

赵癞子　稀稀沙沙是天星。

族　长　稀稀沙沙是天星。

保　长　第二句呢?

赵癞子　重重叠叠是乌云。

族　长　重重叠叠是乌云。

保　长　第三句呢?

赵癞子　二头尖尖是蛾眉月。

保　长　第四句呢?

赵癞子　半白半黑是人眼睛。我的四句谜子讲完了，你们各位父老看是不是?

［众白："是，不错！万先生你也读过书，你自己剥开看，是不是这样呵?"

保　长　赵先生，你拿金盆去。银子二两，到里面请他们办酒。

赵癞子　贤妻，你拿金盆。你愿跟我，还是愿跟万先生?

于枝香　（拿金盆笑）一夜夫妻百日恩，百日夫妻一世人。还是赵先生是我的丈夫。

赵癞子　请你们各位到里面休息，等一会儿就得吃了。

[赵、于、族、保与众同下。

万年青　不抵不抵真不抵，我来教书无主意。金盆输去了，真正老万太背时。(唱桂剧[6]) 好！管他不管，我卷包袱走了呵！（下）

（剧终）

【注释】

①孔方：孔方兄，代指钱。旧时铜钱外圆，中有方孔，故名。

②打秋风：指假借名义、利用关系向人索取财物或赠予的一种社会现象。也叫"打抽丰"。

③毛锥：亦称毛锥子，毛笔的别称。因其形如锥，束毛而成，故名。

④懒刮你：懒得理你；不想理你。

⑤孔明借东风：这个故事出自《三国演义》。在赤壁之战中，吴蜀联盟共抗魏曹。在欲破曹军时，须用火攻。当时万事俱备，只欠东风，诸葛亮上坛作法"借东风"。到了作战那天，果然东南风大起，周瑜乘机发动进攻，一举击败了曹军。其实，诸葛亮不过是善于预测天气，巧用天时而已。

⑥桂剧：广西的主要剧种之一，俗称桂戏。桂剧用桂林方言演唱，做工细腻贴切。

【剧情简介】

赵忠明又名赵癞子，是个落魄书生，无钱养家。其妻于枝香嫌贫爱富，与教书先生万年青已有默契，只待机结合而已。赵因妻子待同路人，诈说梦话：决定明日休妻，谁如猜着谜语，就得己妻，否则输银百两。于枝香信以为真，连夜偷去告知万年青，叫万去猜，猜中就可成亲。万因于告以谜底，即到理事堂去猜，拿金面盆抵押，结果失败，输了金盆。于见赵赢得金盆，又愿与赵相偕白首了。

【简评】

此喜剧有明显的讽刺意味。主要是嘲笑揶揄了嫌贫爱富于枝香与乘人之危的万年青。于枝香认为丈夫赵癞子落魄潦倒，无力养家，便暗中计划勾搭、改嫁教书先生万年青。他们两人合伙借赵癞子酒醉胡言乱语之际算计他，企图达到二人成为夫妻的目的。结果反而落入赵癞子事先设计好的圈套，使万年青丢了金盆，输了银两，娶妻落空，真是偷鸡不着蚀把米。于枝香也是机关算尽一场空，最终强颜欢笑重回赵家之门。

此剧由韦炳兴发掘、陈亚昭记录保存。

活人变牛

剧中人物

⊙张大郎（行当：生，简称：张）
⊙李氏（行当：老旦，简称：李）
⊙尹氏（行当：摇旦，简称：尹）
⊙王氏（行当：摇旦，简称：王）
⊙大嫂（行当：摇旦，简称：嫂）
⊙观音（行当：旦，简称：观）
⊙三姨妈（行当：老旦，简称：三）
⊙五婶娘（行当：老旦，简称：五）

第一场

张大郎 （上）只为家道贫，终日带忧心。（坐）春夏秋冬四季天，寒来暑往又一年。家里还有年高母，孝敬不到也枉然。鄙人，张大郎。父亲早年去世，丢下母子，家道贫寒。娶妻尹氏，心肠有点不好。今日朋友要我下江贸易，因此放心不下，请得老母妻子，出来商议，岂不是好？言之有理。有请老母亲！尹氏妻哪里？走来。

李氏、尹氏 （上）来了。

李　氏　君圣天下治，官清民自安。

尹　氏　妻贤夫祸少，子孝父心宽。见过夫君。

张大郎　不用讲礼，一旁坐下。老母请坐。

李　氏　我儿不要讲礼，为娘坐下。今日请得为娘出来，有何商议？

张大郎　老母，只因家道贫寒，儿往下江贸易，因此拜请母亲，恕儿远离不孝之罪了。

李　氏　儿呀，你要下江贸易，为娘在家，还有你妻子照看，我儿不必挂心。

尹　氏　家庭之事，妻子料理，夫君只管放心前去。

张大郎　那就是好的。坐在一旁，听我一言。（唱倒板桨）坐在堂前把话论，尊声老母你细听。不幸父亲早丧命，丢下母子受苦情。老母今年七十岁，你叫孩儿怎放心？家中贫寒难孝顺，五雷打我不孝人。

李　氏　儿呀。（唱）我儿不必心忧闷，为娘有言你细听。只因你父早丧命，亏了我儿奉晨昏[①]。你要下江把钱挣，为娘在家放宽心。家中还有你妻子，早晚时刻不离身。

尹　氏　夫呀！（唱）夫君说话有礼性，妻子言来你细听。你要下江把钱挣，老母在家我看承。吃茶吃水我恭敬，早晚时刻我用心。此番下江去贸易，一路之上要老成。日落西山早投店，也免妻子来挂心。

张大郎　（接唱）堂前话语说不尽，今日一心往外行。老母请进后堂内，不孝孩儿别母亲。

李　氏　我儿只管前去，为娘在家你不必挂心。（下）

张大郎　妻呀，拿起行李前来。

尹　氏　（下取包袱上）行李在此。

张大郎　拿了过来。就此一别。（唱）站立堂前把话论，叫声贤妻你细听。家中事情你照管，还有老母年迈人。辞别贤妻前途奔，为夫下江走一程。（下）

尹　氏　（唱）一见夫君把路行，不由尹氏挂在心。将身且把上房进，

洗手焚香拜神灵。（下）

第二场

张大郎　（上）走呀！（唱路腔）在家辞别老母亲，心中时时不安宁。只因要往外面去，又道家贫无孝心。生身父母无孝敬，枉自生为人子孙。将身且把路途进，要往下江走一程。（下）

第三场

王　氏　（上，念）昨日心中来思想，想着姨妈挂心旁。（坐）早也忙来晚也忙，想起当家无主张。早晨起来七件事，油、盐、柴、米在何方？（白）我，王氏。只因丈夫去世得早，丢下老身一人，这也不再言表。只因我有个姨妈，平素少来我家，我昨日心想请她前来，我又约了两桌客。还要请她老人家在我家中住上一宿。天时尚早，不免到她家去走上一走哇！（圆场，唱摇日腔）家中事情安排清，要到张家走一程。欢欢喜喜往前进，见了姨妈把话云。（白）行来走去，来到她家。待我打叫一声，哪个在家中呵？

尹　氏　（内白）来了！（上）门外叫高声，不知是何人？走出门外看，姨妈到来临。呵，原来是姨妈来了，请进。

王　氏　晓得，有进了。

尹　氏　姨妈请坐。

王　氏　不要讲礼。

尹　氏　姨妈许久不来我家，今日有何好事？

王　氏　非为别事，我今日请了两桌客，我特地前来请我们姨妈的。

尹　氏　那就是好的。她在后面，我与你请她出来就是。有请母亲。

李　氏　（内白）来了。（上）媳妇一声请，不知何事情。媳妇打叫何事？

尹　氏　姨妈来了。

李　氏　原来是老姐妹来了，有何好事呀？

王　氏　姨妈，我想这多年全没有请过老姐妹，我今请了两桌客，特来请你老人家到我家前去，粗茶淡饭，也不过坐谈而已。

李　氏　你又这么劳心，有几句话都够了。

王　氏　话不多讲，家中有事，你老人家随后来就是。（下）

［李送。

尹　氏　到时母亲你去就是。（下）

李　氏　今日前去吃酒。连一件衣服都没得。（思索）有了。我媳妇有件衣服顶合我穿，但，我问她借那是不好借的。是了，我不免找隔壁大嫂说明情由，她与我媳妇是最讲得来的，我请她代借，岂不是好？（出门，圆场）行行走走到她家来了，大嫂在家没有？

大　嫂　（内白）哪个？（上）门口高声叫，不知哪个到？哎呀，原来是伯娘，请进。

李　氏　不要讲礼。

大　嫂　请坐。

李　氏　有坐了。

大　嫂　隔壁邻舍，你又总不到我家中来。哎，今日有何好事呀？

李　氏　非为别事，只为我老姐妹今日请了两席客，她特意前来请我到她家吃酒。我想身上褴褛，没有好衣怎样前去？我想拜托你向我家媳妇借一件衣服与我穿着前去吃酒，还望你同我媳妇讲时，莫说我借的呵。

大　嫂　那要什么紧！你坐下，我同你去借就是。你老人家请在下面等候。

李　氏　好。（下）

大　嫂　（出门，圆场）哪个在家？

尹　氏　（上）来了。呵，原来是大嫂，请进！请坐！

大　嫂　不要讲礼。

尹　氏　来到我家有什么好事？

大　嫂　没有什么事，今日我想前去走亲，身上没有衣服穿，我来问你借一件衣服吃酒，你意下如何呀？

尹　氏　你又讲出那些话来了，一件衣服要什么紧，拿去就是。

大　嫂　那就是好的，有劳了。

尹　氏　待我拿了出来。（下，取衣上）我来交代与你，借我是借给你，可是酒席筵前搞脏了，那我是不要的呵。

大　嫂　这个自然，我回来后就送还于你。

尹　氏　吃酒回来，同我送来就是。（下）

大　嫂　今日蛮好讲话，我问她借，她就借了给我。（圆场）已到家了，伯母走来。

李　氏　（上）来了，可曾借到哇？

大　嫂　今日蛮好彩数[②]，我问她借，她一句也没有推辞就借了给我。还有一说呵，她说借是借呵，酒席筵前搞脏了，她是不要的呵。

李　氏　这个自然。

大　嫂　你老人家穿起。

李　氏　大嫂，这全靠你呵。（穿衣）天色不早了。

大　嫂　天色不早，伯母走吧。

李　氏　如此，我就告辞了。（下）

第四场

［三、五上。

五婶娘　哎呀，三姨妈，你欢欢喜喜往哪里去呀？

三姨妈　我是去王家庄的。五婶娘你往哪里去呀？

五婶娘　我也是去王家庄的呀。昨日王姨妈来到我家，叫我到她家前去吃酒。

三姨妈　好有一比呵。

五婶娘　好比何来？

三姨妈　歪嘴喝螺蛳。

五婶娘　此话怎讲？

三姨妈　偏偏对偏偏。天色不早，闲话少说，你我还要走起来。

三姨妈、五婶娘　行行去去，来到她家。王姨妈，在家没有？

王　氏　（内白）门口叫高声，不知是何人？（上）哎呀，原来是三姨妈、五婶娘到了，请进、请坐！

三姨妈、五婶娘　有进了。

王　氏　请坐。

三姨妈、五婶娘　有坐。

李　氏　（上）来到她家门，真是好宽心。哪个在屋里呀？

王　氏　来了。呵，原来是姨妈到了，请进、请坐！

李　氏　有坐。

三姨妈、五婶娘　你老人家这样早？

李　氏　你二人也来了呵。今日好遇彩呵。

王　氏　时同不早，我们要开宴了。

［**摆酒过场，王、三、五、李四人同饮。**

王　氏　老姐妹们请呀！（唱倒板桨）坐在堂前把话讲，姨妈姐妹听端详。数年未到我家上，今日欢聚喜洋洋。请恕招待太简慢，酒淡菜少脸不光。

三姨妈　（接唱）姨妈休把礼来讲，话太谦虚不敢当。你今有心来请我，因此特来你家庄。姐妹恩情十分重，酒醉饭饱记心肠。

五婶娘　（接唱）二人休把礼性讲，客气话儿两相当。今日我们来相会，好比当年聚一堂。李家姨妈年纪迈，今日一见不寻常。

李　氏　哎！老姐妹呀。（接唱）你们休把礼来讲，年迈之人不敢当。我的儿子下江往，婆媳在家互商量。对着我儿讲得好，转背她却心不良。今日你我同相会，恐怕老命不久长。

王　氏　唉！来到我家，你老人家放量吧。这里有碗鸡肉汤，你老人家多吃点。

李　氏　不要讲礼呀。（饮汤，咳嗽，汤沾衣上）

王　氏　呀，老姐姐，汤污衣服了。

李　氏　哎呀，这怎么得了呢？

王　氏　姨妈别这样着急，也不过脱下来洗一下就是了。

三姨妈、五婶娘　老姐妹我们少陪了。（下）

王　氏　你二人好走呵。李姨妈在我家中久住几日。

李　氏　老姐妹，今日又是一场祸事了。

王　氏　怎么说此话来？

李　氏　这衣服乃是我家尹氏媳妇的呵。是我托人向她借来穿的呀，倘若她见搞脏了，怎肯罢休？

王　氏　你老人家不要性急。

李　氏　少陪了呀！（唱倒板桨）在你堂前把话讲，叫声姐妹听端详。虽然事情不多大，平日她是心不良。回家怎样对她讲，恐不容我年迈娘。辞别姐妹回家往，越思越想泪汪汪。（下）

王　氏　（接唱）一见姨妈把路上，今日一别好凄凉。今日她回家里去，恐怕又生祸一场。将身且把后堂上，来日她家走一趟。（下）

第五场

李　氏　（上）走起来呀！（唱倒板桨）一路走来一路想，心中好似刀割肠。此次回到我家上，恐怕逗她恼一场。不觉来到她家上，见了大嫂说端详。（白）大嫂可曾在家？

大　嫂　是哪个呀？呵，原来你老人家吃酒回来了。怎么回得这样早？

李　氏　大嫂枉费了你一番好意，酒席筵前不该把衣服搞脏了。

大　嫂　老人家那要什么紧，我同你拿去交还与她就是。

李　氏　有劳你了。（脱衣交嫂）

大　嫂　好，你老人家请到厨房等一下。

［李下。

大　嫂　（走圆场）哎，哪个在家？

尹　氏　来了。我怕是谁，原来是你呵。你在哪里吃酒？这么早就回来了呵？

大　嫂　我借你的衣服，付还与你。

尹　氏　那又要什么紧？（接衣）哎哟！衣服上面为什么这样脏呀？呵，原来是倒了油汤呵。那我是不要了呵。颜色衣服洗又是洗不得，你拿了回去罢了。（下）

大　嫂　这又怎么得了呵！唉，是了，她婆媳之间又有什么要紧？我不免叫她自己拿回去交还与她就是。（出门，圆场，回家）伯娘。

李　氏　（上）你去来了？

大　嫂　我方才拿去，她见搞脏她就不肯要。自己的儿媳妇要什么紧？你自己拿回去付还与她就是。（下）

李　氏　不错，自己的媳妇也不过讲两句也就罢了，难道有什么多话讲吗？（出门，圆场，回家）尹氏媳妇走来呵。

尹　氏　（上）回来了就回来了嘛，叫这么急呀。

李　氏　媳妇哪曾知道，只因为娘叫得大嫂问你借这件衣服前去姨妈家中吃酒，酒席筵前她们讲礼，不小心倒了一点肉汤，还望媳妇将衣收下。

尹　氏　哎呀！我怕别人所穿的呀。你这样老，你穿得什么颜色衣服？唉，今日逗我恼火，你叫作何苦？还不给我跪下！

［李被逼跪下。

尹　氏　（唱打鱼腔）站在堂前把话论，开言骂声老贱人。今日叫你去吃酒，胆敢穿我衣在身。年迈之人讲体面，为何肉汤倒上身？越思越想心头恨，不由老娘好伤心。手拿鞭子将你打，活活打死老畜生。（打李）

李　氏　（哭）媳妇尹氏呀！我的媳妇呀！（唱哭板）一见媳妇发雷霆，冷水淋头怀抱冰。千差万错是我错，不该逗你怒气生。几时我儿回家转，叫他与你缝件新。今日媳妇原谅我，看在头白年迈人。媳妇大人有大量，下回不敢再胡行。

尹　氏　老贱人呀！（唱）听你言来怒气生，不由老娘发雷霆。平日和我考嘴劲，今日老娘难容情。手拿棍棒将你打，活活要你命归阴。

李　氏　哎呀！媳妇呀，乃是为娘一时之错，不要打为娘的了。

尹　氏　这个老贱人，搞脏我一件衣服，你叫我心疼不心疼呵？起来，我交代与你，限你三日之内赔还于我，如若不然，就卖你那四块老骨头③，我总还是要的呵。滚了出去！（下）

李　氏　（起）尹氏媳妇，你好狠的心呵！（唱哭腔）媳妇做事好狠心，打得为娘浑身疼。一件衣服要什么紧？拷打为婆好伤心。有日我儿回家转，我把此情来说明。含着眼泪往前进，弄钱赔她新衣襟。将身且把路来进，还要找个知心人。（下）

第六场

观　音　（上）善哉、善哉！苦处难挨。吾神不救，但等谁来？吾乃观音是也。今日算就张大郎之母李氏遭媳妇折磨，不免下凡搭救于她。（唱仙腔）昔日父王求八卦，姐妹三人貌如花。不愿皇宫招驸马，白马寺内出了家。功成德满归仙界，又到南海成菩萨。才在云端算八卦，七十婆婆受磨折。此番吾神打凡下，下凡搭救老白发。（下）

李　氏　（上）昨日老身去走亲，猛然惹下祸临身。老身李氏，丈夫去世得早，丢下母子二人，后娶一媳，乃是尹氏，良心不好。悔不该一时之错，弄脏她一件衣服，受她百般苦打，赶了出来，限我三日赔还衣服与她。怎奈身无分文，怎能赔还得起？我儿与我置了一副防老棺材，我无奈将棺材卖了，以便赔衣与她，等我儿回家再作道理。我且把一纸条拿在手上，

上街前请人发卖罢了。（唱忧板）将身且把路来上，遇着伯叔说一番。代我把字来写上，发卖棺材走一场。（下）

第七场

张大郎　（上）家有老娘亲，时时不安宁。（坐，白）一日离家一日深，好比孤鸟栖寒林。虽然此地风光好，还有思家一片心。鄙人张大郎。只为家贫到此贸易，有了许久，还要归家探望母亲，岂不是好？辞别老板。老板，今日我要回家去了。

［内白：“你就回去，还有数目货物呢？”

张大郎　来日算数。

［内白：“不能远送。”

张大郎　少陪了哇！（唱路腔）只为家贫不可当，难以照看老亲娘。为人不把双亲养，枉在世间活一场。身背包袱把路上，还要回家探亲娘。（下）

第八场

李　氏　（上，拿字条，唱忧板）悲切切且把路来上，手拿字条泪汪汪。不幸丈夫把命丧，丢下母子好凄凉。每日将儿来抚养，千辛万苦度时光。见儿长大心欢畅，娶媳与儿配成双。只想一家得兴旺，谁知家贫往外乡。媳妇在家心不好，苦磨老身不当娘。只为借衣把祸闯，拷打为娘苦难当。走投无路没法想，逼将寿材卖街坊。只望我儿早回转，也免贱人逼为娘（下）。

第九场

观　音　（上，唱仙腔）峨眉山上一清泉，流来流去几千年。有人吃得泉中水，也是蓬莱第一仙。驾着祥云来得快，等候年高到此间。（入凉亭）

李　氏　（上）好苦呀！（唱忧板）眼泪汪汪把路进，越思越想泪淋淋。年高体弱难行进，不觉来到此凉亭。（白）且慢，来此凉亭，那旁有位姑娘，坐在亭内，不免进去与她说话。原来是位姑娘，请了。

观　音　原来是位老妈妈。含着眼泪来此凉亭，手拿字儿为着何事？

李　氏　姑娘要听，你请打坐，待老身慢慢说来呀。（唱忧板）姑娘请坐在凉亭，且听老身道苦情。只因良人早丧命，丢下母子度光阴。娶位媳妇她姓尹，早与我儿结成亲。只为家中好贫苦，我儿辞母往外行。婆媳二人在家里，谁知贱人心不仁。那日姨妈讲礼性，特意请我她家行。向媳借衣去吃酒，年迈之人不小心。众家姐妹来敬菜，谁知油汤脏衣襟。回家交还她不允，反将老身用苦刑。接连痛打甚刑讯，苦逼速还她衣襟。老身无奈四处奔，只得卖棺走出门。大街小巷无人问，真真急坏我苦命人。若有行人施恻隐，来生犬马报他恩。

观　音　原来如此。妈妈为着此事，发卖棺材，才能赔还她的衣裳。是了，想小女子这里有件衣衫，有对金钗，送与你拿回去，赔还你的媳妇吧。

李　氏　姑娘有此美意，何以答报？

观　音　些小之事，何必挂怀。快拿去吧！

李　氏　姑娘请上，受老身一拜。（唱忧腔）姑娘请上受我拜，千拜万拜理应该。今日蒙你把索解，胜过了深山吃长斋。辞别姑娘把路踩，见了尹氏说明来。（下）

观　音　（唱引腔）只见妈妈泪满腮，怎知吾神下凡来。给她一报还一报，劝解世人改心怀。驾动祥云往前踩，回转南海普陀崖。（下）

第十场

李　氏　（上，唱）凉亭遇着小姑娘，又赐金钗和衣裳。欢欢喜喜把路上，见了尹氏说端详。（白）媳妇在哪里？

尹　氏　（上）来了。门外叫高声，不知是何人？走出门外看，原来是老……（见李拿新衣）老母亲呵。

李　氏　见过媳妇。

尹　氏　我的衣衫可与我买就？

李　氏　不错，为娘买了来。

尹　氏　给我看上一看。（看衣，笑）咦，这才是好喜色的衣服呵。哟！还有一对金钗。媳妇所喜。

李　氏　媳妇所喜。就拿去穿戴吧。

尹　氏　待我穿来。（入内穿戴。锣鼓，霎时变牛）

李　氏　媳妇房中穿衣，这等时候，未见出来，待我进去看看。（向内叫）尹氏媳妇，又未得见她的人咦。只见一条牛在房中，是何缘故？倘若我儿回家问道于我，我又拿何言对答呀？是了，难道我还不把前言说与他听吗？罢了。（下）

张大郎　（上，唱路腔）行在路途心带惊，想必家中有事情。莫不是老母得重病，莫不是贱人起狼心。三步两步往前进，抬头只见自家门。（白）且慢，行来走去，到了自家门首，待我打叫一声。内面哪个在家呢？

李　氏　（上）门外一声叫，不知谁人到？打开门来看，哎，我儿回家转。儿呀！快进呵！

张大郎　孩儿有进，见过母亲。

李　氏　我儿不要讲礼，一旁坐下。

张大郎　孩儿陪坐，且问母亲，你媳妇哪里去了？缘何不见在堂前？

李　氏　儿呀，提起你的妻子，为娘不得不讲了。我儿下江贸易，婆媳在家。那日你的姨妈特请我到她家赴席，怎奈为娘没有衣穿，才拜托隔壁大嫂向尹氏借衣前去赴宴。哪知酒席筵前不慎，将衣服搞脏。回来交还与她，她嫌衣服搞脏，不仅不收，还把为娘百般羞辱拷打，限期三日缝还衣服与她。我儿不在家中为娘哪里有钱，无奈才逼将棺材街前去发卖，又谁知无人肯买。那日走至凉亭呼卖，遇着一位贤德姑娘，她问起我的情由，我将此事说了一遍，她便赐送为娘衣衫一件，金钗一对。为娘拿回家来，给还媳妇，尹氏一见十分喜欢，就拿至房中穿戴，后来就不见其人，只见一条耕牛在她房中。

张大郎　孩儿不信，待我前去看来。（入牵牛上，牛身有尹氏二字）哎呀！娘呀。这样恶妇，折磨老母，冤孽相报，想必是神灵下界。母子们当天一拜，感谢神灵。

［李、张同拜。

张大郎　这样恶妇，母子二人将她牵至街上，鸣锣交代。（牵牛，鸣锣上街）众街坊听道，想我张大郎不在家中，尹氏就借故在家对母亲百般羞辱折磨，天神有眼，下凡罚尹氏变了耕牛，奉劝你们不要照她的样呀。

［顿时鸣雷闪电。

张大郎（唱）手牵耕牛往前进，越思越想好伤心。叫你在家把母敬，谁知背地起狼心。眼观天色变得快，母子下面去藏身。

［张、李同下。

［雷电打牛死。

［张、李同上。

张大郎　老母亲，耳听雷声大震，为了何事？母子上前看个明白。哎呀，老母呀，你呀来看，耕牛被打死了，这等贱人，现眼现报。

李氏、张大郎　这正是：

李　氏　人亏天不亏，

张大郎　终必有施为。

李　氏　举目抬头看，

张大郎　皇天饶过谁。苦了老母亲了，儿去造饭[4]，母子同食去吧。请！

［张、李同下。

（剧终）

【注释】

① 晨昏：早晨和晚上。奉晨昏，指朝夕慰问侍奉。

② 彩数：运气。

③ 四块老骨头：指棺材。

④ 造饭：指做饭。

【剧情简介】

张大郎下江贸易，留下老母李氏、妻子尹氏在家。尹氏凶恶忤逆。一日，李氏去亲戚家饮酒，借尹氏衣服来穿，不慎油汤弄污衣襟，回家便被尹氏百般拷打，并限三日之内赔还衣服。李氏无奈，只得将自己的防老棺材沿街喊卖，易钱赔衣。

南海观音知道此事，化为少女在凉亭等候。她将衣服一件、金钗一对赠给李氏，让她赔还媳妇。尹氏一见大喜，即将衣服穿上，金钗戴上，谁知立刻变成耕牛一头。

张大郎回家，李氏将经过详告。大郎和母亲将牛牵上大街，以儆世人。到了大街，雷电忽然大作，把耕牛打死，显示了不孝之报。

【简评】

常言道："百善孝为先。""孝"是我国传统文化提倡的行为，要求儿女需回报父母的养育之恩，敬重长辈，行为遵从父母、长辈的意愿。这在当时社会中，是稳定伦常关系，以及社会安定的一种需求。《活人变牛》从情节来看是荒诞不经的，但剧中借神灵之力来批判不孝行为，用善恶轮回、冤孽相报来警示世人。其劝人为善、彰显孝道的创作意图显而易见。

此剧由刘顺卿发掘、沈一乔记录保存。

豆田失子

剧中人物

⊙李荣春（行当：小生，简称：春）

⊙赵氏（行当：花旦，简称：赵）

⊙陶氏（行当：摇旦，简称：陶）

⊙龙山（行当：正丑，简称：龙）

⊙李氏（行当：正旦，简称：李）

⊙夜不收（行当：烂丑，简称：夜）

⊙大头鬼（行当：小丑，简称：鬼）

第一场

李荣春　（上）两脚奔波走，只为身和口。一家大和小，靠我一双手。我，李荣春。家中贫寒，想到外面贸易，不免请母亲出来，交代她一番，岂不是好？有请母亲。

陶　氏　（上）我儿一声请，不知为何情？

李荣春　母亲请坐。见过母亲有礼。

陶　氏　我儿不必讲礼，一旁坐下。

李荣春　孩儿谢坐。

陶　氏　儿呀，叫得为娘上来，有什么事情商量呀？

李荣春　母亲，家中贫寒，我想到外面去贸易。

陶　氏　贸易是件好事，为娘不能阻拦，但不知什么时候启程？

李荣春　今日天气晴和，孩儿就想今日启程。

陶　氏　那就是好的。坐在堂前，听为娘训教两句呀。（唱四平腔）坐在堂前把话论，叫声我儿听分明。今日出外贸易去，家中之事娘担承。日落西山早投店，行程走水要小心。黑了莫在途中走，恐怕中途有强人。堂前言语娘交代，你紧紧牢牢记在心。

李荣春　好呀。（唱四平腔）坐在堂前把话论，尊声母亲你细听。孩儿今日出外去，家屋事情你担承。媳妇孙儿你带好，我是不忘你的恩。孩儿出外几个月，弄得银钱即回程。家中有冷饭，路上有饥人。在家不会迎宾客，出路方知少主人。堂前母亲嘱咐话，紧紧牢牢记在心。（白）母亲请退。

陶　氏　我儿早去早回。（下）

李荣春　孩儿遵命。且慢，母亲已交代了，还要请娘子出来交代一番。娘子哪里？走来。

赵　氏　（上）来了。当家一声叫，不知为哪条？见过当家有礼。

李荣春　不用讲礼，一旁坐下。

赵　氏　妻子陪坐。打叫我上前，有什么话吩咐？

李荣春　打叫你上前非为别事，我今日想到外面贸易，叫你在家好好侍奉母亲，带好娇儿。

赵　氏　遵命。我晓得的，你放心好了。

李荣春　坐在堂前，听我交代呀。（唱四平腔）坐在堂前把话论，叫声娘子你细听。我今出外贸易去，家中之事你看承。老母跟前要孝顺，念在高堂养育恩。哪点不着她骂你，莫要和她把嘴争。小小娇儿你带好，他是我李门后代根。家中事情交代你，紧紧牢牢记在心。

赵　氏　（接唱）坐在堂前把话论，尊声奴夫你细听。你今出外贸易去，家屋事情我看承。婆婆跟前我孝顺，奴夫多多放宽心。她是天来我是地，有理也要让几分。人情客往我照看，粗茶淡饭待他们。奴夫出门要保养，免着妻子常挂心。夫妻堂前说不尽，奴夫何日来启程？赚得银钱早回转，洗手焚香谢神灵。（白）但不知几时启程？

李荣春　今天天时正好，就要启程，下去帮我拿包袱上来。

赵　氏　妻子遵命。请等一时。（下，拿包袱上）包袱在此。

李荣春　拿了过来。如此告辞了。（唱四平腔）走上前来礼恭敬，拜别娘子出家门。今天出外贸易去，赚得银子我早回程。堂前老母多孝顺，免得为夫来挂心。（下）

赵　氏　好呀。（接唱）一见奴夫登了程，不由奴家喜在心。只望苍天来保佑，保佑奴夫赚金银。低头且把后堂进，洗手焚香敬天神。（下）

第二场

李荣春　（内白）走呀！（锣鼓。上，唱三板腔）站在路途抬头看，青山绿水草色新。遍地花开多茂盛，鸟语声声好动人。一路景色看不尽，打开脚步往前行。（收腔，下）

龙　山　（上）手拿锄头去开沟，开沟只望水长流。三天不到田头看，恐怕有人塞水沟。我，龙山。两公婆种了点田，今年天旱，我来看一看水先。（拿锄头）老婆，我去啦。

李　氏　（内白）你去哪？

龙　山　我看水去了，背起锄头田中走起来呀！（唱花腔）小生离家往前走，一心要往前，哟咿哟，往前行。（白）几步来得快，来到田头外。走到田里看，忙把田坝开。哎呀。（挖土皮、塞田坝）我到那边看看。（下）

第三场

陶　氏　（上）早当家来晚当家，提起当家事如麻。早晨起来七件事，油盐柴米酱醋茶。老娘，陶氏。想我儿子荣春，出外贸易，尚未归来。赵氏儿媳，在家带着孙儿。现在春天来了，大家都忙着播种。自古道，春天不下种，秋来何处收？不免叫得媳妇出来，拿豆子到田里去点，岂不是好？赵氏哪里？走来。

赵　氏　（抱孩子上）来了。婆婆一声叫，急忙就来到。见过婆婆有礼。

陶　氏　不用讲礼。

赵　氏　婆婆打叫，有什么事情吩咐？

陶　氏　叫你前来，非为别事，你今天拿点豆子去田里点好。

赵　氏　好便是好，那你在屋里带孩儿。

陶　氏　我没有空，我在屋里那么多事情，又要打猪菜，又要洗衣裳，你背去吧。

赵　氏　日头这么大，背起去怕日头晒着他。

陶　氏　那田头没有树吗？放在田头晒不着的。

赵　氏　媳妇遵命！（下，取背带上）

［陶帮赵背子。陶下，拿豆子上，把锄头交赵。

赵　氏　婆婆请退。

［陶下。

赵　氏　还要到田里走走呀。（唱四平腔）背着我儿田里去，点起豆子慢回程。春天不下一颗种，秋天何处来收成？奴夫出外贸易去，不知何日转回程？婆婆在家吩咐我，不敢和她把嘴争。夫君在家交代我，孝顺高堂老母亲。她今讲我我不敢开口，切莫和她把气生。一路行程来得快，不觉来到是田塍。（白）走来走去，到田边来了。日头大得很，我解娃仔下来，在树下给口奶他吃。（解子、喂奶）唉，放在树底下凉凉睡觉，我去点豆子先。乖乖莫哭啊，待我用功一会儿。（挽裤脚、衣袖、唱杨柳青）对门有一株杨柳青，风吹杨柳，点点花开，点点花香。慢慢点起来呀，慢慢点起来。（白）唉！天时这样热，我口渴了，到哪里要点水吃。（下）

龙　山　（上，听小孩哭）这里有娃仔哭，怎么没有人在这里？想我两

公婆没有儿女，这娃仔这样好，等我抱回去先。（抱孩下）

赵　氏　（上）好凉的水呀。（找子）哎呀！不好了，我的娃仔不见了。列位伯伯，你们看见我的娃仔没有？

［内白：“没有看见。”

赵　氏　哎！不好了呀。（唱哭板）适才山沟找水饮，转来不见小娇生。回去婆婆问到我，有何言语来应承。假若奴夫回家转，怕的失掉夫妻情。悲悲切切我回家去，不觉来到我门庭。（白）唉！走来走去，走到门口来了。不免叫得婆婆出来，寻找我那孩儿。有请婆婆。

陶　氏　（上）心惊肉跳，不知有何吉兆。喔，你回来了。

赵　氏　回来了。

陶　氏　你回来怎不背孙儿回来呢？

赵　氏　嗯……若是孙儿呀。

陶　氏　什么样呀？

赵　氏　婆婆呀。我在田中把孙儿放在树下，霎时口渴，去找水吃，回来就不见了孩儿了。

陶　氏　哎呀！不好了。（晕倒）

赵　氏　婆婆苏醒！

陶　氏　哎呀！（唱哭板）这一阵气得我昏迷不醒，三魂渺渺又复生。醒来睁开昏花眼，不见我孙儿在眼前。失掉我孙儿断香烟[①]、断香烟。（煞腔。白）哎！叫你在田里点豆子，你把我的孙儿失了，等我的儿子回来，看你怎样讲呀？失掉我的孙儿，断了我家香烟，你讲我恼不恼呀！（打赵，唱骂腔）站在堂前开言骂，骂一声婊子婆听根芽。背我的孙儿出外去，失掉孙儿你跑回家。把我孙儿失掉了，要我香炉钵种葱花。恨气不过将你打，要你一命染黄沙。（落腔）

赵　氏　婆婆、母亲，哎呀！（跪、哭，唱哭板）走上前来双膝跪，尊一声婆婆你细听。千错万错是我错，不该失掉小娇生。还望婆婆饶恕我，明天媳妇往外寻。望婆婆莫要将奴打，来生犬马报娘恩、报娘恩。（落腔）

陶　氏　嗯，你这个婊子婆，明天去帮我找回来，你若找不回来，老娘要你死在我手。（扯赵耳同下）

第四场

龙　山　（抱孩子上）走呀！（唱落腔）好彩好彩真好彩[②]，捡得个娃仔跑回来。我两夫妻无生养，今日捡得个小乖乖。欢容笑脸走得快，不觉到了家里来。（白）老婆，快出来。

李　氏　（上）你回来了。

龙　山　回来了。

李　氏　你去哪里抱人家的娃仔回来？

龙　山　抱人家的，我去田里看水，不知哪个丢下这个娃仔，四望无人，我才抱回来的。你看！

李　氏　你抱了回来，若是有人来问，你就讲是我生的呗。

龙　山　（笑）哈哈。你嫁来我这里一二十年了，响屁却没有放一个，讲是你生的？嘻嘻。

李　氏　还讲不放响屁，那夜打了个屁，你还骂我。

龙　山　哎呀，那夜你打红薯屁、芋头屁啦。

李　氏　那你又讲我不打屁。

龙　山　我讲你来我这里一二十年，没有生娃仔啦。

李　氏　你讲我不生娃仔好了，那你为何又讲不打屁呢？得个娃仔回来，你讲是我生的好了。

龙　山　你哪像个月婆子，你看你的脸红通通的，像个生蛋的母鸡。

李　氏　哎，龙山呀。你讲我们吃得好，未落体嘛。

龙　山　那还讲得去。哪里有奶给他吃呢？

李　氏　多买点猪脚，杀肥肥的母鸡，买点通草吃，就有奶了。

龙　山　喔，你这馋嘴婆，吃猪脚、吃通草，就会有奶了？

李　氏　你看人家月婆子，不是吃通草就有奶了吗？

龙　山　喔，我去买论担的通草给你吃。

李　氏　乖乖。（接抱孩子）

龙　山　倒转抱都不晓得。

李　氏　那我给你抱。

龙　山　好，莫讲那么多，下去弄夜吃[3]啦。（下）

［龙、李同下。

第五场

夜不收　（上）白天睡大觉，夜晚才出门。一样学不到，挖洞过一生。我，夜不收。我母亲生我一个人，爹爹早年亡故，丢下母子两人，母亲眼睛又瞎了。是我肩不能挑、手不能提。想做生意又无本，想耕田地又无牛，所以学会夜晚挖洞偷盗度日。今夜我想出去外头挖洞去了。妈妈，这个门我闭倒，你不用关，免得我回来难开。

［内白："你出去老成些呗。"

夜不收　我晓得，你不要乱讲话。离了门前，我还要摸起走呀！（唱强盗腔）将身离了自家门、自家门，一心要往外面行、一心要往外面行。（摸，白）喔，这间房子蛮好喔，就在这里动手挖。（手脚齐挖、进屋、偷被出、回家、将被放下）

［小孩哭。

夜不收　哎呀，怎么有娃仔哭呢？吔呀，妈妈，这下偷来了一个娃仔。

［内白："哎呀！这是前世不修，怎么偷个娃仔回来？自古道，宁可添一斗，不可添一口。怎么偷个娃仔回来？我们怎么养得起？我们两娘仔都没有得吃，怎么养得活？"

夜不收　妈妈，不偷已经偷回来了，哪个晓得被窝里头有个娃仔呢？带倒先[4]，以后卖给人家，得点钱也好。莫讲这些，我抱娃仔来，你老人

家好好把娃仔带着睡。（抱孩下）

第六场

大头鬼　（上）人死如灯灭，犹如汤泼雪。若要还阳转，水里捞明月。奴乃阮氏，配与硬乒乓为妻。是我夫妻不和，吵吵闹闹，我丈夫苦苦逼我，我气愤不过，悬梁自尽。死了已经三年，还没有找到替身。赵氏失掉孩儿，她婆婆苦苦逼她，今夜不免到她家前去，找她做个替身，岂不是好？还要驾动阴风走起来呀！（唱阴腔）驾动阴风往前走，要到李家走一程。只为奴夫逼我死，阴间漂泊已三春。赵氏失掉亲生子，她婆婆逼她无路行。今晚到她家中去，教她上吊我才有替身。（下）

第七场

李荣春　（上）一日思家一日深，犹如孤雁宿寒林。纵然外地风光好，难免思家一片心。我，李荣春。家中有老母妻儿，出外贸易已有几月，目下赚得点银钱，还要回家前去，照看母亲妻儿。我到下面拿得包袱上来，交代老板几句。店主老板，少陪了。

［内白：“哪里前去？”

李荣春　我今天要回家去了。

［内白：“若是来年春水一发，你下江贸易，请到我这里投宿呀。”

李荣春　这个自然，如此少陪了。（出门）离了店门，我还要走起来呀！（唱四平腔）辞别老板回家去，回家照看老娘亲。多得苍天来保佑，赚得银钱转回程。人逢喜事精神爽，月到十五更加明。路途之上说上进，甩开脚步往前行。（下）

第八场

［起更。

夜不收　（上）为人学得轻巧艺，子子孙孙免交粮。我，夜不收。一样学不到，就是学会挖洞小偷。昨夜我偷得一床被窝，包着一个娃仔在里头，我妈妈说道，宁愿添一斗，不能添一口。这娃仔要吃奶，又没得奶给他吃，怎么办呀？有了，今晚夜我又去挖洞，交代我的妈妈先。妈妈，你在屋带着娃仔，哭了就给点稀饭给他吃。

［内白："你又去哪里？"

夜不收　还有哪里去？去开窑口嘛。

［内白："得了东西，回早点呗。"

夜不收　我晓得，将门闭好。离了我的门前，还要去偷盗一回呀。（唱强盗腔）将身离了自家门、我自家门。一心要往外面行、一心要往外面行。（白）来在这里，就在这里开窑口。（挖、进屋）

赵　氏　（上、叹气，唱哭板）失掉孩儿好伤心，婆婆逼我命归阴。我今早早死了吧，不愿世间来做人。（白）奴乃赵氏。配与李荣春为妻，生下一个孩儿。我昨日到豆田点豆，放在树脚下睡着，我口中焦渴，去找水喝，转来不见我的孩儿。不知是人家抱去，还是被野兽吃掉。四处访问，一个都不知道。回得家来，告诉婆婆，婆婆将我敲敲打打，日夜逼我找寻。若是奴夫回家前来，我有何言语答他？倒不如今晚三更时分，悬梁自尽罢了。唉！我拜谢父母养育之恩，爹娘呀！（跪哭，唱哭板）走上前来双膝跪，拜别了爹娘养育恩。只为昨日去点豆，失掉我儿小娇生。婆婆将我来敲打，又怕奴夫回家门。假若奴夫将我问，我有何言语来应承。左思右想心不定，倒不如早早见阎君。手拿绳索来上吊，我不愿世间来为人。（拿绳子、走圆场、用脚踩绳子、打圈、搭不上绳子、端凳）

［鬼暗上帮搭好，下。

赵　氏　我的爹爹呀！（上吊）

夜不收　（暗上）哎呀，不好了！（解绳）怎么她在这里吊颈？等我来吊我的手先。（吊手）

［鬼上，赶夜下。鬼扶赵上吊，做手势。

赵　氏　明白了呀！（唱哭板）我今悬梁来自尽，心中凄惨目昏沉。手拿绳索来上吊，情愿一死见阎君。（白）母亲、夫君，舍了。（上吊）

［鬼作揖下。

夜不收　（上）怎么又来了？（解绳）我来吊脚先。

［鬼上，与夜互打，夜睡地。

大头鬼　呸！我不来找替身，你总不来偷。我今天来找替身，你就来挖洞。你这个背时鬼，倒灶的。（倒下）

夜不收　（起身）你这个背时鬼、倒灶的，想来找替身。（向鬼用拳打）我不来挖洞，你总不来找替身。我今夜来挖洞，你也来找替身。

［鸡叫，鬼跑下，夜睡地下。

陶　氏　（上）适才听着鸡开口，不觉五更大天明。（踢着夜，跌）哎呀！怎么有人睡在这堂屋里？

夜不收　（起身）打鬼呀！打鬼呀！

陶　氏　你做什么？

夜不收　你屋里有大头鬼。

陶　氏　怎么有大头鬼？

夜不收　昨夜我到你家来。

陶　氏　你怎么到我这里？

夜不收　我来偷东西的。

陶　氏　你从哪里进来的？

夜不收　我从洞里进来的。见你家有个嫂嫂在吊颈。

陶　氏　哎哟！你不要吓我，是哪个啦？

夜不收　是一个年轻的嫂嫂咧，我把她救了。

陶　氏　那是我媳妇啦。媳妇！媳妇！

赵　氏　（内白）就来。

陶　氏　我们坐着，慢慢说来。你做强盗想到我这里来偷什么？

夜不收　我是没有吃，才来偷你的，你以为我爱偷吗？

陶　氏　昨夜是多得你救了我的媳妇。

夜不收　为什么事，你媳妇她要吊颈呢？

陶　氏　你不晓得，我叫她去田里点豆，她把娃仔放在田头，自己去讨水吃，回来就不见娃仔了。回到家里，我将她打了下子，骂了下子，哪个晓得她昨夜就吊颈呀。

夜不收　啊！失掉娃仔啊。不要紧，前夜我去挖洞，偷得一床被窝，哪晓得里面有个娃仔。我妈妈眼又瞎，又没有奶给他吃，你想要娃仔，我抱来送给你好不好？

陶　氏　那就好嘛，你去抱来给我。

夜不收　好，我回去抱来给你。那我去啦。

陶　氏　你快点抱来啵。（下）

夜不收　是啰。我还要回去抱娃仔来给她呀！（唱快腔）急急忙忙往前走，还要回家走一程。行程几步来得快，不觉来到我家门。（进门）妈妈，那娃仔哭没有？

［内白："昨夜哭咧，我喂了点粥给他吃。仔，你昨夜得了点什么回来？"

夜不收　莫讲了，昨夜遇着大头鬼。

［内白："做什么又遇着大头鬼呢？"

夜不收　我挖洞进去，见一年轻嫂嫂在吊颈，是一个大头鬼来找替身。我就把她解了下来，就去吊我的手，那大头鬼来打我的手，把我推了下去，又把女的扶上来，我又解下来，吊我的脚，她又上来推我下去，推来推去，推到鸡叫她就走了。一个老奶上来踢着我，我叫打鬼。那老奶也怕鬼，她问我来做什么的，我告诉她我来做强盗的。老奶讲，你做小偷来挖洞偷我的东西。我讲，我不来挖洞，昨夜你那嫂嫂就会吊死了。那老奶着急了，就喊媳妇，那媳妇还活着，她还谢我呢。我问她媳妇为什么要吊颈，原来她媳妇去点豆子，把娃仔放在田头，自己去找水喝，回来就不见那娃仔了。回得家来，她就打骂媳妇，所以她媳妇就吊颈。我讲不要紧。她讲她只有一个孙仔，不要紧？若是我那仔回来问到，怎么答他？我讲，不要紧的，前晚我出去挖洞，偷得一个娃仔回来，我妈妈还骂我去哪里得奶给他吃，你老人家没有孙仔，我抱来给你好了。那老奶很欢喜，叫我快点抱去。我就回来抱仔给她呢。

［内白："那就好了，我也难带，抱去给她吧，你来抱去。"

夜不收　我还要抱起娃仔走起来呀！（抱仔，唱四平腔）抱起娃仔往前走、往前走呀，送给李家抚养成人。妈妈眼睛看不见，逼着把他送别人。行程几步来得快，不觉来到她的门。（白）伯妈。

陶　氏　（上）来了。原来是好汉哥来了。

夜不收　啊，我抱娃仔来给你养啦。

陶　氏　（看）哎哟！是我的孙子啦。仔呀！仔呀！媳妇快点走来，我的孙儿得回了。媳妇哪里？走来。

赵　氏　（上，唱）打叫媳妇做什么？

陶　氏　娃仔得回来了，快点给点奶给他吃。

赵　氏　哎哟！仔呀、仔呀。哎，那天是你偷我的仔呀？

夜不收　呸！有好恩无好报，有好锅无好灶！抱仔来给你，你倒讲是我偷你的呀？

赵　氏　不是你偷，你又到哪里得我的仔呢？

［春上。

陶　氏　仔呀，你回来了。

李荣春　喔，回来了。你们几人在屋堂里讲什么好事呀？

陶　氏　哎呀！莫讲了，讲来话又长。那天叫媳妇去田点豆，她把仔放在田头，自己去讨水吃，回来娃仔不见了。回家来我气不过，将她打骂一顿，哪晓得她昨夜就吊颈，多得好汉哥搭救。

李荣春　昨晚她吊颈，你哪晓得来搭救呢？

夜不收　相公，对不住啊。我家无田地，是做强盗为生。那一夜我去挖了一家，偷了一床被窝，哪晓得被窝里头有个娃仔哭起来。我妈妈问，怎么有娃仔哭？我就告诉我妈妈，妈妈骂我不该偷个娃仔回来。说宁可添一斗，不愿添一口。哪里得奶给他吃？我说不是有意去偷的，哪晓得包在被里头呢？屋里头米无米、钱无钱，才出来挖洞。相公，对不住了。哪晓得挖到你这里，挖了进来，得见有个大头鬼教你嫂嫂吊颈，我将她解了下来。我就吊手，大头鬼见我吊手，就把我打了下来。我就和她打，给她推倒我睡下。哪晓得她又教你嫂嫂上吊，我急了，急忙上去又解下来，吊我的脚。大头鬼上来，打我的脚，我和她打，打倒在地下。她就骂我背时的、倒灶的。我不来找替身，你不来挖。我来找替身，你就来打洞。后来我又打她，骂她背时的、倒灶的。我不来挖洞，你总不来找替身。打来打去打累了，我睡在地上，不晓得她哪时就走了。伯娘上来才把我扶起，我讲我是做强盗的，我告诉她，是我昨晚搭救嫂嫂的。我问起嫂嫂为什么吊颈呢？她告诉我，因为失掉娃仔，哪晓得她昨夜吊颈。我告诉她，我偷被窝得了个娃仔，回去抱来给她，哪晓得是你们的娃仔呢？

李荣春　原来是这样的。好汉哥，多得你呀。没得你抱来，我的娃仔也找不到了。从今后就莫做强盗了呀。

夜不收　不做强盗就没有吃的，无田无地，屋里有个妈妈，眼睛是瞎的。

李荣春　不要紧的，我给你三十两银子，你拿回去做小买卖，莫做强盗了。

夜不收　那就多得相公了。我有生意做，我就不做强盗了。

李荣春　娘子，拿得三十两银子出来给好汉哥。

赵　氏　是。（下，拿银上）拿来了。

李荣春　好汉哥，拿去吧。

夜不收　多得相公，我母子得救了。从今以后，我不做强盗了。正是：（锣鼓）

李荣春　人情冷暖自然殊，

陶　氏　几多英雄困路途。

赵　氏　锦上添花常常有，

夜不收　雪中送炭世间无。

［春、赵、陶、夜同下。

（剧终）

【注释】

① 断香烟：断香火。后辈祭祖要烧香燃火，故断了香火就指无子嗣。香火，在此指祭祖先的子孙后代。

② 好彩：好运气、幸运。

③ 弄夜吃：做晚饭吃。

④ 带倒先：先带着。

【剧情简介】

李荣春出外贸易，家事由母亲料理。一日，李母命媳赵氏去田中点豆，赵氏将婴儿安放田头树下，往溪边取水止渴。适龙山来到田头，四望无人，便将婴儿抱回。赵氏转来不见婴儿，狼狈而归。回家后遭家婆责骂，赵氏被迫上吊自尽。小偷夜不收，到龙家行窃，偷得被子一床，拿回家中，发现内裹婴儿。次夜又到李家行窃，正遇赵氏悬梁自尽。夜不收加以解救，并悉赵氏是因失子悲伤而缢，乃回家将婴儿抱往相赠。没想到孩子即赵氏婴儿，李家骨肉团聚，感谢非常。李荣春赠予夜不收银子三十两，夜不收因此以做小生意为生，不再行窃。

【简评】

无巧不成书。这个剧就是利用一系列的巧合来结构了一个豆田失子的故事。虽然剧情自始至终围绕婴儿失而复得这一核心展开，但因内容在人物叙述中重重复复，使整个剧显得冗长拖沓，戏剧冲突不易突出，人物特征难以鲜明。

此剧由李群英发掘。

私怀胎

剧中人物

⦿张二嫂（行当：正旦，简称：张）

⦿晚姑娘（行当：花旦，简称：晚）

⦿李春花（行当：小生，简称：李）

⦿王老开（行当：老生，简称：王）

⦿刘子正（行当：老生，简称：刘）

⦿王大婶（行当：摇旦，简称：婶）

第一场

李春花　（上，引）天子重英豪，文章教尔曹。万般皆下品，唯有读书高。（白）我，李春花。爹娘送我学堂读书，几天没到书房，今日天气晴和，不免转过书房。言得有理，还要走起来呀！（唱十字腔）离了门庭书房进，走到书房读五经。但愿读书有好处，日后要做人上人。学生要听老师话，免得老师把气生。（下）

晚姑娘　（上，引）奴家今年刚二八，每日绣房学绣花。绣出芙蓉牡丹配，枕头绣的海棠花。（白）奴乃晚姑娘。爹娘早年亡故，留下姑嫂二人。嫂嫂回家去了，还未回来，不免拿着衣衫到河下洗洗。言得有理，待我拿衣服出来。（下，拿衣篮上）离了门庭，还要走起来呀！（唱花腔）三步拿来两步走，（一钹）两步拿来一步行、（鼓打太平春）一步行。（长锣）三步拿来两步走，两步拿来一步行。柳林村，四季花儿开，四季花儿香，花开花香。芙蓉配牡丹，花开一枝桂，桂呀桂花开，桂呀桂花香。（白）行来走去，来在码头旁边来了。待我洗起来呀！（唱洗三坎）对门有株杨柳青，风吹杨柳，点点的花开，点点的花香。四季花儿开，四季花儿香。快快洗起来，快快晒起来。

李春花　（上，唱赶板腔）急急忙忙往前走，一心要往那书房行。行程几步来得快，不觉来在大河边。（白）哎呀，行来走去，怎么走到河边来了。那边有个姑娘在那块洗衣服，我拿块瓦片打个水漂漂，和她弄一弄玩。（丢瓦片）

晚姑娘　呸啾！是哪个人呀？我在这块洗衣服，你乱丢石头，丢什么鬼啦？

李春花　噢，原来是晚姑娘。

［晚欲走，李拦阻。

晚姑娘　莫拦倒我，我要回去了。

李春花　耍下子嘛。

晚姑娘　差不多晌午了，我要回去了，我要回去了。（下）

李春花　这才好呀。（唱）急急忙忙往前走，一心要往她家门、她家门哪。（圆场）不错，到她家门前来了。晚姑娘、晚姑娘，开门呀！

晚姑娘　（上）你是哪一个？

李春花　我是李相公。

晚姑娘　噢，李相公，你来了呀。（唱玉美人腔）奴在绣房绣罗裙，又听相公叫开门。双手打开门来看，（开门）尊声相公你请进门。

李春花　（接唱）进得门来施一礼，恭喜你晚姑娘添财又添喜、恭喜你添财又添喜。哎呀，我的妹，添财又添喜。

晚姑娘　（接唱）奴把板凳拖一拖，尊声相公你请坐。堂前久久坐，奴

到厨下倒茶喝。（下）

李春花 （接唱）酒不醉人人自醉，色不迷人人自迷。坐在堂前久久等，等候妹妹把茶斟。

晚姑娘 （上，唱）奴把清茶来倒定，尊声相公把茶吞。哎呀！我的哥哥呀，莫说妹妹无礼性。

李春花 （接唱）用手接过茶一杯，多谢你妹妹的好礼性。妹妹实实好情意，哎呀，我的妹，两人同坐讲私情。（白）晚妹，你二嫂嫂哪里去了？

晚姑娘 我二嫂嫂回娘家去了。

李春花 回娘家去了，好得很噢。晚姑娘，我平时听你唱的绣花歌唱得真好，唱点给我听，等下我画两朵花给你。

晚姑娘 相公，我唱不好。

李春花 唱不好也好，唱得好就更好。

晚姑娘 相公，你不嫌弃，我就唱了。（唱文闹五更）一更鼓儿天，一更鼓儿天，蚊虫闹掀天。二更鼓儿天，二更鼓儿天，蛤蟆闹掀天。三更鼓儿天，三更鼓儿天，黄犬闹掀天。四更鼓儿天，四更鼓儿天，斑鸠闹掀天。五更鼓儿天，五更鼓儿天，金鸡叫连连。

李春花 晚姑娘，我听累了，我要下去睡一会儿。

［李、晚同下。

第二场

张二嫂 （上，向内）少陪了、少陪了。哎呀！姨妈呀，来到你家，实在太客气了。这个一杯、那个一盏，吃得我这样大醉。哎呀！少陪你了。（唱嫂嫂回娘家腔）少呀少陪你，少陪二姨妈。二嫂嫂回娘家，打扮也不差。头上梳个盘龙髻，带起两朵茉莉花。穿一件蓝衫子，纺绸裤往下来扎。脸扑苏州粉，一点胭脂点嘴巴。左手拿一个鸡，右手提一个鸭。来在你这个家下，吃了烟和茶。吃了酒和饭，吃了鸡和鸭。一走走到山脚下，遇到一对后生家。左手将我扯，右手将我拉。一拉拉到山脚下，他满面春风笑嘻哈。开口就把奴调戏，羞得奴满面似红霞。上评我的头，下说我鞋袜。他说我眉清目秀瓜子脸，樱桃小口配银牙。越说越不像话，开口称我小冤家。问我丈夫名和姓，又问我有几个小娃娃。他说他有情又有义，结一对露水夫妻①胜结发。我虽不是红花女，吓得我二嫂嫂打战心又麻。路头上言语少讲吧、（白）路头上言语少讲吧。我，二嫂嫂。回到娘家住了两晚，想我晚姑娘年纪又轻，我放心不下，今天我要回家前去。还要走起来呀！（唱怀胎腔）离了娘家往前进，晚姑娘年轻我常挂心。家务事情不会管，怎不叫我带忧心。讲起我二嫂嫂八字苦，二十多岁死夫君。膝下无儿又无女，以后我老来靠谁人？好情好意将妹带，姑嫂好比同娘生。（白）晚姑娘开门。

晚姑娘　（内白）是哪一个？

张二嫂　是为嫂的回来了。

晚姑娘　（内白）相公，怎么好？我嫂嫂回来了。

李春花　（内白）你莫着急，你装病好了。

张二嫂　怎么还不来呀，快点！

晚姑娘　（上）来了。哎哟！（唱怀胎腔）嫂嫂门外叫一声，吓得胆战心又惊。低头就把计来定，假装一个有病人。（用手巾围头）双手推开门来看，（开门）原来二嫂嫂你转回门。叫声二嫂你请进，我有重病染在身。

张二嫂　（唱怀胎腔）一见晚妹得了病，不由为嫂痛在心。我往娘家住两夜，夜晚睡觉不小心。你将实言对嫂论，为嫂与你请先生。

晚姑娘　（唱怀胎腔）脑壳有点痛，腰骨有点疼。不吃三餐饭，床上睡不宁。叫声我的二嫂子，想个什么好章程②？

张二嫂　（接唱）晚姑娘得重病，为嫂胆战惊。睡觉你大意，真真急死人。扶你上房进，我今就要出门。

［晚下。

张二嫂　晚姑娘呀、晚姑娘，你又要为嫂来操心呀！（出门，唱怀胎腔）急急忙忙往前进，且到王家庄前走一程。先生看病要看得准，王家庄有个

老医生。（下）

晚姑娘　（上，引）适才我假装病，自己想起笑死人。（白）我二嫂嫂回来，我假装有病，她当真去请医生去了。唉！还有相公在里面，不免叫他出来，打发他回去算了吧。相公走来。

李春花　（上）二嫂嫂呢？

晚姑娘　二嫂嫂为我有病，请医生去了，你快回去吧。

李春花　晚姑娘，你还有什么话讲没有？

晚姑娘　哎呀，相公，我还有呀！（唱怀胎腔）站在堂前对你论，我有言语记在心。我俩结交到今日，十月怀胎上了身。

李春花　（接唱）听她言来我吃一惊，十月怀胎上了身。叫声晚妹不要紧，我回家中请媒人。不上三天来接你，我俩夫妻不离分。

晚姑娘　相公，你要记得哟，你要来哟。

李春花　我要来，要来、要来！

［晚、李分下。

第三场

张二嫂　（上，唱怀胎腔）走了一里又一里，不由我二嫂心着急。走得腰酸腿又困，汗水好比雨水滴。若是先生到迟了，恐怕晚姑娘命归西。不顾辛苦把路赶，王家庄上请名医。（白）噢，来到王先生家门了。王先生在家没有呀？

王老开　（内白）是哪个？

张二嫂　哎呀，王先生，是我二嫂子来了。

王老开　（内白）噢，原来是二嫂子来了。二嫂子，你门口站着，我就来了呀。（上，唱玉美人腔）我在后面看药方，又听二嫂子到门墙。双手打开门两扇，二嫂子请进喝茶汤。

张二嫂　（接唱）进得门来我行个礼，见了先生好欢喜。我怕先生不在家，原来你先生在屋里。

王老开　噢，我在屋里。（接唱）我把板凳拖，二嫂子你请坐。堂前久久坐，我进去倒茶喝。（下）

张二嫂　（接唱）先生讲客气，二嫂子笑眯眯。进屋讲礼性，又倒茶我吃。

王老开　（上，接唱）我倒来一杯茶呀，二嫂子莫嫌我邋遢。快快吃下去，你是客人到我的家呀。

张二嫂　（接唱）多谢你的好热茶，礼性好阔达。先生你请坐，二嫂子有话咁[3]。

王老开　二嫂子坐啰。

张二嫂　先生，坐啰、坐啰。

王老开　请问二嫂子，今天到我家中，有什么事呀？

张二嫂　先生，少不了有事才到你家来。只因我晚姑娘有病，我请你老人家去给她看病。

王老开　啊，你们晚姑娘得了病，我不得空。对门村有个人来请我，他的牛得了病，我要去看牛。

张二嫂　唉！先生，你看牛是小事，我那个人是大事呀！

王老开　莫乱讲、莫乱讲！你这个人是小事，牛是大事。

张二嫂　哪个？人怎么是小事？

王老开　哎，二嫂子你不怪的，我讲给你听。那个牛不犁田，种不下谷子，你吃什么？是不是大事？

张二嫂　是了、是了。牛也是大事，人也是大事，先生去看了我的人先。

王老开　就要走？

张二嫂　她有重病，你快点去，莫挨[4]我的时间，走吧！

王老开　去不成、去不成！

张二嫂　先生，做什么去不成？

王老开　我没有人背药箱。

张二嫂　哎呀，你莫啰唆了，我和你背。

王老开　你和我背，就走了吧。

［张背药箱，王关门。

张二嫂　哎呀，先生，你随我来哟！（唱怀胎腔）站在路头把话论，叫声先生你细听。若还诊好我妹妹的病，不能亏你这老先生。

王老开　（接唱）二嫂子说话好礼性，素来看病我认真。看你妹妹是什么病，两包好药病脱身。

张二嫂　（接唱）背起药箱向前跑，我来和先生开个玩笑。让他先生跟不倒，年迈之人怎开交？

王老开　（接唱）二嫂子你慢点跑，年迈之人跟不倒。跑得我脚酸头又昏，不知路矮和路高。我气力不够跟着跑，（摔倒）害得我先生跌一跤。（白）哎哟咧，哎哟。二嫂子，你硬不是个人。

张二嫂　先生，我怎么不是个人呀？

王老开　你专门来和我先生弄玩笑。你跑得那么快，我怎么跟得倒哩？

张二嫂　哎呀，先生，到了屋门口了。（进门）先生，请进呀。（唱怀胎腔）尊声先生你请进，我把药箱放堂前。堂前板凳你来坐，我到厨下倒茶先。（下）

王老开　（接唱）二嫂子实在讲礼性，不由我先生喜在心。我坐在堂前把她等，等她前来说分明。

张二嫂　（上）先生请茶。

王老开　二嫂子，不要讲客气了。

张二嫂　先生，你请坐，我去扶晚妹出来。（小过场）晚姑娘，我来搀扶你。（扶晚上）

晚姑娘　（坐）哎哟！哎哟！

王老开　拈脉⑤可。（音乐，闭目似睡）

张二嫂　呸！我喊你拈脉诊病，你怎么睡瞌睡呀？

王老开　哎，我拈脉用心。（换手拈脉，摸到晚肩上）

张二嫂　呸啾！你拈脉怎么摸到那块去了？

王老开　那个位子是总脉。得了得了。扶她进去。

张二嫂　（扶晚进，拿纸墨笔砚上）先生，你开个药方，我去弄点晌午你吃。

王老开　嗯。走了九十九个庙，没有见到这种菩萨来屙尿。她没有病，叫我开什么药。我开点什么药呢？开点老姜，开点甘草，开点柴胡，开点党参。（唱）一要当归和红枣，二要黄芪和党参。三要开点通大海，四要开点花旗参。

晚姑娘　（上，接唱）多蒙先生看我的病，我上前叫一声老先生。先生莫把药乱下。

王老开　我晓得、晓得。（接唱）原来你十月怀胎上了身。

晚姑娘　先生你莫乱下药。（递封包）我给个封包给你。

王老开　我晓得。

晚姑娘　你莫乱讲呗。

王老开　我不讲、我不讲的。

［晚下。

张二嫂　（上）先生，我弄好晌午了，你单子开好了没有？

王老开　开好了，药也拣好了，你去煨吧。

张二嫂　先生，我给你个封包，难为你老人家，先生你好走呀。先生，我们晚姑娘得的什么病？

王老开　（咳）得的痰包火。

张二嫂　到底什么病？

王老开　（咳）火包痰。

张二嫂　嗨，我不是问你的病，是问我们晚姑娘的病。

王老开　噢，原来是问你们晚姑娘的病哟。你们家神不做主，勾引外

来人。（下）

张二嫂　呸！讲这种鬼话。什么家神不做主，勾引外来人？勾引你这号老骨头。（过场。煨药）晚姑娘，药煨好了。（扶晚上，喂药）吃了就好了的。

［晚吃药吐，将药倒地。

张二嫂　哎，你这个小丫头，你有病，害得我东街跑到西街，请个医生来看病下药。你把药总打泼⑥完了，钱也去了，药也不吃，和我滚了下去。

［晚下。

张二嫂　我跑了半天，肚子也饿了，到后边吃了饭先。（下）

第四场

刘子正　（上，数课子）啊，头戴方巾四角正，身穿蓝衫紧扣身。算个八字生和死、死和生。八个铜钱要定，要定、要定。（坐，白）在下，刘子正。从小爹娘盘我读书，读了一顿饱饱的书，一样学不到，学到算八字。这几天天气不好，没有出外去与人家算八字，身边无钱使用。今天天气晴和，不免拿起我的咚咚琴、百中经，到外面前去与别人算算五行，弄两个钱回来度日。到外面算八字去了哟。（念）走、走、走，走过天涯和海口。游、游、游，游过万国和九州。南京天旱我不怕，北京天旱我不愁。南北二京遭天旱，全凭翰墨度春秋。在家靠父母，出门靠朋友。城墙高万丈，内外要人帮。一个光棍，要十个帮衬。若无人帮衬，就是死光棍。（白）喂，好朋友、好朋友，来抽个彩头，彩头相送不要钱。算八字八个钱，打流年一个大花边⑦。算得准才要钱，算不准，不要钱。十真命不假，十假命不真，你报错五行，算错八字，就莫怪先生。讲倒讲倒，走到村庄来了。（拉过街柳）

张二嫂　（上）算八字呀？（出门，唱玉美人腔）我在后堂侧耳听，外面来了算五行。八字先生你请进，到我家中算年庚。

刘子正　（接唱）进得门来施一礼，恭喜大嫂好欢喜。大嫂洪福满面，添财又添喜。

张二嫂　先生请坐。

刘子正　噢，有坐。

张二嫂　先生，你是算八字的吗？

刘子正　是的。

张二嫂　与我晚姑娘算个八字，要多少钱？

刘子正　算八字八个钱，打流年就是一块花边。算得准才要钱，算不准我不要半毫钱。她是哪一年生的？

张二嫂　她是牵牛下水那年生的。

刘子正　是哪一月？

张二嫂　倒挂金钩那一月。

刘子正　哪一天呢？

张二嫂　两羊相撞。

刘子正　哪个时候？

张二嫂　两公婆上床。

刘子正　（算）牵牛下塘是庚寅年，倒挂金钩是九月，两羊相撞是重阳节，两公婆上床是丑时。紫金单挂水，五子贵同心。寅辰甲乙丙，卯辰甲丙戌。二嫂子，你这个八字有点走懵懂运。懵懵懂懂，挑担水桶。打泼一头，不晓得轻重。打着自己的鼻梁，自己叫痛。这个八字，有点带墓库[8]。男子带墓库，发财有无数。女子带墓库，预备棺材有一副。天晴搭起落雨篷，免得落雨又劳神。今年不打摆子，明年一定生闹疮。她这八字，有点毛毛躁躁，点火进灶。烧着自家的眉毛，自家好笑。好比鳅鱼拱黄泥，不死要脱皮。蚂蚜[9]跳进灶，不死要起大泡。恭喜、恭喜，你们要添大喜。

张二嫂　她是个姑娘，没有出嫁，怎么添大喜呢？（生气）呸啾！鬼先生，乱讲！（唱怀胎腔）先生讲话不思忖，讲出言语好伤心。叫你进屋算八字，为何你讲我们有仔生？算什么鬼八字，算什么鬼五行。你八字算不准，在此乱胡行。她是个黄花女，还未曾嫁人。仔从何处养？讲丑我名声。不和你争论，老娘好伤心。打烂你的咚咚琴，扯烂你的百中经。搬条凳子拦门坐，要你难出门。

刘子正 （接唱）嫂嫂发脾气，说我算错这五行。庚寅年来养，九月天来生。我再把八字算，两边看一看。

［晚上。

刘子正 走出来一个人。你是不是晚姑娘呀？

［晚点头。

刘子正 你是不是丑时生呀？

晚姑娘 是呀。

刘子正 （接唱）你是不是黄花女呀？

［晚点头

刘子正 没有嫁过人吧？

晚姑娘 是的。

刘子正 你过去给二嫂嫂看看。（接唱）这个是什么人？你讲我八字算错了，我讲不差半毫分。黄花女来怀胎，你真正丑死人。人是点点大，肚子有百把斤。你打烂我的咚咚琴，扯烂我的百中经。我卖了那毛厕地，我才买这把咚咚琴。今天你打烂啰，我难算这五行。香火高头我坐着，看你拿我怎样行？

张二嫂 （接唱）一见先生发情性，不由我二嫂嫂泪淋淋。先生八字算得准，算出不差半毫分。走上前来赔个礼，这是我二嫂嫂认不清。不该打烂你的咚咚琴，二嫂嫂赔你的金和银。

刘子正 （接唱）你赔银钱我不要，买不出这本百中经。今天你不讲清楚，我是总总不出门[⑩]。哪有黄花女来养仔？传出你的坏名声。要你晚姑娘嫁不出去，哪个要你这种混账人！

张二嫂 （接唱）先生来息怒，讲话你莫高声。你是个好先生，好比是神灵。随你要什么，我二嫂嫂也应承。我两人求和解，我们都是自家人。

刘子正 （接唱）只要你话头讲得好，我忍气来吞声。拿钱我回去，我到别处算五行。二嫂嫂你讲和气。看你是个聪明人。

张二嫂　先生，我多给些银两，你去到长街，去买回你的咚咚琴，百中经得了吧？（下。小过场。拿银子上。出门看，进门。推刘出，关门）

刘子正　二嫂子你怎么关门呀？

张二嫂　关门啦。老娘本姓董，你被老娘哄。你要我的钱呀，你一世都搞不拢。

刘子正　二嫂子，你真的不开门，钱不给我呀。（大叫）你们来看呀，黄花女养仔呀！

张二嫂　（急开门，出，用手掩刘嘴）先生，你莫喊，我给钱给你。先生，千祈万祈，你莫出去乱讲呀。

刘子正　我讲倒不讲，我四大城门贴告示，（喊）黄花女养仔哟！（下）

张二嫂　（进门）晚姑娘，出来。

晚姑娘　（上）见过嫂嫂。

张二嫂　我来问你，肚子怎么大的？

晚姑娘　我吃饭吃大的。

张二嫂　我吃饭怎么吃不大？你到底讲不讲老实话。为嫂回家，你到哪里去了？

晚姑娘　我没有去哪块，我是到河边洗衣服。

张二嫂　你洗衣服碰着哪一个？

晚姑娘　碰着李……

张二嫂　呸啾！你碰着我呀？我和你一样的啦。李什么名字？小丫头。

晚姑娘　李相公。

张二嫂　遇到李相公你就跑回来了么？

晚姑娘　我回来，他就跟我回来了。

张二嫂　你躲回房子去呀？

晚姑娘　他也跟着我到房里。

张二嫂　你就躲上床嘛？

晚姑娘　他也跟着我上床。

张二嫂　你盖起被子嘛？

晚姑娘　他也睡进被子里。

张二嫂　该死呀！李相公，你这个短命鬼，你算吃得咸[11]了。难怪啰！你看，这个肚子这么大了。喊那个算八字的来，人家算得准，我说人家算不准，和我闹一架。为嫂又去了十两银子，若把你的丑传出外面，鬼要你呀。我来问你，有了好久的肚子了？

晚姑娘　有了蛮久蛮久了。

张二嫂　唉！真拿你没有办法。下去！下去！

［晚下。

张二嫂　哎呀，这怎么得了！日子够了，快养了，怎么办呢？有了，有了。我去请王大婶来，她老人家是内行的。养了下来，就巴不得了。闲话懒讲，我去请王大婶去了。（唱怀胎腔）晚姑娘怀胎十月满，二嫂嫂去请大婶来。若是养下个娃仔，大事小事谁安排？举目抬头来观看，叫声大婶把门开。（白）王大婶、王大婶呀！

王大婶　（内白）哪个？

张二嫂　是我，二嫂嫂来了。

王大婶　（内白）噢，二嫂嫂来了，我来了呀。（上。开门）嫂嫂请进！坐呀。

张二嫂　大婶，莫讲客气。

王大婶　二嫂嫂吃茶。

张二嫂　你老人家真讲礼性呀。

王大婶　二嫂嫂来到我家中，有什么事呀？

张二嫂　到你家中，有紧要的事情和你商量。

王大婶　什么紧要的事情呀？

张二嫂　我晚姑娘十月怀胎，差不多了。

王大婶　好呀，黄花女养仔？

张二嫂　哎呀，大婶，小声点！

王大婶　怕什么啦，那时我没有出嫁，养了七八个。

张二嫂　呸啾！又不是个猪，一胎养七八个。

王大婶　我这一世养了七八个。

张二嫂　你老人家带家什[12]到我屋里去吧。

王大婶　过两天再去、过两天再去。

张二嫂　要不得。过两天就养下来了，怎么搞？

王大婶　就去吧。

张二嫂　是呀，拿东西吧。哎呀，大婶随我来呀。（唱怀胎腔）走到路头把话论，尊声大婶你细听。她本来是个闺阁女，未曾与人定婚姻。你老人家出外莫乱讲，犹恐败坏我家声。

王大婶　（接唱）二嫂嫂一概你放心，我王妈妈不是那种人。丑话不能传出外，传出外面笑坏人。你我都是女流辈，黄花女养仔少听闻。

张二嫂　王大婶，到我家来了。

王大婶　倒了？倒了打转。

张二嫂　不是走路走倒了，是走到我家来了。（开门）王大婶进。

王大婶　有进呀。（进门）

张二嫂　大婶请茶。唉，大婶，你到房里去，还是扶晚妹到堂屋里来？

王大婶　扶她到堂屋里来吧，我眼睛正常。

张二嫂　晚姑娘，我扶你出来。

晚姑娘　（内白）哎哟！

张二嫂　莫喊、莫喊。（扶晚上，坐）

王大婶　晚姑娘、二嫂嫂呀，十月怀胎的苦楚，你们晓得不晓得呀？

张二嫂　我们不晓得。

王大婶　晓不得，听我来讲给你们听。晚姑娘你坐好点，你坐不好，身子扭起又难养。二嫂子、晚姑娘，听我来讲哟。（唱怀胎歌）怀胎正月正，不知假和真。珠胎已结日子浅，好似浮萍未落根。（白）二嫂子呀，晚姑娘呀，养小孩子你莫闭倒眼睛。闭倒眼睛，就会养个瞎子。二嫂子，瞎子仔你要不要？

张二嫂　瞎子仔我不要。

王大婶　你不要，我要噢。（唱）嘟哩郎当，嘟哩郎当，郎当一郎当。水面的浮萍飘，漂泊未落根。怀胎二月过，奴在绣房坐。年少的怀胎，怀胎脸皮薄。（白）晚姑娘，养小孩子莫把脚缩倒。缩倒脚就会养个跛子仔。二嫂嫂，跛子仔你要不要？

张二嫂　我不要。

王大婶　你不要我要。（唱）年少的怀胎，怀胎脸皮薄。怀胎三月三，茶饭不想端。心中时时想，想吃杨梅酸。（白）晚姑娘，你莫弯倒腰，弯倒腰明天养驼背仔。二嫂子，驼子仔你要不要？

张二嫂　我不要。

王大婶　你不要我要。（唱）心中时时想，想吃杨梅酸。怀胎四月八，多养鸡和鸭。叫声二嫂嫂，多养鸡和鸭。嫂嫂早预备呀，预备鸡和鸭。怀胎五月五，奴家受了苦。有钱的吃肉，无钱吃豆腐。有钱的吃肉，无钱吃豆腐。怀胎六月六，天气热得毒。叫声奴的夫，丈夫打个对面铺。叫声奴的夫，丈夫打个对面铺。怀胎七月半，奴家暗推算。算来算去还有两月半。算来算去还有两月半。怀胎八月八，烧香拜菩萨。菩萨保佑奴，奴要生个好娃娃。菩萨保佑奴，奴要生个好娃娃。怀胎九月九，小妹子下田坵。叫声我嫂嫂，预备好甜酒。叫声我嫂嫂，预备好甜酒。怀胎十月足，娃娃下地哭。叫声我嫂嫂，烧香点蜡烛。叫声我嫂嫂，烧香点蜡烛。（白）二嫂子，倒点水来，快点去拿点灰来。

［小孩哭。

王大婶　哎呀！快搀扶她到屋里睡倒。

［晚下。

王大婶　二嫂嫂，恭喜、恭喜你！是个大喜呀。（抱小孩给张）

张二嫂　哎呀！大婶，大喜是大喜，我还生气哟。请你老人家救人救到头，杀鸡杀断喉。帮我去喊那个李相公来。

王大婶　我只晓得帮你接生，哪还帮你做媒呀？

张二嫂　哎呀！大婶，不会亏你的。接生有接生的封包，做媒有做媒的封包。打两个给你，你老人家做点好事吧。

王大婶　那就得了。我去喊他来，你等着。

［张下。

王大婶　（出门，唱赶板）急急忙忙往前走，要到他家去喊人。三脚两步来得快，不觉来到李家门。（白）李相公、李相公。

李春花　（内白）是哪个？

王大婶　是我。

李春花　（上）哦，原来是王妈妈来了。妈妈请坐。王妈妈你为了何事？这样慌忙到我家来？

王大婶　恭喜你、恭喜你。你屋里添大喜哟。

李春花　你老人家莫讲笑了，我老婆没有讨，添什么大喜呀？

王大婶　你老婆还没有讨的呀？

李春花　是呀，我老婆在哪块？

王大婶　你有了老婆的，你忘记了吧。张家庄晚姑娘养了仔了。

李春花　（惊）哎呀！妈妈，当真的吗？

王大婶　哪个哄你？我专门来喊你去的。

李春花　喊我去呀？

王大婶　是的，不怕！怕什么？她二嫂嫂喊我来喊的。

李春花　她二嫂嫂喊你来喊我的呀？

王大婶　快去！走、走。不怕！有我。

［李、婶同出门。

李春花　（唱倒板桨）妈妈忽然报一声，吓得我胆战心又惊。我读书之人不懂礼，不该暗地来成亲。若是我爹娘知道了，问起话来我难应承。回头我对大婶论，你老人家何不做媒人。请你前去和我母亲讲，这桩亲事要做成。见了二嫂我惭愧，我低头也要喊一声。

王大婶　到了。李相公，请进！（同李进门）二嫂子，我回来了。

［张上。

李春花　二嫂嫂，见过礼。

张二嫂　莫讲礼，坐吧。大婶，多得你走路，这是接生的封包，这是做媒的封包。

王大婶　多谢、多谢！以后二人成亲，满月送红蛋，我是要得一个双份。二嫂子，我走了，恭喜你一家大喜事。（下）

张二嫂　李相公，你做事太对不起我了。你爱上了我晚姑娘，就该请人来说亲嘛。媒人不请，亏了你是个读书的人。常言道得好，口读圣贤之书，达周公之礼。我要是不看到晚姑娘分上，定不能容你。

李春花　唉，二嫂，是我一时之错，休得见怪。

张二嫂　好了、好了！长言短语不要说了，我叫我的晚姑娘出来。晚姑娘走来。

晚姑娘　（抱孩子）见过嫂嫂。

张二嫂　妹子，莫讲礼了。你一场辛苦，还讲什么礼呀？你的李相公来了，你们夫妻相会。

晚姑娘　相公呀。（牌子，哭相思）

［李接抱孩子。

张二嫂　好了。你们夫妻相会了，娃仔也生了，到来日晚姑娘满月，择好良日，你两人再拜堂成亲。

李春花、晚姑娘　（拜）多谢嫂嫂！

张二嫂　了却为嫂一场心事。后堂备宴。

张二嫂、李春花、晚姑娘　请！（同下）

（剧终）

【注释】

①露水夫妻：有非正常性关系的男女。

②章程：此指办法、主张。

③唔："讲"的意思。

④挨：拖延。桂林话。

⑤拈脉：把脉。把脉又称为切脉，是中医医师用手按病人的脉搏，根据脉象，以了解疾病内在变化的诊断方法。

⑥打泼：泼洒。

⑦花边：指花边钱。旧时流入中国的外国银元，边缘有花纹，故称"花边钱"。

⑧墓库：指墓库运，算命的一种说法。

⑨蚂蜗：青蛙。

⑩总总不出门：意思是怎么样情况都不出门。

⑪吃得咸：拼命占便宜；贪心。桂林话。

⑫家什：器物、用具。在此指接生工具。

【剧情简介】

晚姑娘的父母双亡，与寡嫂张氏相依为命。一日，嫂嫂回娘家去了，晚姑娘在河边洗衣，遇李春花相公，二人早已相爱，便同返家中同宿。次日，张氏归来，晚姑娘谎称有病，出堂见嫂，将李相公藏匿房中，趁张氏外出请医之时，将李送走，并告已珠胎暗结。张氏请得王医生前来，诊断无病，说是受孕，张氏不信，将医生骂走。后又请得算命先生推算流年，亦如前言，张氏加以怒骂，正巧晚姑娘出堂，指腹证实，张氏始信不疑。十月期满，张氏请王大婶前来接生，并请大婶邀李前来，使其夫妻父子相会。李承认错误，愿与晚姑娘结为夫妻。

【简评】

“私”，从字面意义来看，除了指不公开的、秘密的，还含有不合法的意思。《私怀胎》所表现的一段感情，就是被当时社会视为大逆不道的。剧中我们看到当得知晚姑娘在没有父母之命、媒妁之言的情况下私自怀胎时，二嫂嫂不知所措，老郎中钳口结舌，算命者鄙视嘲笑，李相公胆战心惊……这些强烈反应，可见“父母之命，媒妁之言”的婚姻要求对当时人们具有普遍影响；另一方面晚姑娘与李相公相爱的事实也说明在封建婚姻制下，民间仍然涌动着至情真爱。爱情的追求者一直在突破旧制度的桎梏，争取着属于自己的权利。

此剧由张桂妹发掘。

王二报喜

剧中人物

⊙王二（行当：丑，简称：王）

⊙李玉莲（行当：正旦，简称：李）

⊙小莲（行当：花旦，简称：小）

⊙玉莲娘（行当：老旦，简称：娘）

⊙王伯伯（行当：正生，简称：伯）

第一场

王　二　（数课子上）可叹可叹真可叹。拿起几串钱，走到长街上，前去赌番摊[①]。三门扒，打烂桶，手脚没人长。害得我输了钱，心里打寒战。铜钱输了几多串。跑回家里来，坐在厅堂上。哧，越冷越打战，越热越出汗。吃饭不想吃，肚饿又想吃点饭、想吃饭。去时黄龙缠腰，回来钱串[②]一条，本想勒喉吊颈，又怕后来翻梢[③]。（白）我，王二。我讨了一个老婆，顶会骂人。我又爱赌两个钱，她今天一骂，明天一骂，把我骂得倒了霉，骂得我天天输钱。孔夫子搬家，净是书（输）。搞得我身上无半文，如同掉了魂。身边无一个，如同失了火。爹娘丢下一份家财，给我王二赌得头光脚光，一身零打光[④]，鞭子打锣光打光。今天身无半文又怎么办呢？去哪里想一个主意，搞点钱来才是好。年关又到了，钱无钱、米无米。若是这个呀，有了。待我回家同我老婆打个主意，再来翻梢。言之有理，离了街前我还要走，还要走起来呀。（唱）时运不至人发愁，狂风吹倒铁柱头。有日给我时运转，厕所砌成绣花楼。时运不来莫怪才，石头压住栋梁材。双手想摸天边月，脚下缺少腾云鞋。又讲赌钱赌不得，哪天不捞三几百。屋里又要买油盐，外面又要待人客。（白）行来走去，到了自家门前。我来听下，我那个老婆骂不骂人。

李玉莲　（上）王二这个短命鬼呀，这个砍头的，这个草寇杀的，这个乌鸦啄死的，这个上屋背面挨马踢死的。丢落老娘在家，钱无钱、米无米。年关又到了。今天不回就罢，今天若还回来，老娘要个把戏给他看看。

王　二　咦，我这个老婆，真会骂人。别个讲我听，我都还不信。今天我亲自听到的，骂得我这样毒，上去屋背面挨马踢死。屋背上马都踢得死人，总把我骂倒霉完了。老子偏要喊门进去。哎！开门。

李玉莲　是哪个？

王　二　还有哪个？是老子回来了！

李玉莲　这个死赌鬼回来了。我看他得钱回吗？（出、望、自进、坐）

王　二　哈哈哈，我老婆真会招呼我，鼓起那双眼睛就进去了。我也进去。不怕嘛，男子大丈夫，难道还怕老婆不成。哎呀，这个样子真难看呀。管她，她发气我就笑。老人说的古话，伸手不打笑脸人。哈哈、哈哈。老婆，吃饭未成？

李玉莲　你笑什么鬼？老婆和你比牙齿？没得你这么好的神气。

王　二　哎呀！老婆。和气点嘛，讲话不要这样无情。我和你是夫妻俩，又不是冤家。常言道得好来，丈夫丈夫，要让一丈，你连一尺都不肯，一点都不让。

李玉莲　你要老娘讲好点，你就拿得来。

王　二　拿什么来呀？

李玉莲　拿钱来啰。

王　二　呵，我怕你讲什么啰，要钱还不容易，有钱。

李玉莲　有钱就好讲话了。你一天出去外面赌钱，一样不管。年关已到，一样都没曾得。

王　二　那要什么紧呢？我样样都有了。就是缺少一样吧。

李玉莲　缺少样把就无所谓。缺少哪一样呢？

王　二　就是缺少十两银子。有了十两银子我样样都有了。

李玉莲　你这个死赌鬼，讲话不知进退，有钱我不晓得样样有，还要你讲。

王　二　我包你有钱。你拿手来嘛。我开荷包锁先，你拿好啵，莫跌去[5]啵。

李玉莲　我拿得好，跌不去，你拿来嘛。

王　二　好，我给你五块，你看嘛。你这个漏财手，就跌了去。

李玉莲　哎哟，你这个短命鬼！未有钱回家还罢了，你还要打我一巴掌，你听老娘骂你呀。

王　二　你骂人呀？

李玉莲　（唱骂腔）站在堂前开言骂，骂声赌鬼听根芽。你今无钱倒还罢，为什么又打我嘴巴？自从嫁到你家下，赌嫖嚼牙你浪出家。经常在外贪玩耍，丢落老娘来看家。穿无穿来吃无吃，还要乱把钱来花。现在已近过年了，你叫老娘吃什么？无钱与我滚出去，永世莫回我的家。今天有钱倒还罢，无钱吵你五梅花。

王　二　呵！你这样痛骂我，总给你骂倒霉了。你打坐一旁，听老子来数你呀。（唱）老婆一旁来坐下，细听我王二说根芽。自从讨你回家下，天天骂我无办法。你又会吃又会骂，坐在一旁鼓嘴巴。你怕你的八字好，原来八字带七杀[6]。自从讨你回家转，又讲老子爱你差。讨你已有几年整，还没看见生娃娃。你讲老子气不气，因此我才不回家。你本来好吃又懒做，空着又要杀鸡鸭。杀鸡杀鸭都不算，还要肥肉炒对虾。双酒吃了你嫌淡，又要老子买三花[7]。吃饱之后又来骂，老子怎么不火发。我王二和你是夫妇，又不是前世的冤家。自古道夫妻要和顺，钱财方能进到家。夫妻有话好好讲，为何在此嘴喳喳。今天无钱便怎样，莫非你敢拿我杀？

李玉莲　(唱)短命鬼说话不中听，说得老娘好伤心。无钱莫再说空话，快快给我滚出门。(白)王二，你这个赌鬼有钱你就回来，无钱你和我死在外头，总莫回家。(推王下，随下)

第二场

王　二　(上)好了，回到家中，两口子闹了一架，给我老婆推了出来，这下子又怎么办呢？若是这样呀，钱无钱、米无米，年关又到了。呵，想来想去，有了，我岳母娘只养她两姐妹又未得个仔，她屋里又好过。我老婆嫁到我这里，四年来了，总未养个仔。我岳母娘总想抱个外孙，天天叹气，想得口水都流了。今天我去向她打个主意，怕会妥当的。那又想什么主意呀。呵，有了。我做一个假报喜。就说我老婆昨晚夜养了一个娃仔。那她不是就拿钱拿米拿鸡拿肉给我吗？不是过年就有吃了吗？去报喜，又拿点什么东西去呢？呵，有了。我向我伯伯借一个酒瓶，装点水在里头，她哪里晓得是酒是水，就是这个主意。(半圆场)伯伯，借个酒瓶给我去打点酒嘛。

王伯伯　(内白)呵，你连酒瓶都没有一个？

王　二　有的，昨天打烂去了。

王伯伯　(内白)拿了去，要拿来还我啵。

王　二　呵，我打酒回来就还你。酒瓶也得了，未得肉呀。呵，有了。我拿些禾秆草，打起一个假套结。去到那里，我就讲我走忙了，跌了丢了。这里有禾草，我来绹起个圈圈。好，这样才像嘛。如此我就走，就走起来呀。(唱)手拿酒肉报外婆，外婆一定信的多。那时她给钱和米，又给鸡来又给鹅。回家我把年来过，吃得我俩好快活。(白)且慢，来到她的门前了，我拿这酒瓶放点水先，待我喊起门来。外婆呀，开门。

玉莲娘　（内白）是哪个？

王　二　是我啦。

玉莲娘　（上）来了。我在里头烧灶火，忽听外面叫外婆。走出堂前看一看，看看到底是哪个？

王　二　哈哈，是我，外婆。

玉莲娘　呵，是你呵。你又怎么喊起外婆来了呢？请请，请进嘛。

王　二　那我就进。（唱）进得门来报一喜，恭喜你来贺喜你。昨晚夜你女儿半夜三更，三更半夜添大喜。

玉莲娘　呵，原来这样，那才好呵。谢天谢地，我有个外婆做了呵。

［王用嘴发声当作放炮。

玉莲娘　哎呀，我怕你发癫了。你这么大个人，还同个小娃仔一样。堂前有凳，坐嘛。

王　二　坐咧，莫讲礼性⑨。

玉莲娘　我来问你，到底是大喜还是小喜？

王　二　我不晓得是个大喜还是个小喜，是个有辣椒把把的。

玉莲娘　那就是大喜嘛。哎呀，这才好哇。真的我有外孙抱了呵。

王　二　呵，外婆呀，我连未懂礼性，我未得什么拿给你老人家，拿瓶酒，拿斤肉来给你老人家。

玉莲娘　哎呀，总是娘仔，不用讲那门⑧大的礼性了。

王　二　呵？好了，我这挂肉呢，是跌丢了啰。外婆，我太欢喜了，跑得忙了，把这挂肉跌丢了。你看嘛，我转去找，看跌在哪里。

玉莲娘　哎呵，莫找了，你还找得倒嘛？跌去就算了。为娘这里昨天才买得十多斤回来过年，拿点去吃就算了。

王　二　呵，这样讲，那我就懒去找了。

玉莲娘　坐下嘛。小莲，倒茶来，有客来了。

小　莲　（上）妈呀，倒茶？哪个吃？

玉莲娘　你姐夫来了，倒茶给你姐夫吃。

小　莲　呵，姐夫请茶。

王　二　呵，请茶。小莲蛮大了，做得事情了。

玉莲娘　拿杯子下面去。

［小接杯下。

玉莲娘　我来问你，我女儿有孕时为什么我总未见她肚子大咧？

王　二　呵，外婆，她年轻的人，第一次才怀孕，她怕丑。她弯着腰，你看不到的。

玉莲娘　她养娃仔下来，你煮点什么给她吃？

王　二　我煮呵，我煮了两个蛋。

玉莲娘　鸡蛋还是鸭蛋？

王　二　我那个母鸡抱了一窝鸡崽，它还未出。我就拿那蛋来煎得香香的给她吃。好补呵，外婆。

玉莲娘　哎呀！你太不懂事了。月婆子你煎寡蛋[⑨]给她吃？

王　二　吃不得寡蛋吗？

玉莲娘　那是吃不得的。

王　二　吃不得，那我另外去买。

玉莲娘　莫去买了，为娘这里有。你等下拿点回家去给她吃就算了。

王　二　呵，那就多谢你老人家了。

玉莲娘　不用谢，你怕是外人嘛。有肉没有？

王　二　有，大把肉。我昨天在隔壁和他们打牌，他们输了钱给我。他们未有钱，他们杀了一个母猪蛮肥，我就要了十多斤回来，我就煮给她吃。她讲，好就是好，可惜皮子硬，难咬得动吧。

玉莲娘　哎呀，你怎么煮母猪肉给她吃？

王　二　母猪肉吃不得吗？

玉莲娘　母猪肉是吃不得。

王　二　吃不得，那我另外买。

玉莲娘　莫去了，先前也曾讲过，为娘这里有。你有鸡没有？

王　二　有，鸡也有。我那个赖抱母鸡[10]抱不出鸡崽，我火气了，就杀给她吃。

玉莲娘　哎呀！你算不懂事了。月婆子你拿赖抱鸡给她吃，吃不得的！

王　二　吃不得，我回去再买。

玉莲娘　鸡，为娘这里也有，捉两只去就是嘛。

王　二　呵。你老人家总有，那就好了。

玉莲娘　你酿了甜酒没有？

王　二　酿了，我拿酒糟米来酿的，晓得是那酒饼不好，还是有其他原因，一点酒娘都没有。

玉莲娘　算了，酒糟米怎么酿得的？要糯米才好。在为娘这里量两斗糯米回去酿。

王　二　呵，外婆，那你就太好了呵。

玉莲娘　莫客气了，你怕是哪一个嘛。小莲呀，出来，我讲你听。

小　莲　（上）做什么啦？妈。

玉莲娘　你到后面量两斗糯米，捉两个母鸡，拿得三四斤肉，拿一二十个鸡蛋，给你姐夫拿回去。

小　莲　拿这么多的东西回去做什么？

玉莲娘　昨晚夜你姐姐添了个大喜。

小　莲　呵，这样的，那才好呵！

玉莲娘　好，你快点去要米。

王　二　莫要那样多，留点给小莲吃。

小　莲　我们家有，还有大把的呢。（下）

玉莲娘　你回去交代给她，莫洗冷水，洗脸都要洗热水。

王　二　呵，这个我晓得，你老人家放心。

小　莲　（上）妈呀，我挑上来了。（下）

玉莲娘　好。我这里有几块钱，你拿回去零用。明天我再和小莲去看下她。

王　二　你去看她呵？咦，慢着。

玉莲娘　为什么又要慢着？

王　二　咦，外婆，我讲你听嘛。今早请来了一个九字先生。

玉莲娘　八字先生[11]嘛，哪有九字先生？

王　二　呵，八字先生。我请他算了一个八字，他说这个娃仔样样都好，就是有一点不好。

玉莲娘　哪一点不好？

王　二　你听嘛，外孙和外婆，一定要忌脚。外婆不忌脚，外孙不得活。

玉莲娘　要忌脚，但不知要忌好久呢？

王　二　忌好久呀，大概要忌百把年啵。

玉莲娘　呸！你放屁。山中倒有千年树，世上难逢百岁人。忌一百年，为娘骨头都打鼓了。

王　二　大概，呵，年把定要忌的。

玉莲娘　呵，这还差不多！

王　二　外婆，千祈啵，一年两年你要记得，你若是去了，她养不大，怨就怨你的啵。

玉莲娘　我晓得了，你快回去看她吧。（下）

［王下。

第三场

王　二　（上）哈、哈、哈。一年两年，我老婆还不养仔，我实在未相信。今天，我来这里，打这个主意，给我这一炮就打响了。回去呢，我两老就好过年了。那我就还要走呀。（唱）今天外婆挨我哄，得米得鸡转回家。两老就把年来过，不觉令人笑哈哈。（白）你看，来到了自己门前。开门。

李玉莲　是哪个？

王　二　是我，还有哪个？

李玉莲　王二回了，喊得这样雄。（开门看）是你回来，进去嘛。

王　二　我还不晓得进，要你来招呼我？

李玉莲　你买得东西回来过年吗？

王　二　买得了，昨晚夜我赢了钱，我得了大把钱。买了一担回来，样样都有。

李玉莲　有在哪里？你又不拿回。

王　二　在门口，你去挑进来。

李玉莲　我来看看，你莫扯大炮。

王　二　扯大炮就会死。

李玉莲　哎呀，当真话呵。买了一担东西回来，又有鸡又有肉，待我挑进去。王二，你去哪里得这么多的东西？

王　二　赌钱得来的嘛，莫非去偷来的嘛？

李玉莲　我怕你这东西来历不清。慢些煮来吃罢。

王　二　做什么来历不清呢？你放心煮、放心吃。快点下去杀鸡，我去要柴火。快点嘛。

［王、李同下。

第四场

玉莲娘　（上）我女添大喜，老娘乐不支。老娘何氏。许配李门为妻。王二来我家中报喜，他说我女儿养了个娃仔。今天我喊小莲同去看下子，我才放心。小莲哪里？走来。

小　莲　（内白）来了。（上）妈呀，你喊我做什么？

玉莲娘　喊你出来，非为别事。你姐姐添了大喜。我母女二人前去看看，为娘才放心。

小　莲　拿什么去给我姐姐吃呢?

玉莲娘　为娘装好了鸡蛋肉米呀，娃仔衣服呀，快点去挑上来。

小　莲　呵，我去挑上来呵。（下，挑担上）挑来了，妈妈。

玉莲娘　好！出了门口，关上门户，还要走呀。（唱）我女生娃娃，老娘好欢喜。急忙前去看，免得挂心里。

小　莲　（接唱）姐姐添了喜，小莲好喜欢。急忙把路上，前去看端详。

［娘、小同下。

第五场

［王、李饮酒。

王　二　（背场）你看我老婆吃得连不放筷子。我想个主意给她吃不下，那我就大把地吃。（叹气）唉！晓得去哪里找钱来做祭幛[12]?

李玉莲　做祭幛做什么?

王　二　吃嘛，莫作声嘛。

李玉莲　你讲我听嘛，到底做什么?

王　二　莫讲好吧，讲了，那时你又吃不下。

李玉莲　你讲嘛，做什么又吃不下，你讲呀。

王　二　讲呀，今天我到街上听见你娘家隔壁的周大嫂说，你妈妈上楼抓谷子喂猫跌下来，就跌死了。

李玉莲　当真话吗?

王　二　那不当真，难道我还哄你不成?

李玉莲　（哭）哎呀！我的妈呀，你死得好苦呀。王二，这回怎么搞?

王　二　哪门搞？你有钱就拿点钱给我到街上买点东西，我就去看看。

李玉莲　哎呀！钱，我还有三块钱。

王　二　有三块钱就够了嘛，要几多呢？快点拿来嘛。

李玉莲　好。在这里，你先走一步，我随后就来。

王　二　好，那我先走了。呵！这下子，哄我老婆，又得了几块钱。我又跑到赌场里头赌钱打牌去了。（下）

［李下。

第六场

玉莲娘、小莲　（上）走呀。（唱）二人走得快，来到她门外。女儿快开门，看看老外外。（白）开门啰！玉莲。

李玉莲　（上）来了！你是哪个？

玉莲娘　是为娘来了。

李玉莲　呀！是我妈来了。妈呀，当真是你吗？

玉莲娘　不是我是哪个？难道为娘的声音你都听不出？

李玉莲　哎呀！我的妈呀。死了去还要变鬼来找我，这下怎么办呢？妈呀，慢着先，我泼碗水饭[13]给你呀。（泼水饭）妈呀，我泼水饭给你，你莫来找我，女儿怕得很。

玉莲娘　呸！你这个丫头，为娘又未曾死，你为什么泼水饭？我怕你发癫了。快点开门嘛！

李玉莲　你是未曾死的呵？妈。

玉莲娘　未有死的，你开门看看嘛。

李玉莲　你是未曾死的呵，待我开门看看。（开门看）

玉莲娘　你做什么的？我怕你发羊癫风了。进去，小莲。

李玉莲　妈，你伸个手给我摸下子看。未曾死就是热的，死了就是冷的。哎呀！热的，是个火烧鬼。

小　莲　姐姐，母亲是没有死的，你莫乱讲。

李玉莲　未有死的呵。

玉莲娘　你这个妹仔，癫癫狂狂的。你看你，袜子也不穿一对，头布也不包一块，明天老了你就晓得啦。

李玉莲　我不爱包头。又未冷，穿什么袜子？妈，你们来这里做什么的？挑起这么多东西。

玉莲娘　挑东西来你还没晓得，为娘是挂记你。

李玉莲　呵，你老人家挂心我过不下年，挑来给我吃嘛？

玉莲娘　不是挂记你过不下年。昨天王二他到为娘那里报喜。他讲你添了一个大喜，是也不是？

李玉莲　哎呀！我的妈呀。你一个不信，信那个赌鬼讲这些话。他是骗你的呵。

玉莲娘　骗我的？骗我的也未得这样像嘛。

李玉莲　我讲你听嘛，妈。昨天他回来我问他要钱，他没有钱和我吵了一场，我就将他推了出去，他就想这种主意，哪晓得你老人家又信他讲。那些鸡和那些肉米，是不是你给他的？

玉莲娘　正是我给他的啰。

李玉莲　难怪。我喊他莫吃，他偏要吃。吃着吃着他又来骗我。

玉莲娘　他哄你做什么？

李玉莲　他讲你老人家上楼抓谷子喂猫，跌下来，跌死了。不是你来喊门，我就泼水饭么？

玉莲娘　哎呀，这个短命鬼呀！真正气死我了，这回你叫为娘哪有脸来见别个。如今他去哪里？

李玉莲　到后来他讲没有钱买祭幛，我就拿了几块钱给他上街买东西去看你，他就走了。

玉莲娘　你蠢死了，你信他讲什么鬼。抓谷子喂猫，哪个猫吃谷子？这种话你也信，你也莫怪了，怪你不老行[14]。

李玉莲　我不老行给他骗，那你也不老行给他哄。

玉莲娘　好，莫讲了。快点去找他回来。

李玉莲　呵，你老人家等一下，等我去找他回来。

［娘、小下。

李玉莲　这个挨刀鬼，这个不得好死的，老娘找到你呢，就要咬你一大口肉。来此赌馆，王二、王二呀！伙计们，我们王二在里面没有？和我喊他出来。

［内白："王二，你妈来喊你。"

王　二　我哪还有个妈？我妈早就死去了。我来看看是哪个？（见李想跑）

李玉莲　你走啰，老娘看你走！

王　二　我去得哪里？

李玉莲　料你也走不去。（拖王）你这个挨刀鬼，你讲老娘气不气？

王　二　死了娘，总是气点啰。

李玉莲　死你的娘，死你的爷。你快与我回去。（拉圆场回家）妈呀，快出来。

玉莲娘　（上）来了。王二，你哄我母女二人，这回为娘的生气了，哪样去见得人？你讲我女养仔，仔呢？仔在哪里？你去抱来给老娘看看。

王　二　抱嘛，老婆，抱出来给外婆看下嘛。

李玉莲　抱什么？抱你那骨头。

王　二　昨天你翻牛草边得的那个呢？

玉莲娘　在牛草边得的也抱来给为娘看。

李玉莲　妈，你信他什么鬼，在牛草边得那个是个老鼠仔，我给猫吃去了。

王　二　呀！你给猫吃我那仔。你讲！算不中用了，我的仔都给猫拖去了。

李玉莲　拖你这个挨刀鬼！（打王）

玉莲娘　唉！你真是气死为娘呀！（唱）站在堂前开言骂，骂声王二听根芽。昨日你到娘家下，说我女儿生娃娃。你说为娘气不气，怎能有脸见人家。如果要钱对娘讲，为娘给你大把拿。又说为娘跌死去，把我女儿来吓煞。成天吃饱不做事，嫖嫖赌赌胡乱花。一份家财赌完了，看你日后吃什么？哪个赌嫖有好处，哪个嫖赌成得家？劝你快把心收下，安心做活命运佳。昨日你到我家下，胡言乱语乱张牙。为娘听见多欢喜，又给鸡来又给鸭。你扯这号天大谎，为娘怎么不气杀？今日你又哄我女，哄我女儿把钱拿。谁知你到赌馆内，兴高采烈把摊抓。劝你快把心来转，勤勤俭俭好成家。

李玉莲　（唱）一见王二怒气发，如同火上把油加。天天跑出外面去，丢落老娘守在家。亏你说出这种话，说我老娘生娃娃。打不怕来骂不怕，你好像一个癞蛤蟆。今天你快把退字[15]写，写了退字我转回家。老娘另外嫁一个，芙蓉另配牡丹花。你王二无好处，穿无穿来吃无吃。气得我母懒讲话，恐防气坏年迈妈。我和妈妈回家下，永世不到你的家。一刀两断弄清楚，从今永远离冤家。

王　二　（唱）岳母息怒请坐下，细听王二说根芽。自从讨她回家下，只顾吃来不顾家。天天还要把我骂，逼我不愿留在家。自古男子如天大，男子反被女人辖。昨日从外回家下，未曾说得三句话。七七八八骂不休，骂得实在无办法。她把我来推出外，因此才去哄妈妈。自从她到我家下，从未见她生娃娃。想去逗你心欢喜，你给鸡来又给鸭。回家煮起两人吃，她大块大块只顾夹。又讲我王二生得丑，又说我王二不顾家。哪个挨得起天天骂，骂得我王二心火发。喊我退字来写下，一心又想嫁人家。岳母请你想一下，是她差来是我差？

李玉莲　短命鬼说的冤枉话，胡说乱讲烂牙巴。你说老娘不养仔，是你出外不思家。有道是春天不下种，秋天看你何处拿？我也不和你闹架，我到隔壁走一下。回头我把伯伯请，即时拜请老人家。快点出来把理判，这样吵闹不成话。

王伯伯　（上，唱）适才我去看老鸭，喂罢食料才回家。即时喊我做什么？你对为伯说根芽。

李玉莲　（唱）堂前板凳来端下，伯伯坐倒听根芽。

王伯伯　亲家嫂，你也来了。

玉莲娘　呵，是啦。伯伯，你老人家请坐。

李玉莲　（唱）只为你侄男不中用，尽把家财胡乱花。天天外出去嫖赌，嫖赌嚼牙不归家。看到年关快要到，两手空空跑回家。钱无钱来米无米，他便跑去哄妈妈。说我昨夜养个仔，害得我母笑哈哈。又给鸡来又给鸭，又给钱米拿回家。亏他说出这样话，叫我气杀不气杀。若是旁人听见了，怎能有脸见人家。我不愿和他在一起，跟我母亲转回家。明年另自嫁一个，芙蓉另配牡丹花。

王伯伯　（唱）听你言来才知情，冷水淋头怀抱冰。侄媳你今耐烦点，为伯相劝你要听。无钱无米对我讲，为伯又不是外人。回头我把王二骂，骂声王二不是人。以前家中有田地，成天吃饱外面行。不是嫖来便是赌，嫖赌嚼牙做坏人。如今家财败完了，夫妻吵闹难成人。我和你父是兄弟，为伯无子靠何人？你若不把好人做，恐防你会招杀身。今天你听为伯劝，夫妻和睦把家兴。无牛为伯与你买，以后好好种阳春。无田无地为伯有，给你夫妻两个人。亲家母你讲是不是，还是劝他做好人。一勤天下无难事，云消雾散大天晴。

玉莲娘　（唱）伯伯说话有道理，句句老身记在心。伯伯和我都望你好，望你公婆做好人。和气一家生百福，安乐二字值千金。无钱无米娘家有，谷种为娘也答应。回头我把女儿劝，千万莫说要退婚。好马不把双鞍配，烈女不嫁二夫君。马配双鞍路难走，女嫁二夫落骂名。昔日有个崔氏女，她曾许配朱买臣[16]。买臣本是家贫困，天天吵闹不安宁。她与买臣离脱后，崔氏另自嫁别人。后来买臣有好处，马前泼水认夫君。谁知买臣不相认，马前碰死落骂名。我女要记前朝事，扎扎实实记在心。回头都把好人做，以后自有好名声。

王伯伯　呵，说得对呀！你们两夫妻要听老人家的话。为伯又未得仔来又没得女，日后养老送终，还不是靠你们。

玉莲娘　是呀，伯伯宽宏大量，把你们两人当亲生儿女看待，你们夫妻要赶快回头做好人。要收心，要发狠做事，不要再出去外面胡作非为。

没得钱米好生回家问为娘要，没得耕牛你伯伯买给你们，那还不好吗？

王　二　好，既然你们两个老人家这样关心、帮助我们做儿女的，我决心做个好人就是了。正是，浪子回头金不换，从此收心做好人。

王伯伯、玉莲娘　做好人、做好人！哈哈、哈哈。

（剧终）

【注释】

① 番摊：一种赌博游戏。

② 钱串：串钱的绳子。

③ 翻梢：翻盘，翻本。指在各种对抗性比赛中，本来已经居于劣势的一方反败为胜。亦用以喻挽回局面，翻身。

④ 零打光：什么都没有；精光。桂林话。

⑤ 跌去：丢了。桂林话。

⑥七杀：凶神。

⑦ 三花：桂林三花酒。桂林三花酒是中国米香型白酒的代表，以其历史悠久、工艺独特、品质优良而备受青睐。

⑧ 那门：那么。

⑨ 寡蛋：正被母鸡孵着，又尚未孵出小鸡的蛋。

⑩ 赖抱母鸡：孵蛋的母鸡。

⑪ 八字先生：算八字的先生。

⑫ 祭幛：祭奠用的幛子。

⑬ 泼水饭：我国民间的一种祭祀习俗。通常在农历七月十四这天晚上，人们泼洒一些食物于屋外空地，意为让亡魂在地下不挨饿。

⑭ 老行：老练，有经验。

⑮ 退字：休书。封建时代丈夫离弃妻子的文书。

⑯ 朱买臣：西汉吴县（今属江苏）人。朱买臣家贫好学，靠卖柴生活。

武帝时，为会稽太守。民间传说早年朱买臣整天读书，其妻见家境一天不如一天，遂提出与朱买臣离异。朱买臣百般劝慰，其妻执意不听，朱买臣只好任其改嫁。后朱买臣得任会稽太守，妻知其升官，希望朱买臣能念旧情，再收留她。朱买臣命人在马前泼下一桶水，告其妻覆水难收。

【剧情简介】

赌徒王二，好吃懒做，终日在外嫖赌。偶一回家，其妻李氏一见便骂。某年年关将近，王二赌输回家，被妻责骂。王二心生一计，向岳母假报妻已生子。岳母大喜，给了他一些肉、米、鸡、鸭，挑到家中，他对妻子谎说是赢来的。夫妻在吃得高兴的时候，王二又谎报岳母跌死。李氏于悲痛中拿钱给王二买幛前往吊孝，王又拿钱去赌场。岳母此时亲临探女，对谈之下，才知王二两头扯谎。李氏将王二找回，母女加以痛骂。后经王二伯父再加教训，并给田地耕牛让王二自食其力。王二悔悟，同意勤劳耕种，重作好人，夫妻乃复和好。

【简评】

这是一个反赌小剧。赌徒王二，嗜赌懒做，家徒四壁。为了度过年关，两头扯谎。报喜，骗取岳母的鸡鸭米肉；报丧，哄得老婆的买幛吊孝钱。结果是既得罪盼孙已久的岳母，又伤害了孝顺母亲的老婆。就因为赌博，把一个家庭折腾得鸡飞狗跳、乱七八糟。本剧反对赌博的意图通过具体情景得以展示。剧中的王二油嘴滑舌，巧言令色，形象较为生动。他的两次欺骗，令矛盾冲突逐个展开，给人一波未平，又起一波的感觉，剧情因此显得曲折多变。

此剧由莫景光发掘、肖望六记录保存。

王木匠错杀奸

剧中人物

⊙王老大（行当：丑，简称：大）
⊙周氏（行当：正旦，简称：周）
⊙王二（行当：丑，简称：二）
⊙酒师傅（行当：丑，简称：傅）
⊙赵秀英（行当：花旦，简称：英）
⊙周老汉（行当：老丑，简称：老）
⊙县官（行当：老生，简称：官）
⊙差役（行当：杂，简称：手）
⊙胡蠢子（行当：丑，简称：蠢）
⊙王氏（行当：旦，简称：氏）
⊙酒老板（行当：丑，简称：酒）
⊙百姓（行当：杂，简称：众）

第一场

王老大　（上）提起做木匠，常常走村庄。只为家贫苦，夫妻受凄凉。我王木匠，排行老大。娶妻周氏，为人贤惠。爹娘生我兄弟二人，我的弟弟不学正道，常在街坊之上，茶馆吃茶，酒馆吃酒。一年四季，不常在家。今天天气很好，我要到李家庄前去，替人家做嫁妆，不免叫得妻子出来，吩咐家庭之事，岂不是好？娘子走来。

周　氏　（上）来了！我在里面烧茶，丈夫打叫，有何事干？见过官人有礼。

王老大　夫妻家不需讲礼，一旁请坐。

周　氏　妻子陪坐。官人打叫妻子出来，有什么话吩咐？

王老大　叫你出来，非为别事。我今天要到李家庄而去，替人家做嫁妆，特叫你出来，将家庭之事，吩咐于你。

周　氏　如此请讲。

王老大　（唱倒板桨）坐在堂前把话论，叫声妻子你细听。不幸爹娘早丧命，丢落夫妻兄弟三个人。都为兄弟不学正，每日吃喝走街前。十天八日不回转，不管家中百事情。还望娘子你照看，亲戚六眷你看承。我今下乡做手艺，赚得银钱回家庭。

周　氏　（接唱）听得奴夫把话论，点点滴滴记在心。兄弟生来年纪浅，不知家中甚事情。一来未曾把亲讨，他无家室怎理家庭。官人请把心来放，家中事情我担承。亲戚朋友我照看，掌家掌屋我老成。丈夫努力把工做，不要常常记在心。（白）官人不要多说了，我和你把箱担取来。（下，取箱担复上）箱担在此。

王老大　我走了，你好好把门关上。

［周关门下。

王老大　且慢，离了我家，还要前往李家村做手艺呀！（唱倒五路腔）离了门庭往前走，挑起担子村里游。自幼我把工艺做，苦讨苦吃守度春秋。只为爹娘丧了命，丢下夫妻眼泪双流。我做手艺常把村庄走，不知何日方出头？急急忙忙往前走，贫家生活我哪得自由？（下）

第二场

酒师傅　（上，念）若要发，看老鸭。若要富，熬酒磨豆腐。我李老五。自幼学会蒸酒磨豆腐。我爹娘一死，丢下我独自一个。家中贫穷，每日出外给人家烧酒，别人都喊我酒师傅。我又爱吃酒赌钱，爱玩爱耍。今天酒也烧好了，没有什么事情，不免到街头去会会朋友，走起来呀！（唱挑担腔）出得门来往前走，走到街上去会朋友。今天若是会见了，我喊他到酒馆去吃酒。（下）

第三场

王　二　（上）赌赌赌、输得苦。昨天输了三吊二，今天又输五吊五。在下王二，爹娘所生我弟兄二人，讨了一个嫂嫂周氏。我嫂嫂倒还贤惠，我们兄弟也还和睦。可惜我不中用、不成才。我每天好吃懒做，只顾赌钱打牌，不务正业。我哥哥王老大，他学会一行手艺，做木匠。我没曾成家，无家无室，怎么想回家呢？我出来有蛮多天了，今日天气蛮好，不免回去看看哥哥嫂嫂，做些什么事情。闲话少讲，离了大街之上，回家去走走呀。（唱花腔）离了大街往前走，一心思想回屋头。因为出来日子久，再不回家无理由。（下）

第四场

周　氏　（上）过了五月节[①]，天时又暑热。我想回娘家，可惜无人接。奴乃周氏，配夫王老大。公公婆婆早年丧命，丢下弟兄与奴三个。只为奴夫每日去做木匠手艺，兄弟年轻，不懂世事，常在街上玩玩耍耍，不回家来。昨日外家搭个信来，说我爹爹今日寿诞。因为家中养着头牲[②]，兄弟又不在屋里，我又想回外家前去给爹爹拜寿，但是无人看家。我左思右想，前面不远住着那个表妹，不免到她家前去，请她到我家中，替我看看家屋，等我明天回来。待我前去请她过来，岂不是好？我且将门关上，转到她家，走起来哇！（唱四平腔）只为爹爹寿诞期，时时刻刻挂心里。且到表妹家里去，从头一二说她知。急急忙忙往前进，见了表妹说详细。（白）表妹开门啦！

赵秀英　（上）来了！门前高声叫，来者是谁人？双手打开门来看。（开门）啊！原来是表嫂来了，请进。

［周、英同进。

赵秀英　表嫂请坐。

周　氏　有坐。

赵秀英　表嫂，待我倒茶来给你吃。

周　氏　表妹，不用客气了。

赵秀英　表嫂，你今日有什么好事来到我家？

周　氏　表妹，为嫂今日来到你家，非为别事，只因你两个表哥都不在家中，我想回娘家前去替我父亲祝寿，家中无人看屋，又有猪狗头牲，无人照喂。我想请表妹到我家中，替我照看一夜，喂喂猪狗头牲，表妹你可愿前去呀？

赵秀英　好倒是好，就不知我妈妈答应不答应，待我去问过妈妈。

周　氏　那你就去问过吧。

赵秀英　（向内）妈妈。

［内白："做什么？"

赵秀英　表嫂叫我替她看一夜屋，你给不给我去呀？

［内白："去就去嘛，明天早点回来啊。"

赵秀英　表嫂，我妈妈答应了。

周　氏　妈妈答应了就是好的，如此就走吧。

周氏、赵秀英　（出门，关门，唱花腔）将身出门往前进，一心要到表嫂家门。表嫂带路妹跟后，走得两脚不留停。（圆场到）

周　氏　(开门)表妹请进。表妹请你看屋，为嫂要走了。(下取衣物上)表妹，将门关好，我明天就回来的。

［英关门下。

周　氏　(拿礼物出门)且慢。唔，礼物倒也蛮好，不免离了家门往娘家走起来哇！(唱四平腔)只为父亲寿诞期，出嫁女儿怎不归？今日我回娘家去，与父亲做生日。路上闲言休要讲，想起家中我心急。急急忙忙来走快，见了爹娘把礼施。(白)且慢，行行走走，不觉已到娘家门前来了。这门是开着的，待我进去。(进门)爹爹。

周老汉　(内白)是哪个？

周　氏　是女儿回来了。

周老汉　(内白)女儿，你回来做什么？

周　氏　女儿回来是与你做生日的。

周老汉　(内白)好吧，进来。

周　氏　女儿知道。(下)

第五场

王　二　(上，唱急板腔)急急忙忙往前走，不觉来在大街坊。

［傅上，与二相见。

王　二　酒师傅、酒师傅，好朋友。

酒师傅　啊，我以为是哪个？原来是王二哥。王二哥，你要到哪里去呀？这样慌张。

王　二　哎呀，我去哪块？就是去找你啰。

酒师傅　你找我有什么好事呢？

王　二　酒师傅，莫讲了，我这几天输慌了，一个钱都输得干干净净，我想找你搞杯酒来喝。

酒师傅　酒是有的，没得菜呀。

王　二　没菜我回去要。哎，那旁不是有狗肉卖吗？酒师傅，你在此处等着，待我去赊两斤狗肉来。（向内）张老板，好生意、好生意。

［内白："啊，我怕是哪个？原来是王二哥。"

王　二　我来向你赊两斤狗肉好吗？张老板。

［内白："赊呀，明天你拿钱给我啊。"

王　二　张老板，难道你还信不过我，明天拿钱给你就是。（下，拿狗肉上）酒师傅，狗肉赊得了。

酒师傅　好吧好吧，我去拿酒。

王二、酒师傅　（唱挑担腔）二人一心往前走，手拿狗肉兴致高。到了家中同一醉，兄弟喝得乐逍遥。

酒师傅　王二哥，你在这里等一会儿，我去拿酒来。（下拿酒上）酒拿来了。

王　二　（见酒笑）嘿嘿！拿酒来了哇。（唱急板腔）拿起狗肉和烧酒，不由我弟兄笑破喉。三脚两步来得快——

酒师傅　（接唱）不觉来到你屋头。

王　二　走来走去，不觉来到我屋头来了。咦，青天白日，这门怎么关着呢？嫂嫂，开门开门。

赵秀英　（上）是哪个？来了！门前高声叫，不知是谁人？打开门来看，原来二表兄。二表哥回来了，请进。

王　二　酒师傅，请进来。（把酒肉放桌上）表妹，你跑来我屋头做什么？我家嫂嫂呢？

赵秀英　表嫂回娘家做生日去了，她说无人看屋，是她叫我来此看屋的。

王　二　啊，原来是这样的。表妹，那就不该你了啊。

［傅见英美貌，呆笑。英羞下。

酒师傅　王二哥，你怎么有这么好的一个表妹呀？

王　二　女娃仔家，有什么好不好！

酒师傅　你的表妹嫁了人未曾呢?

王　二　她年纪还小，十六七岁嘛，还未对人的。

酒师傅　(背台)唉，给我娶个这么好看的老婆就好了。

王　二　酒师傅，你在那里讲什么?

酒师傅　没什么，我们下去，拿起酒菜，好好吃喝吧。

[二、傅同下。

第六场

王老大　(上)心惊肉跳，有何吉兆?我王老大前几天出来做手艺，今日觉得心中烦闷，不知家中有什么事?我今晚要回家去打一转。唉，东西懒得拿了，只拿把斧子，做防身之物。闲话少谈，离了村庄，回家去哇。(唱倒板桨)日来缘何心烦闷，闷闷不乐为何情?莫非家中出了事?莫非妻子有事情?若是娘子得了病，无人照看我担心。只为兄弟不中用，赌钱打牌是野人。难以放心回家转，要回家里看分明。(下)

第七场

王　氏　(上，念)奴家生来命不修，嫁个丈夫蠢如牛。十文铜钱不会数，叫我怎么到得头?(白)奴乃王氏，配与胡蠢子为妻。只因公婆早年去世，丢下夫妻两个。丈夫生得蠢笨，家里都靠我当家做主。每日丈夫不管闲事，家中贫穷。我又是女流之辈，真难为生。别人嫁夫靠夫养，我今嫁夫倒要养他。唉!天色已晚，我拿一个篮子，摸着出去，看哪家什么好菜，偷点回来，反正碰着哪样就要哪样。(下取篮，向内)蠢子。

胡蠢子　(内白)啊。

王　氏　我出去了，我和你掩好门，你在家里看着，莫给别人偷我们的东西啊。(更鼓。摸下)

第八场

［二和傅抬酒菜上。

酒师傅　王二哥，酒菜搞好，我们吃吧。

王　二　表妹，你来吃嘛。

赵秀英　（内白）我不吃，我吃饱了。

王　二　（唱倒板桨）酒席筵前把话论，叫声酒师傅你细听。你我本是老朋友，好比同胞共母生。

酒师傅　（接唱）二哥讲话有礼性，不由得我记在心。我俩朋友真是好，好比同胞手足情。走上前来把酒敬，这杯淡酒你要吞。

王　二　（接唱）接着酒杯笑盈盈，喜在眉头笑在心。我将杯酒全吞进，才显我二人兄弟情。

酒师傅　（接唱）二杯酒来把你敬，尊声二哥你细听。要学桃园三结义，莫学庞涓与孙膑③。

王　二　（接唱）接着杯酒一口吞，将酒吃得我醉昏昏。我俩真是好朋友，情义如同海样深。

酒师傅　（接唱）三杯淡酒将你敬，表一表当年兄弟情。

王　二　（接唱）接着美酒一口吞，霎时眼花头又晕。（醉）

酒师傅　吃嘛，还有酒。（再灌二酒）

［二醉，吐。

酒师傅　你醉了吗？我扶你下去睡吧。

［扶二下。

酒师傅（上）啊，我想了这个好计策，王二哥是给我灌醉了。他的表妹生得实在好，他家今日一个人也没有在屋，等我去看看她房门关了没有？（做推门状）咦，没有关。咦，他们中了我的计了。（四望）二哥、二哥。咦，他是醉了。大醉犹如小死，谅他也不会晓得。（音乐。起更鼓。摸门状）

赵秀英　（惊，内白）是哪个？

［英跑上，跑圆场下。傅跟上，追下。英跑入菜园，躲草堆中。傅边摸边走。

［氏摸上，入菜园，与傅互摸碰着。傅误为英，塞氏嘴，暗给钱。氏得钱，放入袋中，两人摸入英房中。

王老大 （在更鼓声摸上）今夜真黑得快呀，走来走去，走到我家门口来了。唔，这个大门怎么半掩半开的呀？（静听不见声响，摸入房中，听见傅与氏低声说话。听不清，推门入，拿鞋上，见是一男一女的鞋。复入，怒挥斧砍，提两人头上。复跑下，音乐）

［起更鼓。天明。

赵秀英 （从草堆出，惊颤）啊，好险呀！表嫂要我替她看屋，怎知她屋里有强盗。好在我走得快，不然就会挨强盗杀了啊。唉，不如快快走了吧。啊，等我去看看二表哥。（看二房）啊，他还在睡着的。我回去了，好险呀！（下）

第九场

王　二 （内白）好睡呀、好睡呀。（边说边上）酒师傅、酒师傅。啊，怎么不见呀？想必他已回去了。表妹表妹！怎么也不见？想必她家中有事，也回家去了。回去这么早？（望脚下，发现血迹）咦，怎么有血呢？（入房，见床上两尸，着急）呀！不好了，只见床上两个尸首，又不见人头，难道昨夜来了强盗，将我表妹杀了？那她也不能有两个尸首呀。不得了、不得了！还是去喊嫂嫂回来才得。（往外跑，乱锣急下）

［大提人头于乱锣声中上，与二碰着。

王　二 呀，哥哥，你为何这样慌张？你手里拿的是什么东西？

王老大 兄弟，我拿的不是别的东西，是两个人头。

王　二 人头是从哪里来呢？

王老大 这人头是从家里拿出来的，昨夜我深更夜静，回到家中。走到堂屋，堂屋里头冷冷清清。我摸到房中，听见有人悄悄地说话，又摸得男女鞋子各一双，看来是你嫂嫂为人不正，愚兄就一斧一个，将他二人杀死。现在我拿人头要去见你嫂嫂的外家，看他养的好女儿。

王　二　唉！（哭）兄长呀，你恐怕杀错了呀。我看不是的呀！

王老大　兄弟，你不要哭，我和你一起去她外家看看，好媳妇要见她丑家婆。

王　二　如此走。

王老大　随我来呀！

王　二　（唱骂腔）兄长做事太不正，平白无故杀死人。既然昨夜回家转，堂前你要叫几声。为什么黑夜三更你摸着进，你糊里糊涂杀错了人。杀错人呀你要填命，我看你何处去把冤申？急急忙忙往前进，见了亲家爹爹再说分明。

王老大　走来走去，走到你嫂外家门前来。兄弟你上前去叫门。

王　二　亲家爹爹开门！

周老汉　（上）乌鸦喳喳叫，心惊又肉跳。打开门来看，啊，原来是亲家仔来了。你们这样慌张，为了什么事呀？

王　二　亲家爹爹，不好……不好了，我的哥哥也来了。

周老汉　既然你哥哥来了，就请他进来吧。

王老大　（放人头门外，进）参见岳父。

周老汉　自家人，何用客气？呀！贤婿，你这般样子，是为了什么事呀？

王老大　岳父，你养的好女儿。

周老汉　我的女儿哪点不好呀？

王老大　你还说你女儿好，你女儿不学正道，昨夜私通情人，被我连奸夫一起杀了。

周老汉　呸！你说梦话，我的女儿还在我家中，怎么被你杀了？唔，你杀昏了！

王老大　杀昏了呀？你的女儿现在哪里呀？

周老汉　我的女儿现在下面，你若不信，待我叫她出来。（向内）女儿走来。

周　氏　（上）来了！爹爹，什么事呀？呀，那旁敢莫是官人呀？

王老大　（哭）正是。妻呀，不好呀！（唱哭板）一见娇妻珠泪滚，吓得我三魂掉二魂。我以为提刀杀着你，不知杀错什么人？清平世界杀人要填命，怕我的性命活不成。夫妻恩爱实难舍，难舍难分夫妻情。倘若我到了衙中有一差和二错，你要好好守闺门。舍不得岳父年高迈，弟弟年小未成人。恨不该走了懵懂运，糊里糊涂乱杀人。

周　氏　（接唱）开言我把夫君叫，叫声夫君你细听。你今不杀也杀错了，你要到衙中把冤申。家中事情你莫牵挂，大事小事我担承。（白）夫呀，你今已杀错了。事到如今，还有什么讲的，你快拿起一双人头到衙中去认罪。家中大事小事有为妻照看。来日我到衙中前去，看看你怎生下落。

周老汉　你去，事到如今，自家有事自家当，你不要连累别人，快去投监吧！

王老大　如此我自去投监认罪就是，你们请退。

［老、周、二同下。

王老大　（取人头）唉，这是我一时之错，自己到衙门认罪也罢。出得门来，快走几步。（圆场下）

第十场

县　官　（上，念）头戴乌纱④色色新，身衣蓝袍带一根。宁愿法堂生青草，不贪黎民半毫分。（白）下官张至。想当初上京应试，得中二甲进士，实授通城知县。今乃三八日期⑤，坐堂理事。来呀，侍候了。

差　役　侍候了。

王老大　（提人头上）来到王法地，哪敢不低头。门上哪位在？

差　役　你是什么人？到来何事？

王老大　我是自首人。

差　役　启禀大老爷，外面有人来自首。

县　官　叫他报名而入。

差　役　大老爷叫你报名而入。

王老大　有罪人报进。（入跪）跪见大老爷。

县　官　下跪何人？叫何名字？

王老大　小人姓王，排行老大，叫王老大。

县　官　你慌慌张张，来到官堂，可有书状？还是口诉？

王老大　来得忙迫，做状不及，凭口而诉。

县　官　诉来。

王老大　启禀大老爷得知，我昨晚从李家庄回来。回到家里，堂屋不见人，深更黑夜，听见我房中有人说话，听又听不清楚。房门未关，大门是开着的，我一摸摸进房内，在床前摸出两双鞋子。拿出来看，是男女鞋各一双，我怕是我的妻子私通情人，一怒气之下，就一斧一个，把两人杀死。五更天明，我走到岳父家中，我的妻子还在外家。我现不知杀错何人，急来自首，望大老爷与我判明此事。

县　官　王老大，你好大的胆！不分青红皂白，糊里糊涂，乱将人杀，杀错哪个？你晓得没有呀？

王老大　小人不晓得。

县　官　你屋里还有什么人呀？

王老大　我家有老婆周氏，兄弟王二。

县　官　来，传他兄弟王二来。

差　役　一堂传一堂，一里传一里。传王二前来公堂审案。

［二上。

差　役　大老爷传你。

王　二　是。

差　役　随我来。

王　二　（跪）跪见大老爷。

县　官　王二，这一旁可是你哥哥呀？

王　二　是的。

县　官　昨夜有什么人在你屋头？

王　二　没有旁人，只有我的好朋友，那做酒的师傅，他和我一同吃酒。我嫂嫂昨天已回外家去了。她去时，叫了表妹来到家中看屋。我和酒师傅吃酒时，酒师傅左一杯、右一杯，把我灌得昏昏大醉，人事不知。第二天清早，我醒了，我就叫他二人，哪知道一个也不见。我走到房中，看见有血，又见床上有两个尸首，不知是何人被杀，也不知是何人来屋头杀人。见事不好，我就急忙去嫂嫂外家。哪知半路之上，遇上我哥哥，才知道哥哥杀了人。但不知是什么人被哥哥杀了。

县　官　你表妹叫什么名字？

王　二　她叫赵秀英。

县　官　来，传赵秀英上堂。

差　役　传赵秀英上堂。

赵秀英　（上，跪）跪见大老爷。

县　官　你可是赵秀英吗？

赵秀英　是。

县　官　两旁这两个人，你认识不认识？

赵秀英　认识，是我表哥王老大、王二。

县　官　他家昨夜杀了人，你在他家看屋，可知此事？

赵秀英　启禀大老爷，昨日表嫂回外家祝寿，要我替她看屋。昨夜二表哥和酒师傅吃酒，我就瞌睡了。哪知道忽然间他家中有强盗，摸到房中就抱我。我见事情不好，挣脱跑了，跑到后花园草堆里躲住。到了天亮，我十分害怕，不敢叫二表哥，我就走回家去了。别的事我就不知道了。

县　官　此案真是奇怪，叫本县怎么审？来，将王老大、王二、赵秀英带到下面候审。

[大、二、英下。

县　官　且慢。此案叫本县如何判断呀？（思索）有了。不免叫得众街坊邻里乡正保长来认人头，看看是哪一家的。来呀！传百姓和保长入衙。

差　役　传众百姓和乡闾地保入衙。

[众及蠢、酒上。

百　姓　大老爷叫我们进衙，有什么事？

县　官　昨夜王老大杀了两个人头，不知是谁家的，特传你们前来看看认得没有。

百　姓　好，我们看看。

[众及蠢、酒认头。

胡蠢子　（认出是氏，惊）吓！这不正是我老婆吗？

酒老板　大老爷，这男人头，好像是我店请的酒师傅。

胡蠢子　（捧人头哭）呀！我怎么得了呵！我老婆给人杀死了……我吃什么？大老爷，这是我的老婆呀！

县　官　好，你二人留下，其余的人回去。

[众下。

县　官　你叫什么名字？

酒老板　我是开酒店的张三。

县　官　原来是酒店的老板，你请的酒师傅有几久了？

酒老板　启禀大老爷，这酒师傅是远处来的，已经几年之久了。

县　官　他平日为人如何？

酒老板　此人平日爱嫖、爱赌、爱吃酒。

县　官　嘿！这种人你为何还请他这样久呢？

酒老板　因为他烧酒烧得好，我舍不得放他走。

县　官　岂有此理！只顾你生意好，好歹你都不管了。

酒老板　唉！这是我错了。

县　官　此人呆里呆气的，叫何名字？

胡蠢子　我姓胡，别人叫我胡蠢子。

县　官　这个人头可是你老婆的吗？

胡蠢子　是。

县　官　我来问你，你的老婆被人杀了，你可知道她是什么时候出外的？

胡蠢子　她是昨晚夜出去的。

县　官　她出去做些什么事呢？

胡蠢子　她昨夜出去偷东西。

县　官　平常你们两夫妻又干些什么事情呢？

胡蠢子　我们爹爹妈妈死了，我就靠老婆。她白天出去，常常得钱回来。夜晚总是她出去偷东西，时常偷得好多东西回来。鸡、菜、衣服、肉呀，钱呀，她都偷得回来。

县　官　嘿！蠢东西，身为男子大汉，怎能叫老婆去做这种事情呢？

胡蠢子　唉！大老爷，我又怕她，不敢讲她。我什么事也不能干，只能靠她，别个都叫我蠢子。

县　官　这样蠢的人，真是少有。（略思）唔，明白了。来！传王老大、王二、赵秀英三人上堂。

［大、二、英上。

县　官　赵秀英，你回家去吧。

［英下。

县　官　王二，从今以后，再不要打牌赌钱，你也好好回家去。

［二下。

县　官　王老大，本县与你判明此事。昨晚你杀的女的是胡蠢子的老婆，那男的是酒老板店中的酒师傅。论王法，你杀人有罪。但他二人伤风败俗，在你家幽会，你误认是自己妻子，将他们误杀，情有可原。他们之死，也祸由自招。本县念你平时老实，从轻发落。酒老板知酒师傅品行不端，还容留在店，也有责任。本县今判酒老板给一百两银子给胡蠢子另行娶妻。酒老板，你可愿意呀？

酒老板　（无奈何地）愿意。

县　官　胡蠢子，给你一百两银子重新娶妻安家，你可愿意？

胡蠢子　不愿意又有什么办法？老婆死了，吃什么呢？好好好！我愿意、我愿意。

县　官　你们愿意了，就回家去吧。

酒老板、胡蠢子　谢过大老爷。

酒老板　呀，以后请人，老成一点才要啊。（下）

胡蠢子　（哭）老婆呀！（下）

县　官　王老大，本县念你家道贫穷，重罪轻判。昨晚你回到屋头，不问青红皂白，错杀了酒师傅和胡蠢子的老婆。他两人不是好人，死者不亏。你也不能不略予惩戒，以儆效尤。本县判你监禁三年，你可愿意呀？

王老大　小人领罪。

县　官　来，将他带入监牢扣押。

［大被押下。

县　官　且慢，此事已经判明。来日禀告上司备案。来呀！打鼓退堂。（牌子。下）

（剧终）

【注释】

①五月节：端午节。

②头牲：牲畜、家禽之类的俗称。

③庞涓与孙膑：战国时期的庞涓与孙膑，二人曾同学兵法。庞涓为魏惠王将军，嫉妒孙膑的才能，将孙膑骗到魏国，施以膑刑，使其成为残废。后孙膑秘密回到齐国，任齐威王军师，设计大败魏军于桂陵与马陵。庞涓自刭而死。

④ 乌纱：乌纱帽。古代官吏戴的一种帽子。

⑤ 三八日期：是指起诉时间，即放告日。此指放告日多为每月逢三、逢八日。有冤屈的人可在这些日子直接到衙前鸣冤告状。

【剧情简介】

木匠王老大，家有一妻一弟。王老大外出做工，王老大之妻周氏要回外家为父做寿，因弟王二久不归家，只得请表妹赵秀英看屋。王二平时好酒嗜赌，是日约酒师傅来家同饮。酒师傅见秀英貌美，灌醉王二，乘夜摸入房中，拟加奸污。秀英惊逃，躲入后园草堆中。恰巧胡蠢子之妻王氏，入园行窃，被酒师傅摸到。酒师傅误认为赵，将银子塞她袋中。王便随他入房和奸。王老大外出有日，担心家事，乘夜赶回。王老大黑暗中摸至房中，惊闻私语，又摸出男女鞋子各一双。于是以为妻子不贞，一怒之下，将二人杀死。当王老大将头拿至外家时，却见妻子出现，才知误杀。他在妻子的劝告下到衙门自首。县官因王老大不知死者为谁，于是传众街坊邻里乡正保长前来辨认。终知是酒师傅和胡蠢子老婆人头，并查明此二人行为不端，祸由自招。酒老板因明知酒师傅人品不良，还容留工作，亦有责任，乃判酒老板赔银百两给胡蠢子另行娶妻。王老大重罪轻判，被监禁三年。

【简评】

这个长至十场戏的公案剧，结案部分较之丰富的案情过程，显得比较简单。尤其是县官断案在缺乏明确的法律依据的情况下，给王老大以重罪轻判似乎轻率。其实，我国的传统戏曲对生活的表现常常是若即若离的，生活事件等外在行迹的描写不过是创作主体精神意绪表现的依托。此剧的断案，实际是将戏曲舞台当成了一个严正的道德法庭，成了社会的良心所在。该剧在结构情节时还注意到巧合误会的运用，以此使得剧情曲折变化、扑朔迷离、引人入胜。

此剧由黄妹发掘、沈一乔记录保存 。

狗咬雷公

剧中人物

⊙王士杰（行当：正生，简称：杰）

⊙王老大（行当：老生，简称：大）

⊙赵氏（行当：旦，简称：赵）

⊙三宝仔（行当：童，简称：宝）

⊙李老满（行当：小丑，简称：李）

⊙县官（行当：老生，简称：官）

⊙衙役甲（行当：杂，简称：甲）

⊙衙役乙（行当：杂，简称：乙）

第一场

王士杰 （上，念）朝为田舍郎，暮登天子堂。将相本无种，男儿当自强。（白）鄙人王士杰，娶妻赵氏。爹娘早已去世，膝下所生一子，取名三宝儿。只因家中贫寒，早年读书上京赴试，功名落第，回得家来，多得各位老前辈保我在庄前庄后做一个教书老师，一年的生活都还糊口得下。只为我还有个年迈的伯父，伯母娘早年逝世，他膝下无儿无女，都是我常去照看。昨日我从书馆回家，探望家庭。今日天气晴和，我要回书馆去了。

不免叫得妻子出来，吩咐她几句。赵氏走来！

赵　氏　（内白）来了！来了！（上，念）忽听官人叫，急忙就来到。（白）见过官人有礼。

王士杰　家无常礼，一旁坐下。

赵　氏　妻子陪坐。官人叫得妻子出来，有何吩咐？

王士杰　叫你出来，非为别事，只因天气甚好，我要回书馆教书去了。

赵　氏　官人既然要去，家务事情，为妻看管就是，你放心吧。

王士杰　如此我有两句家常话对你讲。

赵　氏　请讲。

王士杰　听哪。（唱十字腔）坐在堂前把话讲，叫声娘子听端详。不幸爹娘把命丧，丢下夫妻人一双。从小都在书房上，攻读孔孟习文章。只为功名落了榜，每日教馆在书房。家中事情交给你，娘子谨记在心旁。家务事情你持掌，亲戚人情你承当。三宝儿今年年纪小，饮食照管要周详。莫大意来莫娇养，王家只有这根香。伯伯生来年纪长，只靠我夫妻人一双。大凡小事你要问，他无儿无女是独马单杖。伯伯还须你孝顺，你要对得住死去的爹娘。堂前嘱咐不多讲，牢牢谨记莫遗忘。

赵　氏　（接唱）官人你把话来讲，妻子有言你听端详。伯父小孩我照看，亲眷人情我承当。我拿伯爷当亲生父，我要做个女贤良。三宝儿是我亲生养，我每日照看自周详。家务事情你丢给我，官人不要挂心旁。我无事不往街前走，我守好闺门慎行藏。官人言语记心上，你快去书馆教文章。

王士杰　话不多讲了，我要走了。

三宝仔　（上，跪）爹爹、妈妈，你们在这里讲什么呀？

赵　氏　儿呀，你爹爹讲，他要到书馆教书去了。

三宝仔　爹爹，我也去。

王士杰　儿呀，你去不得，你还小，走不到。为父也难照管你，你不要去。

三宝仔　爹爹，你去了哪天回来？

王士杰　屋里有事我就回，屋里无事我靠不住哪天回。话不多讲，你母子下去休息吧。

［宝、赵同下。

王士杰　离了家下，我还要走呀！（唱四平腔）出得门来用目睁，蓝天绿地喜盈盈。遍野都是闲花草，树木吐芽早逢春。争妍百花好茂盛，青山绿水气爽清。满目风光观不尽，一心要往书房行。（下）

第二场

李老满　（上，念）去是黄龙缠腰，回来钱串一条。本想割喉吊颈，又怕后来翻梢。（白）在下，李老满。爹娘所生我独自一人。当初家财豪富，爹娘一死，我不务正业，嫖嫖赌赌，一份家财搞得狼狼狈狈。茶馆吃茶，酒馆喝酒，我有钱朋友就多，我没得钱呢，鬼都瞧不到我的后颈窝。唉！这几天打牌，孔夫子搬家，净是书（输），输得头光脚光，一身零打光。我霎时想起来了，我早几年和王士杰的妻子赵氏，走成了一条道路，我见她生得美貌，她又见我生得俏皮，二人结成露水夫妻。今天心中烦闷，不免往她家走走。到她家喝两杯淡酒，开一开心，岂不是好？闲话未了，往她家走哇！（唱四平腔）当初我是海里龙，如今困在小河中。家财万贯已败尽，虎下陷阱倒威风。想起情人挂在怀，朝朝暮暮丢不开。今天到她家中去，两人吃酒好开怀。（下）

第三场

王老大　（上，念）老汉今年五十八，年纪老迈无收煞。只为老伴早丧命，冷冷清清来守家。（白）老汉姓王，排行老大，就叫王老大。膝下无儿无女，只有老汉独自一人。唉！我那老妈子她也早死去了，丢下我一人。我只有一个侄子，名叫王士杰。他有个孩儿，名叫三宝儿。他夫妻两个待我还好，比亲生父母一般。今天没有什么事，人家欠了我一点小钱。我要去问他要啊。（唱怀胎腔）老汉生来五十八，无仔无女难收煞。少年光阴容易过，老来劳碌受波折。如今有话懒得讲，无儿无女把香插。今天走到他家下，收了银钱转回家。（下）

第四场

王士杰 （上，念）心惊肉跳，有何吉兆？（白）我王士杰，前几天离家来到书馆，今日心中不安，我要回家走走，看看小小孩儿。闲话少讲，还要离了书馆啊。（唱四平腔）今天心中多烦闷，烦烦闷闷为何情？莫不是伯伯有了病，莫不是小孩病临身？急急忙忙往前进，我要回家看分明。（下）

第五场

李老满 （上，唱挑担腔）止步抬头看，到了她家来。叫声好妹子，快点把门开。（白）有事实在走得快，走来走去，不觉走到她家门口来了。喂喂，好妹子，开门呐！

赵　氏 （内白）是哪一个？

李老满 我，是你的好哥哥来了，难道你就听不出喔？

赵　氏 （内白）好哥哥，你在门口站着，等妹妹梳好头，穿好衣，就来迎接你呀。

李老满 你快点来呀，哈哈。

赵　氏 （内白）来、来、来了！（上，唱芙蓉腔）奴在后堂侧耳听，又听门外叫开门。双手打开门来看，原来是哥哥你请进。

李老满 （接唱）进得门来行一礼，恭喜妹妹添财又添喜。

赵　氏 （接唱）堂前板凳拖一拖，叫声哥哥你请坐。你在堂前久久坐，妹去后面倒茶喝。

李老满　(接唱)一见妹妹倒茶喝，不由为兄笑哈哈。我在堂前久久坐，等候妹妹倒茶我止渴。

赵　氏　(倒茶上)哥哥请茶。

李老满　妹妹，你缘何这么大的礼性?

赵　氏　哥哥，一杯清茶，何为讲礼呢?哥哥吃吧。

[李接茶喝。

赵　氏　(接杯放桌上)哥哥，你好久都不来，今日来到妹子家中，有什么事情呐?

李老满　哎呀，妹妹，为兄心中烦闷，听闻你丈夫不在家中，因此想到你家中来吃两杯淡酒取乐。

赵　氏　酒是有的。

[李、赵二人对望。

三宝仔　(上，望二人，对赵)妈妈，他是哪个人?

赵　氏　傻娃仔，他不是别个，他就是你的表叔。

三宝仔　是表叔呀，表叔我都不认得哪。

赵　氏　你还小，认不得他，他常常到外面做生意的。

三宝仔　妈妈，他今日来我们家做什么事情呢?

赵　氏　他来这里没有什么事的，他是来看你爹爹在屋没有。

李老满　啊，是啦是啦，我是来看你爹爹的，我好久都没有来了。

赵　氏　哦，表叔是做生意。(对宝)你去问表叔要钱嘛。

李老满　有!有!有!(给宝钱)

赵　氏　乖乖仔，你进去，少时我煮晌午饭给表叔吃，我杀了鸡，留鸡腿给你吃呀。

[宝喜下。

赵　氏　好哥哥，你来得刚刚合数[1]，我丈夫不在家中，我来将门关好，回避旁人的眼界，免得别人见了，我们二人脸面不光彩。我今早起来杀了只鸡，还未吃完，我去端来喝杯酒吧。

李老满　好，那你去端来吧。

赵　氏　（下，端酒菜上）哥哥。

李老满　妹妹。

李老满、赵氏　如此，饮起来呀！（唱酒牌子，五杯酒）

赵　氏　（唱）一杯酒引郎来，将郎引到八仙台。小妹妹把酒筛，小妹妹把酒筛。郎坐东来——

李老满　（接唱）妹坐西。人人讲我们是两夫妻。

赵　氏　（接唱）原来是相好，原来是相好的。二杯酒来酒又清，兄妹双双问年庚。郎是哪年生？郎是哪年生？

李老满　（接唱）我是正月十五生，妹呢？

赵　氏　（接唱）妹是元宵闹花灯。

李老满、赵氏　（唱）同年又同生。三杯酒来酒又酸——

赵　氏　（接唱）酸酸涩涩要郎端。莫嫌妹酒酸，酒不好吃看妹面，菜不好吃看油盐。

李老满　（唱）意好水也甜。

赵　氏　（唱）四杯酒来酒又黄，瞒过爹来瞒过娘——

［杰上。

李老满　（接唱）瞒不过我小才郎。

赵　氏　（唱）瞒过哥哥和嫂嫂，

李老满　（唱）瞒不过我和你情意长。

赵　氏　（唱）五杯酒来是端阳，端阳饮酒荷花香，越饮越心凉。劝郎多吃雄黄酒，免得五毒上郎身。郎是出门人、郎是出门人。

王士杰　（叫门）开门开门！

赵　氏　哎呀，是哪个在外面喊门呀？

李老满　等我去看看。（学女嗓）是哪一个？

王士杰　是鄙人王士杰回来了。

李老满　哎呀！不好了，是你丈夫回来了。哪样办？哪样办呢？

赵　氏　不要紧，不要紧，你悄悄跑到我的蚊帐背后去躲着。

［李下。

王士杰　快点快点，怎么半天还不开门？这个门怎么这样难开呀？

赵　氏　有事，就来了。（开门）哎哟，我怕是谁，叫天叫地的，原来是官人回来了。官人请进吧。

［杰、赵同进。杰四望。

赵　氏　官人请坐吧。

［杰坐。

赵　氏　官人，为何进得屋来，东瞧西望呀？

王士杰　我望的不是别事，你为什么不打扫堂前呀？

赵　氏　若是这样呀……因为今早我起得晏[②]了，事情多得很，才没有打扫的。

王士杰　（见桌子上杯筷）娘子，桌上为何摆着两对杯筷？我又不在家，你和谁饮酒呀？

赵　氏　官人，你不在家，妻子烦闷，因此吃杯酒解解烦闷。霎时间妻子又想起官人，我就拿着一双杯筷在桌上摆起，如同官人在家中一般。官人你少坐一会儿。（背场）他回来了，我不免将计就计。（对杰）官人，你今日回来，就着菜暖酒热，我们夫妻饮个团圆酒呀。

王士杰　如此就饮起来呀。

赵　氏　（唱四平腔）坐在堂前把话论，妻子有言你细听。今日官人回家转，夫妻饮酒来散心。走上前来把酒敬，这杯淡酒你要吞。

王士杰　（接唱）你真是个贤良女，生得伶俐又聪明。接着酒儿腹内饮，夫妻真是好感情。

赵　氏　（唱）走向前把二杯酒敬，回头叫声我夫君。我拿酒来你要饮，但愿我夫妻到百春。

王士杰　（接唱）接着酒儿笑盈盈，我将酒儿口内吞。多感娘子好贤惠，在家和我带娇生。

赵　氏　（唱）三杯美酒喜盈盈，夫妻饮酒放宽心。劝你多把酒来饮，夫妻越发添感情。

王士杰　（接唱）接着酒儿心内惊，霎时吃得醉昏昏。头昏眼花不知事，忽然闷倒在埃尘。

赵　氏　（拿酒灌杰）官人，吃呀。还有酒，你多吃几杯嘛。

王士杰　（吞）不要了，我醉了。

赵　氏　哦，你醉了呀，你当真醉了？好，我来扶你到牙床去睡吧。（扶杰下，转上叫李）出来，出来！

李老满　（上）哎哟，搞得我一身灰，阿弥陀佛。我回去了。（欲走）

赵　氏　（抓住）你到哪里去呀？

李老满　我回去呀。

赵　氏　回去呀，你就想回去呀？哎呀，你看王士杰这个短命鬼，他早不回，晚也不回，刚刚碰着我二人吃酒正吃得高高兴兴的时候，他就撞起回来了，真是有气啊。今日我们二人想个主意，将他来害死，你讲好不好？

李老满　想什么主意呢？

赵　氏　我先来问你，你想做个长头夫妻呢？还是想做个短头夫妻？

李老满　长头夫妻怎样？短头夫妻又怎样呢？

赵　氏　短头夫妻呢，你来了这回，下回你就莫要再来了。长头夫妻呢，我们要想个主意把他害死。

李老满　（怕）咦！这个事情做不得，我愿做个短头夫妻吧。

赵　氏　（假哭）哦，你这个人哪，无情寡义，我喊你来想个主意，你都怕死。想当初的当初，时节的时节，勾引我走上了这条道路，情投意合，事到如今，你就翻脸无情了，你真真是个无义之人啊。（哭）

李老满　哎呀，你莫哭，好不好呀？我依从你，我依从你就是。你看想个什么主意呢？

赵　氏　大家想嘛，我二人要想出个主意来。

李老满　想呀、想呀。

赵　氏　你想了主意没有?

李老满　我忙中无计，一个主意都想不出。

赵　氏　我有个好主意啊。

李老满　你有什么好主意呢?

赵　氏　我们到后面把刀磨利，就是一刀将他杀死。这不就是个好主意?

李老满　要不得、要不得！太平年间杀死人，要偿命的呀！

赵　氏　哦，要不得、要不得。（又想）哦，想起来了，我又有个主意。

李老满　你又有个什么主意呢?

赵　氏　今晚深更夜静，你头上戴着个烂帽子，身上穿件烂衣服，手上拿把斧子，披一件烂蓑衣，到了四更天，你假装雷公。我们楼上有坛子，你将坛子滚得响响的，你就下楼来，进房去，将他的头就是这样一斧子劈死。第二天若有人问我们，王士杰是怎样死的，我们就说是雷公劈死的，不是死无对证了吗?从此以后，我们二人不就结成长头夫妻了吗?

李老满　咦，这个主意真是好啊，你真聪明。

赵　氏　你莫多讲，快去装吧。

［李、赵同下。

［起四更，滚雷声，李劈死杰，欲跑出。宝上放狗咬李脚，李跛，急上楼藏身。

三宝仔　哦哟，我怕是什么，原来是表叔雷公来劈死我爹爹的，哪晓得我家的老狗又咬着我们表叔的脚。哦……我睡觉去。（下）

赵　氏　（上）天亮了，我看会劈死了吧。（向内）喂喂，快点下楼来。

［李上。

赵　氏　哎呀，你还不换这一身去，还穿他做什么鬼呀?

李老满　（脱衣）走了走了，我要回去了，在这里我怕得很。

赵　氏　你回去也好，等事情搞清楚，以后你再来，我们就结成长头夫妻了。

李老满　阿弥陀佛，以后老子还来？（摇头，下）

赵　氏　已经劈死了，老娘将计用计，喊他伯伯来先。（向内）三宝仔，快来。

三宝仔　（哭上）呜……昨夜我表叔雷公将我爹爹劈死了啊……

赵　氏　（忙堵宝嘴）傻仔，雷公就雷公嘛，哪里来的表叔雷公呀？你莫乱讲话啊！快点去叫伯爷爷来，说你爹爹挨雷公劈死了。

［赵下。

三宝仔　（出喊）爷爷、爷爷！快来呵、快来呵！

王老大　（上）三宝，你哭什么？你妈妈打你呀？

三宝仔　（白）不是的、不是的。爷爷，你快点去，我爹爹昨晚夜挨雷公劈死了呵。

王老大　奇怪，昨晚夜没有下雨，哪里来的雷公呀？

［宝、大同进。

王老大　侄子媳妇，快点出来呀。

赵　氏　（上，假哭）呜……

王老大　我的侄子挨雷公劈死了？尸首在何处？

赵　氏　在床上，随我来。呜……

［宝、大、赵同入房，见尸大哭。

王老大　（唱哭板）一见我儿丧了命，不由老汉泪淋淋。我儿一死大数定，丢下我年老靠何人？回头我对赵氏论，为伯言来你细听。快将尸首来殓殡，今后好好带我孙。（白）侄子媳妇，昨夜没有下雨，哪里来的雷公？

赵　氏　这个呀……伯伯，昨夜没有下雨，想必是旱雷公劈死的。

王老大　唉，少时叫人将他的尸首埋葬罢了。

赵　氏　是。（假意哭）哎呀，伯伯，今后怎么得了呵。（下）

三宝仔　（跟后哭）呜……表叔雷公劈死我爹爹，啊……

王老大　（拉宝）三宝，刚才你说什么表叔雷公呀？

三宝仔　我不讲的，讲了我妈妈打人的。

王老大　（将宝拉出，低声问）三宝，起先你讲的表叔雷公，是怎么一回事呀？你讲给爷爷听，等会爷爷带你去买糖果吃。

三宝仔　我讲给你听嘛，我表叔雷公昨天来家里吃酒，我妈妈讲他是表叔，妈妈还杀了鸡给他吃，我还得吃了鸡腿，表叔雷公还给了我钱。他和我妈妈吃酒到半餐，我爹爹就回来了，到夜晚，他就劈死我爹爹，我家老狗就咬了他的脚，他就上楼去了。

王老大　现在他还在你屋里没有？

三宝仔　他不在了，他回他屋里去了。

王老大　嗯，这么奇怪！表叔雷公，他的脚狗还能咬，这又是什么雷公呢？（想）唉，三宝，既然是这样，我今天要带你去一个地方。

三宝仔　我不去，我妈妈会骂我的。

王老大　有爷爷在此，你怕什么？走，去给你爹爹申冤去。

［大、宝同下。

第六场

县　官　（上，念）居官清廉又公正，一心为民判冤情。情愿清风生两袖，不要百姓半毫分。（白）下官，黎城县正堂。今日乃三八日期，坐堂理事。人来，侍候。

［甲、乙上。

王老大　（拉宝上，念）来在官家地，怎敢不头低？（白）门上有人没有？

衙役甲　什么样人？

王老大　申冤人来了。

衙役甲　启禀老爷，外面有人来申冤。

县　官　传他报名而入。

衙役甲　传，报名而入。

王老大　王老大报进，跪见大老爷。

县　官　下跪何人？

王老大　小人王老大。

县　官　为何不抬头？

王老大　老汉有罪。

县　官　恕你无罪，抬起头来。

王老大　叩谢大老爷。（抬头）

县　官　王老大，你来得这样匆匆忙忙，慌慌张张，是口诉还是有词状？

王老大　老汉冤情大了，做状不及，凭口而诉。

县　官　如此，你就从头一二诉来。

王老大　上禀大老爷，我名叫王老大，娘子早年去世，无儿无女，只有一个侄子，名叫王士杰，娶妻赵氏，所生一子，名叫三宝儿。我侄每日在书馆教书，他昨天回家来，深更夜静，挨雷公劈死。我三宝孙儿说是挨什么表叔雷公劈死的。又说劈死之后，表叔雷公还挨家里老狗咬脚。看来我侄儿王士杰死得不明不白，求大老爷替我申冤。

县　官　昨夜未曾下雨呀，怎么有雷公劈人？

王老大　他的妻子赵氏说是旱雷公劈死的，我三宝孙儿他说是表叔雷公劈死的，又说狗咬表叔雷公的脚等，要知详情，大老爷可问小孩就明白了。

县　官　三宝，我来问你，你的爹爹是哪样死的？

三宝仔　我不讲呵，讲了，我妈妈她要骂人的。

县　官　你不用怕，你讲呀。你讲了，我买糖果给你吃。

三宝仔　我讲，你听嘛。我爹爹教书不在屋，昨天来了个表叔，和我妈妈吃酒，唱七唱八，表叔还给我钱。我爹爹昨天回来，我表叔就躲在屋里头。到夜里，我表叔雷公就劈死我爹爹。劈死之后，我家老狗就去咬他，咬着他的脚，他就爬上楼去了，我爹爹就是这样死的。

县　官　你看见有血没有？

三宝仔　有血咧，一房的血啊。

县　官　（背场）雷公劈死，没得血的，为什么又有血呢？此事必有缘故。（对大）你二人稍候，等我传赵氏上来，和你二人对证。

［大、宝下。

县　官　来，一堂传一堂，传赵氏上堂。

［甲带赵上。

赵　氏　咦，一不欠粮，二不欠饷，你找我何事？

衙役甲　管你欠不欠，随我来。

赵　氏　跪见大老爷。

县　官　下跪何人？

赵　氏　小女子赵氏。

县　官　为何不抬头？

赵　氏　有罪。

县　官　恕你无罪，抬起头来。

赵　氏　叩谢大老爷。（抬头）

县　官　（惊疑）赵氏，有人告你。

赵　氏　何人告我？

县　官　你的伯伯和你的儿子告你谋死亲夫一项大罪。

赵　氏　启禀大老爷，我的丈夫是深更半夜挨雷公劈死的，为何告我谋死啊？

县　官　半夜三更雷公劈人，为何天不下雨？

赵　氏　我怎么知道？

县　官　你不知道，这个雷公恐怕有原因咧。

赵　氏　三更半夜，有何原因？哪个告我，也要有个对证。

县　官　传王老大、王三宝上堂对审。

［大、宝上。

赵　氏　（拉宝背后）哎呀，仔呀仔，你怎么连为娘都告起来了？

县　官　（拍案）不要多言！三宝，你爹爹是怎么死的？从实说来。

三宝仔　嗯，就是那个表叔雷公劈死的。妈妈，你叫我喊他表叔的那个咧，你还和他吃酒呢。吃完酒他就劈死我爹爹，我还要家里的老狗去咬他咧。

赵　氏　（拉宝）娃仔家，不要乱讲。大老爷，没有的事。

县　官　来人，传仵作[3]去王家庄检验尸首，看是如何死的。

衙役甲　从命。（向内）仵作，大老爷叫你去王家庄检验尸首，看是如何死的。

[内白："王家庄王士杰是挨斧头劈死的，有满地血流为证。"

县　官　赵氏，你听见没有？检验人说，你丈夫王士杰是挨斧头劈死的，有满地的血流为证。

赵　氏　我不知道雷公如何劈法，我不是仙人，我怎么知道这血流的原因？

县　官　真是刁妇，来！打嘴。

[甲、乙打赵。

赵　氏　（摇头不认）打死也无此事。

县　官　将他们一同带下。（背场）这刁妇真是难审。来人，本县吩咐你们，假装卖膏药的上街叫喊，凡是有狗咬着脚的，讲话不对的，就同我带他进衙来。

衙役甲、衙役乙　是！老爷请退。

[官下。

衙役甲　伙计，老爷吩咐我们，凡是狗咬着脚的，讲话不对的，都抓起来，看脸色行事。

衙役乙　是啦。

[甲、乙圆场。

衙役乙　（叫）卖膏药、卖膏药，挨狗咬的，贴了就好。

[李闻声上。

衙役甲　你的脚怎么痛的？你一跛一跛，是为什么呢？

李老满　我的脚是狗、狗，哦，是生癞疥，百药不灵，好痛呵！

衙役乙　喂，伙计，你要说实话。不说实话，是医不好的。

李老满　（背白）我讲实话，又怕漏出风声，不讲实话，脚要烂到哪时去。怕不得好了，讲了也罢。（转对甲、乙）哎，我的脚是挨狗咬的。

衙役甲　你讲老实话呐，不然医不好的呵。

李老满　是老实话，不哄你的。

衙役甲　（低声对乙）喂，你看这个人颠三倒四，刚才讲的一样，现在讲的又是一样。我看他是有嫌疑，我们把他带回衙去先。

衙役乙　对。

衙役甲　喂，我们二人出来，带的药不齐，你和我同去上药嘛。

李老满　有好远？

衙役乙　没有好远。

衙役甲　跟我走。

［李随甲、乙圆场。

衙役乙　有请老爷升堂。

县　官　（上）请本县出来，此事可查明了？

衙役甲　已拿着一个狗咬着脚的嫌疑犯。

县　官　将他带上堂来。

衙役乙　是！（押李上）

李老满　咦，你们怎么把我带到衙门里来啦？

衙役甲　我们就在这里住，我们的药就在这里。

县　官　跪下。

［李跪。

县　官　你叫什么名字？

李老满　我叫李老满。

县　官　你屋里还有什么人？你做什么事？

李老满　我屋里没有什么人了，我不做什么事，我每日打些牌，赌点钱。

县　官　你靠什么为生？

李老满　我是一个人，一不耕田、二不种地，打牌赌钱为生。

县　官　有人告你。

李老满　哪个告我？我又不犯法。

县　官　传王老大、王三宝、赵氏三人上堂。

［甲、乙带大、宝、赵三人上。

三宝仔　啊，表叔雷公，你也来了？

赵　氏　（拉宝背）宝贝仔，你怎么晓得他？你莫乱讲话嘛。

三宝仔　我要讲、我要讲。

县　官　（拍案，怒）跪下！

［众跪下。

县　官　三宝，你有什么话全讲出来，我就给你和妈妈回去了。

三宝仔　我们妈妈不准我讲。

县　官　来，将王老大、赵氏带过一旁。

［赵、大被带下。

三宝仔　那天，表叔雷公你在我家和我妈妈吃酒，你还给钱给我呢。你劈死我爹爹呢，我还要狗咬着你的脚咧。

李老满　你莫乱讲话，我哪里认得你妈妈？

县　官　三宝，你去吧，少时我打发你回家。

［宝下。

县　官　李老满，王士杰已死，赵氏无丈夫，你又没有老婆，老爷为媒，你将话从实说来，我给你二人做个长头夫妻。

李老满　哎呀！老爷，我真的没有此事。

县　官　不打不招，来！重打四十大板。

［甲打李。

李老满　（仍不招）我无此事，不招。

县　官　来，上大刑。

李老满　哎呀！老爷，不要上大刑，我实招了就是。

县　官　画招。

李老满　画招了。

县　官　（牌子。看招）哼！这还了得！来，将他们一起带上堂来。

［大、宝、赵上，跪。

县　官　王老大，回去将你侄儿安葬，此事已经明白，你好好将孙儿带养，接起王家香烟。

王老大　三宝，跟我走。

三宝仔　妈妈，我回去了呵。

［大、宝同下。

县　官　赵氏，你谋死亲夫，一行大罪，从实说来。

赵　氏　老爷，这一桩一件，都是李老满想出来的。

李老满　你也莫怨我，我也不怨你了，这一桩一件都是我二人大家想的。

县　官　赵氏，你快画招。

赵　氏　（画招）画招呵。（牌子。呈招）

县　官　来呀，将他二人捆绑，就地正法。

［甲、乙绑赵、李二人下。号角。斩首。

县　官　明日行文申详，退堂。（长锣。下。）

（剧终）

【注释】

① 合数：合适。

② 晏：晚。方言。

③ 仵作：旧时官府中检验命案死尸的人。

【剧情简介】

塾师王士杰，家有一妻一子，及一无依无靠的伯父。妻赵氏，行为不正，当王士杰去馆教书时，与情人李老满在家幽会。正巧王士杰回家，赵藏李于室中。赵氏将夫灌醉，并与李定计，夜中由李假扮雷公持斧头入房将王劈死。王士杰之子三宝闻声起视，纵狗咬伤李脚。王士杰死后，赵氏命子报知伯父王老大。伯父王老大心想天不下雨，怎么会有雷公劈人？对王士杰的死因甚是怀疑。三宝无意说出父为表叔雷公劈死，雷公又为狗咬伤事。王老大乃带三宝到衙门申冤。县官命仵作验尸，见鲜血满地，知非雷劈。再命差役扮卖膏药者上街叫卖医狗咬虫伤之药，李老满疼痛难忍，出请医脚，被差带案。经王老大和三宝诘证，李、赵只得招认。县官即判赵、李二人死刑抵偿。

【简评】

此剧为公案剧。虽然内容反映的只是一个家庭的命案，并没有涉及国计民生、民族矛盾等重大问题。但是，它对李老满、赵氏这些人物丧失人性、堕落无耻的行为进行了无情的揭露，世风日下的社会现象因此遭到否定。戏曲舞台再一次成为严肃的道德法庭，将丑陋、邪恶暴露于光天化日之下。

剧中孩童三宝的天真可爱特点较为突出。剧中他的纯真与其母亲赵氏的邪恶形成鲜明对比，使纯者更纯，邪者更邪。

此剧由黄妹发掘、韦洁晶记录保存。

白云楼

剧中人物

⊙陈妙常（行当：花旦，简称：陈）

⊙潘必正（行当：小生，简称：潘）

⊙老尼师（行当：老旦，简称：师）

⊙玉兰（行当：旦，简称：兰）

第一场

［大出场。长锣。

陈妙常 （上，卧于台左床上。起身、挂帐、穿鞋、要水、下梯。入内取水，上楼洗面、洗毕。洒水、扫地、整床、拂帐、擦台。念）一从居住在楼台，终日思亲泪满怀。（坐）奴家芳龄十九春，幼随父母习诗文。不幸归途遇强盗，双亲失散入空门。（白）难女陈妙常。吾父官居兵部。母亲杜氏，出自名门。是奴奉母随父，居于任所，双亲教诲，攻读诗书。父任期满，退职还乡。阖家坐船返里，不幸江中遇盗，财物被劫一空。双亲失散，不知生死存亡。只奴逃避至此，举目无亲。多蒙女贞观长老将奴带回庵中，惜奴青春，带发修行。命我居在白云楼中，幸有容身之所。今晨早起，精神恍惚，闷坐楼台，想起双亲抛散，奴家身世飘零，真是红颜多薄命。(叹)喂呀！天老爷呀，不知何日脱离苦海。思想起来，好不闷煞人也。(面示忧愁，神志恍惚，身如摆柳。定圆场、月调头、大板掌、慢皮。唱)青春女陈妙常横遭惨变，蒙老尼收容我暂住此间。昨日里在观中打扫佛殿，有许多善男女同至殿前。从善士焚香竣各把茶献，三叩首了宿愿心地安然。老太婆老公公合掌闭眼，他祷告神庇佑长寿延年。年少的男女们同行游玩，一双双一对对情语喃喃。书香子风流士笑容满面，深闺女巧打扮貌比天仙。谈笑声好似那莺歌宛转，口吐出衷情话畅所欲言。奴在旁偷耳听情思扰乱，陈妙常勒不住意马心猿。想晚来红颜女才郎作伴，红罗帐鸳鸯枕情意绵绵。女青春男年少姻缘如愿，似月光逢十五清影团圆。斜倚着栏杆儿心烦意懒，见苑中百花放斗艳争妍。鸳鸯鸟肩并肩同嬉水面，蜂蝶儿对一对共舞花前。叹奴家年十九青灯黄卷，辜负我姣花貌枉在人间。三稽首祝慈云诚心一片，杨柳露催放我并蒂金莲。掩经卷下蒲团无心诵念，菩提树①遮断了美满姻缘。思想着终身事新愁万点，又恐怕老尼师来到此间。倘若是知道我红尘眷恋，触清规犯法戒罪恶滔天。白云楼远望着白云片片，满腹中衷肠话向谁言？(下)

第二场

老尼师 (小锣。上，坐)老身修行女贞观，数十春秋苦耐烦。每日下山去募化，晚来诵经把禅参。本尼姓潘名玉禅，法号静修老尼。自幼嫁到张门，年仅三旬，夫丧子亡，闺中独处，万分忧愁。想老身乃名门闺女，幼承庭训，焉能一马双鞍，失节改嫁。是我看破红尘，落发为尼，在这女贞观中，以为长老，修真养性。前几日外出募化，得遇侄男必正，奉我兄嫂之命，前往临安应试。是我带他回庵，姑侄小聚几日。三日前黄夫人请我到府诵经，今日功德圆满，待我唤得玉兰侍女出来，禀知黄夫人，老尼回庵去了。玉兰走来！

玉　兰 (内白)来了。(上)听闻尼师唤，即刻到经堂。尼师呼唤，敢莫是添油上香?

老尼师　并非添油上香。

玉　兰　为着何事?请道其详。

老尼师　玉兰，你家夫人请我前来诵经，三日三夜。今晨功德圆满，烦你到上房禀知黄夫人，你说老尼我要回庵了。

玉　兰　如此遵命。(下)

老尼师　你快去快来!（唱）自古道出家人修真养性，这几日在黄宅诵念佛经。做法事三昼夜功德完竣，望神佛保佑他阖府安宁。

玉　兰　（上，唱）适才间到上房前去通禀，我夫人在牙床倚未起身。为人仆多下气潜心耐等，恨只恨命途舛作嫁依人。我父母因家贫又逢饥馑，卖黄府作婢女十有余春。早晚间思双亲不能定省，每念到骨肉情如箭穿心。拭泪痕到经堂手捧茶敬，见尼师强欢笑细说分明。我夫人身欠安有失恭敬，这茶敬望尼师照数收存。候夫人身康健再把庵进，送香油到佛殿叩谢慈恩。

老尼师　（唱）用手儿收下了夫人茶敬，这几日有劳你多费精神。我看你面带愁神情不定，为人婢辜负你宝贵光阴。(白)善哉、善哉。玉兰，为师就要别你了。老身劝告你，须要勤劳，耐烦苦守哪。(下)

玉　兰　尼师与我分别，她说善哉善哉。是我身为人仆，想起爹娘和我的苦命，怎的不哭呀?（身段，缓步台角。比手势、仰面凝视、深思、微笑）你看这位老尼师。(念)头儿光秃秃，慈眉笼善目。弃却人间世，青灯伴古佛。年青守活寡，老来身孤独。敲残钟与磬，独展孤衾宿。牛马犹思伴，人岂不如畜。(白)想起我的终身，还是嫁人的好。(念)年青两口子，同家又共屋。夫妻多美满，勤劳衣食足。白日同桌来吃饭，晚来红罗帐内并头宿。(白)哎呀，这是丑话。好姐妹，你们不要笑我哪。(笑，羞，下)

第三场

陈妙常　（上，打扫禅堂，添油上香，敲钟擂鼓。身段，脸色，唱）陈妙常入空门青春年少，金炉内烟渺渺懒把钟敲。诵真经只诵得口干舌燥，想起了从前事令我心焦。我的父为清官人人知晓，上致君下泽民青史名标。任期满有上司行文来到，返故里众百姓欢送出郊。多不幸天降灾途中遇盗，一家人被冲散四处奔逃。奴好比失群雁只身无靠，离家乡别骨肉路远山遥。宿荒郊又听得哀猿啼啸，梦魂惊心胆碎露冷裙腰。自幼儿奴本是闺中窈窕，金莲小怎能够跋涉荒郊？日无餐夜无宿忧心悄悄，思父母不由人珠泪双抛。讲礼仪和廉耻奴也知晓，守三从和四德女子规条。遭不幸是前生罪孽所造，闺中女受尽了痛苦煎熬。幸感得老尼师慈悲厚道，收留我难中女恩德常叨。奴知道入空门清净玄妙，望西天极乐土暮暮朝朝。红颜女守清规苦楚难道，早诵经晚说法暗长情苗。苦修炼成正果世间稀少，这是那愚蠢辈枉费心劳。叹终身不由我心头火冒、心头火冒。（身段，台步。面带羞愧，愤恨。文板，过场，白）哎哟！奴的老天爷呀！（唱）五脏内恰似那滚油来烧。脑儿昏眼儿花手脚软了，这病情非药石能医调。只见那蜂蝶儿采花颠倒，羞答答心腹事只自明了。楚襄王会神女人人乐道，七月七双星会稳渡鹊桥。古今来儿女事多多少少，纵然是天仙女情网难逃。陈妙常叹不尽红尘热闹，魂与魄不附体飞入九霄。今日里为什么心惊肉跳，身坐在白云楼如坐笼牢？手提着羊毫笔心愁口笑。（展笺、溶墨、执笔、凝思、微笑、写）写一首佳偶句情丝千条。（搁笔，起，白）我陈妙常借笔墨解愁呀。（唱滩簧，或唱丝弦）红颜薄命遇强豪，大难临身我独逃。多少关情儿女事，春愁黯黯上眉梢。何时穿上红绫袄，红罗帐内梦魂消。晨钟暮鼓心如捣，独拥孤衾泪暗抛。愁肠百结谁知晓，走火入魔心内烧。悬崖走马羊肠道，怎觅平川路一条？思前想后精神少，楼台独坐更无聊。（似酒醉状，失足欲跌。归坐、扑桌睡、撑腮、闭目、面示愁容）

［大出场。

潘必正　（上，念）十载寒窗苦用功，不知何日身登皇榜中。（坐，白）身赴考试下临安，求取功名岂畏难。途中巧遇亲姑母，挽留小住到尼庵。小生，潘必正。幼承庭训，随师攻读。十载寒窗，磨穿铁砚。今乃大比之年，谨奉双亲严命，前往临安应试。行至此地，遇一尼师，彼此交谈，不料是吾姑母。姑侄久别，十有余载，异地重逢，万分欣慰，挽留小住，同到尼庵。前几日我姑母下山募化，尚未回庵。今日心中烦闷，离了居室，且到各处游玩一番。（长锣。起身、文步、举目四望。大板掌尾、月调头。唱）潘必正为功名临安赴考，别双亲离故土路远山遥。一路上观不尽奇花异草，见白鹤在松间展翅逍遥。喜鹊儿立树梢喳喳连叫，小鱼群多欢娱逐浪浮飘。老渔翁在滩头持竿垂钓，小牧童横牛背信口吹箫。前几日姑侄们途中会到，她要我到尼庵小住几宵。大士殿太子祠修造精巧，女贞观傍山崖气势雄高。放眼观天然的风景艳妙，参天的古松柏翠竹千条。凌云阁壁间画乌龙现爪，禅堂内挂一幅百鸟归巢。白云楼夕阳映回光返照，清静室真幽闲居住逍遥。我姑母她修炼长生不老，这佛地胜蓬莱格外清高。信步儿不觉得白云楼到，登楼台我这里举目观瞧。桌案前一道姑花容月貌，手撑腮沉沉睡难画难描。放大胆入禅堂休要惊扰，一阵阵香扑鼻令我魂消。青丝发剪齐眉乌云笼罩，斜插着白玉簪丝带双飘。八宝环巧玲珑耳根坠吊，樱桃口露银牙眉似凤毛。沉鱼容落雁貌身材窈窕，三寸长金莲小鞋绣花姣。身穿着八卦衣道袍外套，杏黄色丝绫带紧扎蜂腰。红杏脸手托腮梦中带笑，貌庄重容秀媚不现轻佻。她定是名门女因何修道？倒教我读书人难以明了。潘必正看到此心惊肉跳，魂灵儿难自主飞入九霄。经卷旁摆的是文房四宝，砚池内墨未干写有字条。看书法妙簪花②真中带草，她比我读书人才学还高。若得这美佳人同偕到老，闺阁中敲诗句其乐陶陶。轻轻儿将红柬前来偷盗。（偷诗、看）哎呀！我潘必正明白了。（唱）小尼师恋红尘情思动摇，看情诗不由我心中发笑。（白）好呀！妙啊！（笑）哂哂哂、咿咿咿、呀呀呀。

陈妙常　（闻笑惊醒、抬头、四顾、惊讶、起步、抢步上前、面带怒容、手指必正、欲骂又止。唱）惊醒我陈妙常举目观瞧。观看他斯文相风流俊俏，必定是名门子世宦根苗。顾不得男女别开言问道，佛门地怎让你散步逍遥？读书人就该守圣贤之教，轻薄的发狂笑所为哪条？你这种放浪行胆子不小，敢上我白云楼放纵轻佻。私下里入寝室非奸即盗，老尼师知道了定不轻饶。这是奴养静室男子禁到，快出去避嫌疑免把祸招。不与你轻狂人无端谈笑，莫在此装疯唠里唠叨。

潘必正 （面示羞愧。身段、上前、指陈、笑。唱）这道姑说得我带羞带笑，潘必正上前来细说根苗。你好比那飞蛾扑灯不晓，灯未熄可怜你自把身烧。入空门你就该诚心修道，为什么写情诗有犯律条？恋红尘你就该还俗为妙，藐佛法假慈悲可算无聊。入空门不改性罪恶非小，你好比蚕自缚蜡自煎熬。你说的大道理我都知晓，恶言语辱斯文情理难饶。老尼师她是我嫡亲姑母，与我父是兄妹骨肉同胞。只因我到临安前去赴考，挽留我潘必正小住几宵。我姑母她是这尼庵长老，见了她我二人细说根苗。(上前、身段、拉陈）

［陈羞避。

潘必正 （接唱）来来来到禅堂同见长老，谁是奸谁是盗谁犯律条。你题这勾魂诗为害不小，害别人害自己刮骨钢刀。

［陈羞愧低头。

潘必正 （接唱）说得她低下头面色红了，红粉面好一似乍放夭桃。你知机莫把这良缘错了，我与你私定鸾凤[3]之交。你看我读书人青春年少——（面示喜笑、伸手拉陈）

［陈羞愧、低头、走避、闯台照面三次。陈、潘各做身段、偷看。陈低头凝思。

潘必正 （接唱）天赐予美姻缘同渡鹊桥。

陈妙常 （唱）奴只说写情诗无人知晓，墙有风壁有耳却被偷瞧。你这冤家说得奴满面红了，我这里无话答心似火烧。倒不如依从他终身有靠，也免得在禅堂如坐监牢。倘若是老尼师后来知道，念在他姑侄情定肯恕饶。

潘必正 （唱）我观她、她观我，

潘必正、陈妙常 （唱）芙蓉面貌。

陈妙常 （唱）言既亲、语又和，

潘必正、陈妙常 （唱）情谊相调。

潘必正 （唱）我二人，手挽手，

陈妙常、潘必正 （唱）尽情欢笑。（笑）嘻嘻、哂哂、呀呀呀。

陈妙常 （唱）青春女，配才郎，

陈妙常、潘必正 （唱）共渡鹊桥。

潘必正 （唱）登虎榜，来迎你，

陈妙常、潘必正 （唱）终身荣耀。

陈妙常 （唱）拜花烛，结夫妻，

陈妙常、潘必正 （唱）欢度良宵。喜苍天早把这赤绳系好，是善才是龙女同把香烧。（白）这才好呀！（挽手、并肩、相视笑、下。长锣。收）

第四场

老尼师 （小锣。上）功德圆满，老尼回庵。荒郊美景，绿水青山。（唱）前几日我下山前去募化，分别到各善户李赵黄庄。他们是与老尼常来常往，每年中逢时节化纸添香。黄夫人为阖家消除灾障，她请我诵经卷保佑安康。菊花放桂花香快开皇榜，我打发潘必正去考科场。但愿他一去禹门④跃浪，也不枉我兄嫂教子有方。入庵门睁老眼四处观望，怎不见我侄男他往哪厢？读书人知礼义焉能乱闯？居禅堂清静地好看文章。年迈人为亲侄宽怀难放，不见他好叫我暗里端详。缓步儿我把这白云楼上。（上楼）耳听得寝室内欢笑洋洋。用手儿破窗纸往内瞧望——（向内瞧、面示惊讶、羞愧。过场。做手势、变脸色、身段、侧耳细听、点头）

潘必正 （内白）妙人儿，陈姑姐。

陈妙常 （内白）心肝，我的潘郎。

陈妙常、潘必正 （内白）愿你我百年偕老呀。（笑）嘻嘻、呀呀呀。

老尼师 （怒、摇头、摆手、叹气）哎呀呀吔！（接唱）他二人面对面倾吐肝肠。陈妙常她罹难蒙我收养，她父亲曾做过兵部侍郎。宦门女知礼义纲常为上，为何故引我侄私跳红墙？年迈人念慈悲不便内闯，也免得潘必正羞愧难当。忙下楼我这里自思自想，（下楼）这是我年迈人没有主张！千不该万不该不该他往，又不该留必正久住禅堂。花架旁养蜜蜂两情相望，青春女怎不羡年少儿郎。喜的是貌与才两堪配上，恼的是色与情污秽禅堂。我若是将他们当面来讲，这丑事传扬去老面无光。这是我自己错扪心思过，怒在心气在肚不便宣扬。我坐在蒲团上把钟敲响。

［陈前潘后，同上。闻钟声惊恐失色，相视含羞。

陈妙常　（唱）陈妙常闻钟声急送潘郎，

潘必正　（唱）羞答答我二人恩情难放。

陈妙常　（唱）钟声响是尼师回转庵堂，

潘必正　（唱）急忙忙下楼台难辨方向。

陈妙常　（唱）要小心休失足稳定心肠，

潘必正　（唱）陈姑姐你还要保重为上。（白）陈姑姐，我别你去了。

陈妙常　潘相公，我的心肝。潘郎呀。

陈妙常、潘必正　（哭）喂喂喂，喂呀。好不痛心呀！

［潘下。

陈妙常　（唱）陈妙常含羞面珠泪汪汪，拭泪痕立禅门举目观望。又只见老尼师怒坐一旁，未开言到佛前把灯剔亮。盏无油灯芯短冷火无光，（身段，执壶，面视老尼）手执壶换灯芯把油添上。（欲烧香）

老尼师　慢着。（唱）陈妙常休添油莫要烧香。佛祖前身不洁有秽神像，不净手乱烧香怒恼上苍。今日里我见你越轨行状，做出了下贱事胆大猖狂。你的父为清官屡受褒奖，你母亲本贤惠教子有方。都只为在途中遇贼劫抢，孤单单你一人逃至此方。为师的收留你惊心才放，留青丝未下发安住禅堂。我见你生得个貌如花样，诚恐你心猿动意马难降。为师的安顿你白云楼上，谁叫你每日里打扮梳妆。敷红粉戴鲜花妖冶模样，红绣鞋刺花朵并绣鸳鸯。早诵经晚参禅不在心上，思红尘春心动欲火情肠。佛门中众女尼诚心修养，只有你乘奔马手放丝缰。我侄男寄居十天未上，你为何勾引他污秽禅堂？犯清规和戒律廉耻尽丧，气得我年迈人血涌胸膛。我为你旧恙发气塞五脏，只恐怕为师的病入膏肓。(起，过场。面示忧容，比手势。气极，心慌意乱，立足不定，面转病容)来来来，搀为师禅房休养。(转身)

[妙常回顾，面带羞愧。

陈妙常　(唱)这件事羞得我面上无光。

[陈、师同下。

(剧终)

【注释】

①菩提树：一种常绿乔木，原产印度。此处说美好姻缘被菩提树遮断，暗言己佛门修行之无奈。

②簪花：古代书体的一种，其特点是娟秀工整。

③鸾凤：鸾和凤的合称，比喻夫妻。

④禹门：指科举试场。

【剧情简介】

南宋时，少女陈妙常随父在任满还乡途中被劫，家人失散，流落无依。女贞观主静修老尼见而怜之，收以为徒，命住白云楼虔修。青年秀士潘必正，因往临安赴试，不意与姑母静修老尼相遇，留住观中聚叙。陈妙常虽入空门，深知仙佛难求，红颜易老，发为篇什，春愁春困，竟入梦乡。潘必正游玩入楼，看陈妙常春睡，惊为天人。窃读情诗，冀成连理，在妙常梦觉责其擅闯静室时，即以诗嘲胁，誓共白头。陈妙常为情所感，遂效鸳飞。静修老尼为人超荐归来，窃睹爱徒胞侄败坏清规，为了观中声誉，不便张扬，只有忍气另筹对策。

【简评】

男欢女爱、一见钟情的题材在戏曲中比比皆是，不胜枚举，而本剧表现了一段发生在白云楼——尼姑庵里的爱情故事，其寓意就非同一般了。该剧肯定陈妙常对美的追求：“每日里打扮梳妆。敷红粉戴鲜花妖冶模样，红绣鞋刺花朵并绣鸳鸯”，以及陈妙常、潘必正对爱的向往：“我二人，手挽手，尽情欢笑。青春女，配才郎，共渡鹊桥”，让人们从空门中的叛逆者陈妙常身上看到：佛门清规难以禁凡心，宗教戒律不可抑真爱。剧中人物这些真情流露，显示了个人自主意识的觉醒。

此剧由吴老年发掘、周游记录保存。

追 舟

剧中人物

⊙陈妙常（行当：花旦，简称：陈）

⊙艄翁（行当：老丑，简称：艄）

⊙潘必正（行当：小生，简称：潘）

⊙艄子（行当：小丑，简称：子）

全一场

陈妙常　（上，入座）只为罹难母女分，孤身无靠入空门。头上未落青丝发，既非俗女亦非僧。奴家，陈妙常。只为吾父退职还乡，途中遇盗，财物被劫，家人冲散，是奴单身逃走，无家可归。幸遇尼师，怜悯身世，收留于我，暂住尼庵，带发修行。那日己在禅堂打坐，想起青春易逝，人生几何。嗟叹之间，无意手执羊毫[1]，题下抒情诗句。不意潘郎到来，盗取诗柬，识破隐情，调戏奴家，引动奴的芳心，致犯佛门规律，遂将终身大事，许配潘郎，以了二人心愿。今晨早起，不见潘郎，谁料他私下临安，忘却鱼水恩情，使奴孤守禅堂。不如瞒着师父，私下山去，追赶于他。还要离了尼庵。（起身，唱）陈妙常坐禅堂自思自叹，思想起小潘郎珠泪不干。瞒着我下临安恐他心变，害得奴心事乱坐卧不安。倒不如瞒师父将他追赶，赶上了小潘郎细说一番。双手儿打开了禅门两扇，急忙忙移莲步离了尼庵。一路上好风光无心懒看，树林内喧鸟语隐隐青山。不觉得来到了秋江河畔，但不知这河下可有行船。

艄　翁　（撑船上）这条鱼好大，可惜漏网去了。

陈妙常　（唱）耳内里又听得人声叫喊，抬头看那边厢有号渔船。手攀着杨柳枝高声大喊，叫一声老艄翁快拢岸边。（白）艄翁，开船来呀！

艄　翁　来哒，来哒。（数课子）咿呀莫之侯，哎呀莫之呕。秋江河下一小舟，五湖四海任我游。船头放下拦江网，后面又放钓鱼钩、钓鱼钩。螃蟹莫进网，虾子莫吞钩。打得大鱼长街卖，打得小鱼沽美酒。咿呀莫之侯，哎呀莫之呕搭呕。一无烦恼二无忧，秋江河下打鱼度春秋。昨日打得三斤半，今日打得水上浮。老汉抬头来观看，却原来是个大斑鸠。

陈妙常　我乃是道姑。

艄　翁　那斑鸠飞在杨柳树上，叫出声音，乃是咕打之咕。

陈妙常　那乃鸟声之咕，奴乃佛门道姑。

艄　翁　呀呀吔。你既是佛门道姑，为何不在庵堂诵经拜佛？来在秋江河畔，做么戈子啰？

陈妙常　奴乃前来问讯的。

艄　翁　好啦、好啦。银匠铺里打锅头，凉粉摊上买酱油。姑姑，你问错了路。问病你不到那郎中家下去问，来到秋江河下，向老汉前来问病，却是为何？

陈妙常　奴家前来访名问姓的。

艄　翁　有名者知，无名者，老汉不晓。

陈妙常　说将出来，大大有名。

艄　翁　如此讲来我听。

陈妙常　你请听呀。（唱）今早间一相公临安赴考。

艄　翁　他有多大年纪？

陈妙常　（唱）论年纪也不过二十上下。

艄　翁　他姓么子？

陈妙常　（唱）他本姓潘，尊一声老艄翁你可曾见？但不知他坐的哪号渔船？

艄　翁　你要问那位相公，你与他有亲？

陈妙常　非亲。

艄　翁　有故？

陈妙常　无故。

艄　翁　一非亲，二无故，他是一男子，你是一女子，你问他则甚？

陈妙常　奴与他是一朋。

艄　翁　老汉的船篷？

陈妙常　不是。

艄　翁　风篷？

陈妙常　也不是。

艄　翁　敢莫是老汉背上背的那顶烂斗篷？

陈妙常　更差得远了。

艄　翁　一不是船篷，二不是风篷，三不是老汉背上背的烂斗篷，到底是公子篷啰？

陈妙常　艄翁，你哪曾知道，想奴与那相公，乃是朋友之朋。

艄　翁　咳，呀呀吔。好的好的。老汉今年七十九，常在秋江河下走。古怪事情见得多，未曾见过姑娘与相公交朋友。世间上少有、少有，少有啰。（笑）嘻嘻嘻、哈哈哈！

陈妙常　艄翁休得取笑，古往今来，这样事世间上是有的。

艄　翁　不错，乃是有的。姑姑，你敢莫要问那位相公？

陈妙常　正要问那位相公。

艄　翁　那相公头戴着一顶扁巾。

陈妙常　啐，乃是方巾。

艄　翁　方巾戴久了变为扁巾。

陈妙常　还是方巾。

艄　翁　穿着一件黑衫衫。

陈妙常　啐，乃是蓝衫。

艄　翁　蓝衫穿久了没有洗，它变为黑衫了。

陈妙常　到底还是蓝衫。

艄　翁　他腰间挂着两件古怪东西。

陈妙常　什么古怪东西？

艄　翁　挂着两个戥子坨坨仔。

陈妙常　乃是读书人戴的玉坠。

艄　翁　这位相公，老汉得见。哦，没有得见。

陈妙常　艄翁，你先前说得上上好好，明明白白，是得见了。后来又改口说没有得见，是何理也？

艄　翁　姑姑，你敢莫真的要问那位相公？

陈妙常　果真要问那位相公。

艄　翁　你请听道。（唱）今早间一相公临安赴考，他坐的是我那二舅渔舟。

陈妙常　既然是你令亲将他来渡，借你的宝舟儿赶上一番。

艄　翁　（数课子）姑姑娘，你来看、你来观。老汉这只船，乃是秋江河下打鱼船，不与你驾舟把人儿赶。

陈妙常　（唱）你打鱼为的是穿衣吃饭，奴这里有银钱皆是一般。

艄　翁　有钱就好讲话。（数课子）管他的娘、管他的娘。丢下竹篙放下桨。（白）姑姑，你把[②]老汉儿多少船钱？

陈妙常　（唱）你的船多少钱随你自便，为什么要奴家先讲价钱？

艄　翁　姑姑，你要老汉开口讲价。听道。（数课子）姑姑娘，你站在河岸边，细听老汉说端详、打比方。昔日里有个唐四藏。

陈妙常　呻，乃是唐三藏。

艄　翁　年深月久，老汉加他一藏。

陈妙常　还是唐三藏。

艄　翁　（数课子）唐三藏、唐三藏，他往西天去取铜。

陈妙常　啐，去取经。

艄　翁　金也是黄的，铜也是黄的。金铜金铜，皆是一样的。

陈妙常　那经乃是经卷之经，你说的金，乃是五宝之金。

艄　翁　（数课子）去取经、去取经。随带一个门徒名叫孙古董。

陈妙常　啐！乃是齐天大圣孙悟空③。

艄　翁　你怎样晓得是齐天大圣孙悟空？

陈妙常　《西游记》④上是有的。

艄　翁　你好聪明呀。你看过小说《西游记》？（数课子）孙悟空一个跟斗打得十万零八千。老汉向你要四两零八钱。

陈妙常　（唱）从此去临安城路有多远？为什么要奴家许多银钱？

艄　翁　（唱）自古道做生意漫天讲价，姑姑姐你就要小便还钱。

陈妙常　啐！随便还钱。

艄　翁　（唱）姑姑姐你就要随便还钱。

陈妙常　（唱）奴本是出家人怎能亏你？乘宝舟奴给你二两八钱。

艄　翁　（数课子）姑姑娘，你来看、你来观。看一看，河有这样宽，水有这样深。此去临安，还有几个滩。望姑姑添上几文钱。

陈妙常　（唱）再加上一两钱关系不大，赠送与老艄翁当作酒钱。

艄　翁　（数课子）管他的娘、管他的娘。丢下竹篙放下桨，姑姑，请上老汉的床。

陈妙常　啐！上船。

艄　翁　船上的人，睡在船板上，船床皆是一般。

陈妙常　到底是船。

艄　翁　哦，是船。

陈妙常　艄翁，你好好搭起扶手。

艄　翁　慢慢慢。不要碰着船头那个桩子。慢点、莫急，恐怕失足落下水去。

陈妙常 （唱）八幅的绣罗裙高高扎起，一步儿上了这小小渔船。（上船）

艄 翁 （数课子）姑姑上了老汉船，老汉举目仔细观。观一观，姑姑的美容颜。真好看、真好看！头上挽起一把青丝发，斜插一支白玉簪。八宝耳环左右坠，眉毛好似柳叶弯。樱桃小口红一点，盈盈秋波杏儿圆。八卦宝衣真合体，黄丝带儿系腰间。八幅罗裙随风动，下露金莲三寸三、三寸三。越看越看越好看，看得老汉懒开船。

陈妙常 艄翁，为何停船不走？

艄 翁 非是老汉停船不走，我想姑姑上得老汉船来，未曾请问姑姑贵姓。

陈妙常 奴家姓陈。

艄 翁 泰山？

陈妙常 陈。

艄 翁 禾口？

陈妙常 陈。

艄 翁 西早？

陈妙常 陈。

艄 翁 慢着慢着。想姑姑开口是沉，闭口是沉，左沉右沉，将老汉这只船沉下秋江河底，到底是算你的，还是算我的？

陈妙常 奴乃姓耳东陈。

艄 翁 幸喜有救，还有两个耳朵托住，不然沉下水底，老汉上了大当。姑姑，你姓陈，我想与你认个同宗。

陈妙常 请问艄翁贵姓？

艄 翁 老汉姓皮。

陈妙常 艄翁姓皮，奴家姓陈，怎么样又认得同宗呢？

艄 翁 姑姑，你欠聪明了。想那药材铺内，有一药名，名叫陈皮。陈不离皮，皮不离陈，可以认得同宗。

陈妙常　天渊之别，认不得的。

艄　翁　认一丢丢儿。

陈妙常　认不得的。

艄　翁　认不得，开船走吧。咿呀莫之侯，哎呀莫之呕。

陈妙常　艄翁，缘何二次停船不走，又是何理也？

艄　翁　非是老汉停船不走，姑姑上得老汉船来，还未问过姑姑青春几何？

陈妙常　奴家一十九岁。

艄　翁　先前那个同宗认不成，如今这个老同，一定认得成了。

陈妙常　请问艄翁，你多大年纪？

艄　翁　老汉今年七十九岁。

陈妙常　你七十九岁，怎么样又认得起老同呢？

艄　翁　姑姑哪曾知道，老汉到长街卖鱼，往往被那一般臭婆娘子，开口骂老汉老狗什的、老短命鬼。今天我将六十花甲，丢到秋江河里，喂娃娃鱼吃去，余下这一十九岁，与姑姑认一个嫩蓬蓬的老同。

陈妙常　认不得的。

艄　翁　认一丢丢儿。

陈妙常　认不得的。

艄　翁　老汉未有缘法。

陈妙常　开船走吧。

艄　翁　咿呀莫之侯，哎呀莫之呕搭呕。

陈妙常　艄翁，你三番两次停船不走，敢莫有谋害奴家之意？

艄　翁　清平世界，谁敢起谋害之心？我想姑姑上得老汉船来，老汉要扒你一扒。

陈妙常　啐！想你敢莫是要夸奴家一夸？

艄　翁　正是要夸姑姑一夸。老汉年纪老迈，当门牙掉落，讲话露了风。姑姑，你不要驳字眼。

陈妙常　如此，请夸。

艄　翁　听道。姑姑生来一把抓，呀哑哪。

陈妙常　啐！想必是一枝花。

艄　翁　不错，一枝花。好比癞蛤蟆爬地下，呀哑。

陈妙常　月里嫦娥把凡下。

艄　翁　正是月里嫦娥把凡下，今日在我船舱卧。

陈妙常　啐！船中坐。

艄　翁　船上睡的是船板，坐卧皆是一样。

陈妙常　还是坐。

艄　翁　明年老汉问你要一个，

陈妙常　要一个什么？

艄　翁　小娃娃呀。

陈妙常　啐！你要你的小船家。艄翁，你夸奴家，奴家也要夸你一夸。

艄　翁　哪个？姑姑，你也要将老汉夸上一夸？如此请夸。

陈妙常　听道。艄翁生来不正气，呀哑哑。

艄　翁　老汉哪点不正气？

陈妙常　秋江河下把奴戏，呀哑。

艄　翁　老人家与你妹姑娘弄玩的。

陈妙常　我若不念你年纪老。

艄　翁　姑姑，你把老汉怎么样？

陈妙常　放你娘的月白屁，呀哑。

艄　翁　好的好的。慢着慢着。请问姑姑，你这句话，是奉承老汉的，还是骂老汉的？

陈妙常　是特别奉承你的。

艄　翁　如此，请你多奉承几句。

陈妙常　放你娘的月白屁。

艄　翁　香啦。

陈妙常　放你娘的月白屁。

艄　翁　臭啦。

陈妙常　放你娘的月白屁。

艄　翁　慢点、慢点。放得多了，这船里面不通空气，臭气难闻。你看姑姑，人生得好，柳眉杏目，樱桃小口。话说出来，莺歌燕语。打出屁来，有红有白。露出气来，都是五颜六色的。

陈妙常　艄翁，开船走吧。

艄　翁　走啦。（唱）陈姑姑生得个美貌如花，月宫里嫦娥女也难比她。红颜女入空门青丝未下，怎能够守清规不羡繁华？

陈妙常　（唱）适才间老艄翁出言不正，原谅他年纪迈出自无心。想起了年幼时光阴一瞬，到如今好一似断梗飘萍。

艄　翁　（唱）花枝笑蜂蝶忙两情相应，姑姑姐为潘郎艰苦独行。她坐在渔舟内绿波相映，好似那莲台上南海观音。

陈妙常　（唱）陈妙常在船中举目观定，又只见沙滩上雀鸟成群。一阵阵鸟语声悦情堪听，想起我青春女不比飞禽。（白）艄翁，沙滩之上，是一群什么鸟？请你看来，说与奴听。

艄　翁　待老汉睁开老眼观看。姑姑，乃是一群乒乓鸟。

陈妙常　敢莫是鸳鸯鸟？

艄　翁　正是此鸟。

陈妙常　此鸟日间呢？

艄　翁　它并翅而飞。

陈妙常　到晚来身落何处？

艄　翁　到了日落西山，芦苇深处，交颈而眠。

陈妙常　人间有何可比？

艄　翁　好比红罗帐内，少年夫妻一对。

陈妙常　你在怎讲？

艄　翁　少年夫妻一对。

陈妙常　（叹）哎哟！奴的潘郎哪。

艄　翁　呀！

陈妙常　啐！奴叫奴的潘郎，谁来叫你？

艄　翁　姑姑，你由口中吐出一颗槟榔来，老汉开口接着，吞下肚内吃了，免得掉下河里，被那癞头鱼吃去，岂不可惜这个味道？

陈妙常　下次不可！

艄　翁　这一颗还卡在喉咙，没有吞下去，若还再吃第二颗，我怕要把我的老命送掉了。

陈妙常　（唱）鸳鸯鸟倒有那深情厚意，小潘郎他没有鱼水之情。自古道姻缘事皆由天定，年少女身无伴似雁失群。

艄　翁　（唱）我今年古稀寿七十有九，见多少男女爱不到白头。有的是为才郎花容消瘦，有的是为淑女苦闷忧愁。遂良缘成眷属几家能够？劝世人抛贪嗔舍痴爱莫乱风流。

陈妙常　艄翁，快开船吧！

艄　翁　姑姑，你站稳些。现在下滩，狂风大浪，涌起来了。小心小心！

［艄在前，陈随后。圆场、身段，二人面示惊恐。

艄　翁　咿唏！好险、好险哪！差点点，这两根老骨头，要葬送在鱼腹中了。老汉死去，年纪老迈，倒不怎样。可惜姑姑如花似玉，不得面见潘郎，那才冤枉、冤枉！

陈妙常　艄翁，走在青龙背上，好话多讲。

艄　翁　过了这个滩，往下就平安无事的了。（唱）适才间遇狂风河水高起，这渔船吹往东又吹转西，老汉的吃奶力全都用去，丢下桨要船钱暂坐休息。（白）姑姑，请给船钱，到河中间了。给了钱，我好开船啦。

陈妙常　待我取钱给你。

艄　翁　这姑娘既无箱笼，空手上船，我看她往哪里取钱。看见了、看见了。

陈妙常　看见什么？

艄　翁　看见你装钱的包荷。

陈妙常　啐！荷包？你讲倒了，我们叫善缘袋。

艄　翁　老汉倒讲，你顺想。何以叫作善缘袋？请姑姑详解我听。

陈妙常　你们俗人叫荷包。我们道家，十方募化，所以叫作善缘袋。广结善缘的意思。

艄　翁　你们道家，好讲排场，讲究漂亮。装钱的东西，周围还安有黑须须呢。

陈妙常　啐！乃是丝线绦子。钱在这里。

艄　翁　这船脚钱真难吃，吃了屙脓屙血。真像江西人说的话，我错你娘××。

陈妙常　艄翁，开船走吧！（唱）陈妙常在舟中思前想后，想起了小潘郎面上含羞。我也曾在佛前三拜九叩，祝上苍庇佑他独占鳌头。那时节我与他配成佳偶，红罗帐鸳鸯枕同到白头。风光好难解我愁眉双皱，抬头看在前面有一小舟。叫艄翁赶上前一篙莫漏，快赶上小舟儿细问情由。（白）艄翁，前面小船，烦你问问，是谁的船？

艄　翁　待我问来。呀啐，前面那只破屁股渔船，是哪个的？

艄　子　（内白）我道是谁，却原来是大伢伢的船。你船上装的什么货呀？

艄　翁　我船上装的是陈姑。

艄　子　（内白）哪家请客做酒，装一船的茨菇[⑤]？

艄　翁　你的耳架比葵扇还大，连不关风。乃是陈妙常、陈姑。

艄　子　（内白）我怕是茨菇。

艄　翁　二伢伢，你船上装的什么？

艄　子　（内白）我船上装的是潘郎。

艄　翁　别的货你不装，单装一船槟榔。硬乒乓的东西，老人家一点都吃不动。

艄　子　（内白）你的耳朵里有毛虫。装的乃是潘必正、潘郎。

艄　翁　请你候着。陈姑姐，前面那只小舟，正是你潘郎在内。

陈妙常　烦劳你向他说明，只说他有一表妹，送来纸笔文章，问他要与不要。

艄　翁　带来蚊帐，有被窝没有？

陈妙常　乃是读书人的文章。

艄　翁　我怕是蚊帐。你候着。二伢伢，你回明潘相公，他有一个表妹，送来纸笔文章，问他要与不要。

艄　子　（内白）有腰子没有？

艄　翁　你那耳朵拿到哪里去了？怎么听不清话？乃是读书人的锦绣文章。

艄　子　（内白）我怕是猪肝粉肠。

艄　翁　你是个饿吃鬼。

艄　子　（内白）潘相公，你有一个表妹，送来纸笔文章，问你要不要。

潘必正　（内白）我乃上京求名之人，岂有不要之理？

艄　子　（内白）大伢伢，他是要的。

艄　翁　你候着，我问姑姑。姑姑，潘相公他是要的。

陈妙常　将船靠拢。

艄　翁　二伢伢舅舅，你把你那破屁股船撑了过来，莫碰着我船头那条桩子。

［子撑船上，潘同上。

潘必正　陈姑哪里？

陈妙常　潘郎哪里？

艄　翁　二伢子哪里？

艄　子　我在这里。你也舍不得我？

艄　翁　我也舍不得你。我的肚子痛得实在难抵，我去屙泡屎。

陈妙常　哎哟！奴的潘郎呀。（唱）见冤家不由人心中恼恨，骂一声小潘郎无义之人。私自里下临安不对奴论，害得奴闷恹恹常挂在心。奴为你早晚间神魂不定，奴为你在禅堂懒诵佛经。奴为你每日里茶饭不进，奴为你瞒师父逃下山门。赶秋江好教奴惊惭交并，今见你九泉下死也甘心。

潘必正　（唱）非是我下临安不对你讲，都只为我姑母处处提防。出山门思念你频频远望，别离苦好似那乱箭穿肠。我与你似粉蝶双双偎傍，忽然间遇狂风两下分张。但愿得此一去身登皇榜，那时节迎接你何等风光。

陈妙常　（唱）听他言我心中暗自欢畅，却原来他姑母拆散鸳鸯。适才间奴言语将你冲撞，望看在恩情上莫挂心旁。

潘必正　（唱）夫妻们手挽手愁肠暂放，

陈妙常　（唱）又只见鸳鸯鸟飞过前方。

潘必正　（唱）天宽阔无拘束由他放荡，

陈妙常　（唱）我与你乐比翼一样飞翔。

艄　翁　闲话少讲。

艄　子　多讲闲话，是无用的。

艄　翁　要酒钱啊。

潘必正　（唱）夫妻们重相会衷情难讲，

陈妙常　（唱）又听得老艄翁他为钱忙。

潘必正　（唱）在身旁取出了纹银二两，

陈妙常　（唱）望艄翁容夫妇细做商量。

艄　翁　是铜是铁，腰上一别。

艄　子　个人吃了，屙脓屙血。

艄　翁　童言无忌。阿弥陀佛。

陈妙常　（唱）陈妙常走上前双目含泪，问潘郎临安去好久回归？在身上取下了鸳鸯玉坠，赠予我小潘郎永念无违。倘若是到临安离情不寐，见玉坠如见我切莫心悲。

潘必正　谢谢陈姑。（唱）用手儿接过了鸳鸯玉坠，送一柄白纸扇情重物微。这扇上诗书画是情和泪，见此扇如见我形影相随。

艄　翁　莫讲啦，开船咧。

艄　子　耽误了时间，赶不上口岸。

陈妙常　（唱）舍不得我潘郎回头观望，

潘必正　（唱）舍不得陈姑姐眼泪汪汪。

陈妙常　（唱）舍不得我潘郎情深海样，

潘必正　（唱）舍不得陈姑姐痛断肝肠。

陈妙常　（唱）舍不得小郎君白云楼上，

潘必正　（唱）舍不得心爱人月下相将。

陈妙常　（唱）此一别向平川朝朝远望，

潘必正　（唱）待枝头红杏闹便转家乡。

陈妙常　（唱）你年少我青春切莫轻放，

潘必正　（唱）陈姑姐衷肠话谨记心旁。

陈妙常　潘郎，恕奴家不能远送了。

潘必正　陈姑姐，你好情深义重呀！

潘必正、陈妙常　（唱）我和你做夫妻情深义广，天赐予美姻缘淑女才郎。愿神灵多庇护莫生阻障，夫妻们相恩爱地久天长。

陈妙常　（唱）这才是流泪眼观流泪眼，

潘必正　（唱）断肠人送断肠人。

陈妙常　送君千里，

潘必正　终须一别。

陈妙常　潘郎！

潘必正　陈姑姐！

潘必正、陈妙常　（哭）喽、喽、喽呀！（分下）

艄　翁　我也要别你了。

艄　翁、艄　子　（唱）近视眼舍不得绿豆眼，湖南人舍不得江西人。（尾声。分下）

（剧终）

【注释】

① 羊毫：毛笔的一种，用山羊毛制作。

② 把：给。

③ 孙悟空：小说《西游记》中的人物。由仙石孕育而生，神通广大、勇猛无敌。保唐僧往西天取经，战胜了许多妖魔，是一个具有浪漫主义色彩的英雄形象。

④《西游记》：明代神魔小说，是在民间长期流传的有关故事基础上，由文人加工写定的。作者吴承恩赋予了这个宗教故事以崭新的意义。

⑤ 茨菇：亦称慈菇。多年生草本植物，叶子像箭头，开白花。地下有球茎，黄白色或青白色，可以作蔬菜食用。

【剧情简介】

静修老尼在发现爱徒妙常与胞侄必正私情后，为了戒律与观誉，借口试期将近，迫侄即日乘舟离观，前往临安待考。妙常事后始知潘已舟行，误认情郎薄幸，必须面诉情衷，乃背师雇舟追赶。艄翁为一年近八十，却饶有风趣之人。他见陈情急，洞悉隐衷，故加谐谑，然后驶舟追及。陈、潘舟中重晤，各尽欲言，互赠信物，约期相聚，始依依洒泪而别。

【简评】

该剧写道姑陈妙常与书生潘必正的爱情故事。剧中青年男女冲破礼教和宗教约束，自由相爱的情节至今为我国各地观众喜爱，并在多种地方戏舞台上呈现。彩调《追舟》虽然情节上没有更多突破，但是注重从语言的角度凸显地方特色。如剧中有这么一段对话："陈妙常：奴家姓陈。艄翁：泰山？陈妙常：陈。艄翁：禾口？陈妙常：陈。艄翁：西早？陈妙常：陈。艄翁：慢着慢着。想姑姑开口是沉，闭口是沉，左沉右沉，将老汉这只船沉下秋江河底，到底是算你的，还是算我的？"船家是一个特殊的群体，行船怕沉，他们忌讳说"沉"及与之同音的字眼。但在桂林话里，

“陈”与“秦”、“覃”、“沉”同音，所以艄翁责怪陈妙常老说不吉利的字眼。观众从这些包含着民俗民风以及地方语言特色的唱词对白里，很容易体味到彩调的独特风格。

明清戏曲中，陈妙常有尼姑、道姑、外道内尼三种形象，有的甚至时而尼姑、时而道姑。对于这一类现象，徐朔方先生认为：中国戏曲表演艺术在有关美与丑的问题上，有时宁愿为了美丽放弃一点无关宏旨的真实性。如果《思凡》中“年方二八”的小尼姑，不是道装，而是缁衣光头，那该多么令人扫兴。但道家又不像佛家那样有取之不尽的经典和教义供作家随意取用。这是许多戏都佛道相混的原因。它早已得到观众的默许，不必重新加以检讨了。(《晚明曲家年谱》第2卷)

此剧由吴老年发掘、周游记录保存。

平阳抢亲

剧中人物

⊙张奇（行当：正生，简称：张）

⊙王氏（行当：摇旦，简称：王）

⊙张秀英（行当：花旦，简称：英）

⊙小子（行当：丑，简称：小）

⊙丫鬟（行当：旦，简称：丫）

⊙杨小二（行当：老丑，简称：杨）

⊙李燕飞（行当：武小生，简称：李）

⊙王简（行当：花脸，简称：简）

⊙钻山狗（行当：小丑，简称：狗）

⊙傧相（行当：老生，简称：相）

⊙四兵（简称：兵）

第一场

张　奇　（上）家有万担粮，前仓对后仓。黄金千百斗，缺少传宗郎。（坐）老汉张奇，娶妻王氏。膝下无儿，单生一女，取名秀英，年已十八，尚未许配于人，这也不再言表。今乃三月三日，人人上坟挂扫，不免打叫娘子出来，前去挂扫我父母的坟台。娘子哪里？走来。

王　氏　（上）员外叫一声，不知为何情？见过员外，有礼。

张　奇　娘子免礼，一旁请坐。

王　氏　妻子陪坐。员外打叫妻子出来，有何话讲？

张　奇　今乃三月初三，叫你出来带你我的女儿，前去挂扫她祖父母的坟台，你说好是不好？

王　氏　好呀！乃是应该的。女儿哪里？走来。

张秀英　（上）爹娘一声叫，急忙就来到。女儿拜见爹娘，万福。

张奇、王氏　我儿不消，一旁坐下。

张秀英　女儿谢坐。爹娘叫得女儿出来，有何教训？

张　奇　我儿哪曾知道，今乃三月初三，叫我儿出来陪伴爹娘，同到平阳山下，挂扫你祖父母的坟台。

张秀英　女儿遵命。

张　奇　遵命就是好的。丫鬟、小子哪里？走来。

丫鬟、小子　（上）员外一声叫，急忙就来到。见过员外和奶奶、小姐。

张　奇　免礼，两厢站下。

丫鬟、小子　是！员外叫得奴辈出来，哪里走动？

张　奇　叫你们出来，备办三牲酒醴，香花纸烛，陪伴小姐前去挂扫。

丫鬟、小子　遵命。

张　奇　遵命就是好的，下面取来。

小　子　臭丫鬟，你下面取来。

丫　鬟　员外喊你去取的。

张　奇　不用争闹，两个人去。

小　子　丫鬟你去备办三牲酒醴，我去要香花纸烛。

丫鬟、小子　（同下，带祭物上）员外，三牲酒醴，香花纸烛齐备。

张　奇　一家大小，出了府门。丫鬟、小子带关门户。来来来，往平阳山走吧。（唱四平腔）出得府门把话论，我女儿一旁听一声。一家大小奔山径，平阳山下去上坟。

王　氏　（接唱）女儿一旁来站定，为娘有话你细听。祖父祖母早丧命，我们前去把香焚。

张秀英　（接唱）父母说话女儿听，我在一旁记在心。三月初三日子好，家家户户去挂青①。

小　子　（接唱）行程几步来得快——

丫　鬟　（接唱）不觉来此是祖坟。（白）员外到了。

张　奇　摆香案。

［小、丫摆祭礼，全家下跪。

张秀英　祖父母呀！（唱四平腔）一家大小忙跪定，祝告公奶你细听。公奶阴灵要保佑，保佑孙女得成人。拜罢公奶抽身起，请我爹娘转回程。（白）爹妈回家去吧。

张　奇　丫鬟、小子，收起祭品。儿呀，那旁还有老祖的坟，那旁去吧。

［众人同下。

第二场

钻山狗　（上，跳台）平阳山上一只狗，压倒两足不敢走。若有钱粮从此过，十担金银要九斗。我，钻山狗。大王下山，山门侍候。（下）

王　简　（上，跳台）风吹浪起浪悠悠，许多怀恨在心头。有日招齐人和马，要夺昏君九龙楼。我，王简。自幼情性不好，将人打坏，逃出家外，已在平阳山上落草为寇，自立为王。平阳山上人马甚多，只是缺少粮草，不免下山掳掠一番。喽啰们！侍候。

四　兵　（上）有！

王　简　传钻山狗。

四　兵　传钻山狗。

钻山狗　参见大王。

王　简　钻山狗，人马可曾齐备？

钻山狗　齐备多时。

王　简　兵发山下，带马。自幼在家把祸闯，（朝内唱）怕打官司逃外方。（朝外唱）霸占平阳我为上，谁个不称山大王。有钱放他从此往，无钱捆绑上山岗。喽啰开道往前撞，探看谁人到此方。（白）来此半山，待我下得马来登高一望。

［张一家人走先，独张一人在后，被简捉。

王　简　将这老狗拿下，带上山去。马来！（牌子。上山）来此寨门，待我下马来，将那老儿绑了上来。

钻山狗　走。（推张上）跪下！

王　简　我来问你，你姓甚名谁？

张　奇　我名叫张奇。

王　简　前面走的那名少年女子是谁呀？

张　奇　乃是我的小女。

王　简　可许配别人？

张　奇　尚未许配别人。

王　简　孤王看上了她，收她上山做一压寨夫人，你可愿否？

张　奇　大王乃凤凰之体，我女乃乌鸦之身，这就不敢高攀。

王　简　敢的好！

张　奇　不敢的妙。

王　简　敢的高！

张　奇　不敢的强。

王　简　来人呀，斩了。

四　兵　斩了。

张　奇　（颤抖地）大、大、大王呀，小人依从就是。

王　简　依从就是好的，好好回家前去。

张　奇　叩谢。

王　简　钻山狗送他下山。

钻山狗　遵命。大王请退。（押张出）员外，回去讲给你女听，我们大王要她做压寨夫人，你听到没有？

张　奇　咳，我听到了……

钻山狗　快走、快走！（下）

张　奇　我骂你，奸贼呀！（唱十字腔）今早晨我父女出门挂扫，她母亲和家院同把路行。又谁知到山前被贼看见，他要女与强人结拜成双。这都是我张奇自投罗网，害我女她终身没有下场。阳关上言和语无心叙讲，抬头看来至在我的村庄。（白）来此门前，待我进去。娘子哪里？走来。

王　氏　（上）员外，你回来了？

张　奇　回来了。

王　氏　你为何脸带愁容？

张　奇　娘子呀，不好了！

王　氏　怎见得不好呀？

张　奇　刚才一家大小前去祭扫坟台，谁知老汉撞着那贼寇，将老汉捆绑上山，要我儿许配于他。

王　氏　那你就不该答应呀。

张　奇　我不答应性命难保。

王　氏　这回怎么办呢？

张　奇　你我的女儿未曾晓得，不要走漏消息，此事由她。

王　氏　员外受惊了，下面歇息吧了。

［张、王同下。

第三场

王　简　（上）打叫钻山狗，下山送聘礼。钻山狗哪里？走来。

钻山狗　（上）大王一声叫，急忙就来到，见过大王。

王　简　免礼，一旁坐下。

钻山狗　谢过。大王叫我出来哪里走动？

王　简　叫你拿三百两银子送到张奇府中，作为聘礼。限三日之外七日之内，叫他送亲上山，接也要接，不接也要接。下面取银子上来。

钻山狗　遵命！（下而复上）银子取来了。

王　简　照话办来。（下）

钻山狗　领了大王命，下山去送银。离了山门，往张奇家中走呀！（唱太平春）离了寨门往前走，要到张家走一头。（转挑担腔）移步来得快，来在他门外。回头看一看，叫他把门开。（白）来此张奇府门，待我高叫一声，内面可有人否？

小　子　（上）门楼起得矮，不准乱人踩。倘若哪个踩，（开门）打他变蚂蜗。

钻山狗　嘎！你有这么大的蚂蜗？早拿去换糖吃了。你不是答话的，请你员外出来。

小　子　慢着、慢着！有请员外。

张　奇　（上）小子所请何事？

小　子　门外来了一个黑里嘛打②的，他讲我不是答话的人，要请员外来答话。

张　奇　叫他上来。

小　子　我们员外叫你上去。

钻山狗　见过员外有礼。

张　奇　小哥，你是谁人所差？

钻山狗　领奉我家大王之命，送银子三百两前来作为聘金。三日之外七日之内要你送亲上山。接也要接，不接也要接，总总要接。少陪！

张　奇　转来有商量。

钻山狗　我管你韩信、张良③，少陪！（下）

张　奇　不好了！小子，快请员外奶奶出来。

小　子　有请员外奶奶。

王　氏　（上）小子一声请，慢步出堂前。见过员外。

张　奇　免礼，一旁坐下。

王　氏　陪坐。员外打叫何事？

张　奇　刚才平阳山上，来了一位汉子，送来银子三百两作为聘金，限三日之外七日之内，送我女儿上山。接也要，不接也要。娘子，这如何是好呀？

王　氏　员外，要叫你我女儿出来问过。

张　奇　小子，你请小姐二堂答话。

小　子　有请小姐二堂答话。

张秀英　（上）小子一声请，急忙上堂前。见过爹娘，有礼。

张奇、王氏　我儿不消，一旁坐下。

张秀英　女儿谢坐。爹娘叫得女儿出来，有何吩咐？

张　奇　儿呀，平阳山上那贼，苦苦要我儿上山成配。叫我儿出来说明，不知我儿意下如何？

张秀英　爹娘呀，女儿乃是千金之体，要配那草寇，他乃是妄想的了，女儿不去！

张　奇　儿呀，坐在一旁，为父有两句心腹言语，对我儿道来呀！（唱数板）我女堂前来坐定，为父言来你细听。平阳贼寇狼心狠，苦苦要女配成亲。我女若还不从命，恐怕为父活不成。我儿心中要想定，搭救堂前二双亲。

王　氏　（接唱）我女堂前来坐下，为娘言来听根芽。初三同到平阳去，挂扫坟台转回家。你父走到中途上，遇着奸贼把他拿。上山问你父的话，定要我女许配他。我女仔细想一下，要救堂前二爹妈。

张秀英　（接唱）爹娘坐在厅堂上，女儿言来听端详。强人本是乌鸦样，乌鸦怎能配凤凰？许配二字不用讲，女儿愿死不成双。若要女儿到山上，除非西边出太阳。

张　奇　（接唱）我女不必脾气犟，开口闭口不成双。倘若我女不听讲，为父碰死在二堂。

张秀英　爹爹不必如此，（悲哀地）女儿愿去就是。

张　奇　我儿愿去就是好的，我儿下面去吧。

张秀英　叩谢爹娘。（哭下）

张　奇　娘子，这场大祸，难以逃脱。唉，你我二老后堂去吧。

［张、王同下。

第四场

杨小二　（上）人在世间如草蒿，每到春天又发苗。为人只要不怕苦，自有生活路一条。（坐，白）在下杨小二。我无儿无女，孤身一人，每日在街上巡更守夜为生，天时已晚，待我要更鼓出来。（下，拿更鼓上乱打）

［内白："杨小二，你为何乱打更？"

杨小二　我是起更的。

［内白："杨小二，现在几更了？"

杨小二　现在不过初更。

［内白："你来晏了，现在不止初更。"

杨小二　莫讲就有二更了？

［内白："二更又未曾够，大约是更半了。"

杨小二　你这个人乱讲话，更半哪样打呢？

［内白："更半你都不会打，你还讲吃俸禄，一槌大一槌小嘛。"

杨小二　朋友你莫和我开玩笑好不好？

［内白："杨小二，昨天下街头有个女子吊颈死了。"

杨小二　你莫讲好不好？待我打更去。（咳嗽装怕样，喊）谨防贼盗，小孩子不要出来屙尿。小心火烛，小娃仔不要乱哭。（唱五更调）一更里来好睡觉，又听得蚊虫连声叫。一更无蚊虫我的哥，你在那旁叫，我在这旁听，听得我今伤了心、痛了心，越叫越伤心。（白）下街头走呀！（下）

张秀英 （上）泪似长江水，滔滔不断流。又如秋夜雨，一点一声愁。奴乃张秀英。可恨平阳山贼寇苦苦要我成配，我不依从，我爹爹就要在二堂碰头而死，不得已只好依从双亲。今晚三更时分，我瞒着爹娘，走到花园自尽罢了。（摸黑到园）来此花园，不免拜别爹娘，上吊自尽罢了呀！（哭板）走上前来忙跪定，拜别爹娘养育恩。哪里生来哪里死，哪块黄土不埋人。阎王注定三更死，再不留命到天明。腰间解下丝罗带，不如在此来归阴。（上吊）老爹爹！老娘亲！喂呀，舍了。

杨小二 （急跳墙进，解绳）小姐苏醒！

张秀英 哎啊！（唱反哭板腔）霎时吊得昏迷去，哪个又叫我复生？用劲睁开昏花眼，看见大叔吃一惊。（白）大叔，你害了我呀！

杨小二 噫，你这个人才怪啦，我救了你还怪我，反讲我害了你。老人家讲的话，杀人有赏，救人无恩。你有什么事情？讲了出来，你年纪轻轻的，怎样来自尽呢？

张秀英 大叔，我讲忧，你解不得我的忧；讲出愁，你解不得我的愁。

杨小二 解不得你的忧，忧在；解不得你的愁，愁在。你做一个闲讲，我做一个闲听。

张秀英 好一个闲听。我地平阳山，有一草寇，强逼要我许配与他。我不依从，我的爹爹就要碰头而死。万不得已，在爹娘跟前依从。今夜三更，瞒着爹娘，到花园自尽。你救了我，是要我与强盗成配，这样你不是害了我吗？

杨小二 我怕为着何事？这件事情容易办，现在已天亮了，我送你回去吧。

张秀英 离了花园，大叔你随我来呀。

杨小二 （唱流水腔）叫声小姐把路引，二人一同转回程。一路行来无话讲，小姐不走为何情？（白）小姐为何不走？

张秀英　已到我的府门。

杨小二　喊你的家人开门。

张秀英、杨小二　（喊）开门！

小　子　（上）门前高声叫，不知是谁人？（害怕）敢莫又是送银子那个家伙来了？（开门）啊，原来是小姐，你怎么这样早呀？去哪里回来？

杨小二　请你员外出来。

小　子　有请员外。

［众人同出。

王　氏　我女儿为何这样早？你从哪里回来呢？

杨小二　员外，你家小姐昨晚花园吊颈，我昨夜打更走往你花园过，听到花园里有人哭，我跳过墙去，救了你家小姐，因此送她回来。

张　奇　（又气又愁）啊，原来是这样，感谢大伯。娘子、丫鬟，好好带女儿下去。丫鬟你要好好服侍小姐。

［王、英、丫三人下。

杨小二　员外你为什么逼得小姐去上吊呢？

张　奇　照我看来，都是为平阳山贼寇压逼我儿成婚，我儿不从，才到花园自尽。多得大哥救回，你真是我女儿的救命恩人呀！

杨小二　你老人家有这么多钱财，何不找人来保她？

张　奇　哪个保得？

杨小二　唉，保是保得，要想个办法。

张　奇　哪个保得，谢银子三百两。

杨小二　若是他不要钱呢。

张　奇　不要钱呀？（想）将我女儿许配他。

杨小二　口说无凭呀。

张　奇　请问大哥高姓大名？

杨小二　小人姓杨，名小二。

张　奇　杨二哥你保得吗？

杨小二　我年纪老了，光我一个人是保不得。我外面还教了好多徒弟呢，尽是打手啊。

张　奇　（笑）杨二哥，你有徒弟保得，那我就写一张保帖给你拿倒，你去找你的徒弟来保。二哥，你讲好不好？

杨小二　要得！要得！

张　奇　小子，拿纸笔墨砚出来。

小　子　遵命！（下。取纸笔上）员外，纸笔墨砚在此。

张　奇　待我写来，上写张奇有一女儿，名唤秀英，谁人保得，不致上山许配强盗，酬谢银子三百两。不要银者，愿将女儿许配。空口无凭，特立此为据。立字人张奇。你拿去看一看。

杨小二　得啦、得啦，我马上就去。

张　奇　你要来早一点，那贼说道，三日之外七日之内，要我送亲上山。

杨小二　包你来得快，员外少陪。

［张、小下。

杨小二　（出门）这回我杨小二走老运了，保得小姐的话，我就得个嫩老婆了。

［内白："杨小二，你在这块讲什么？"

杨小二　我保张小姐，不给平阳山贼压逼成亲。

［内白："你都保得？好多强盗你晓得没有？"

杨小二　他不是个把，关什么事？

［内白："才个把？少就有一百八十。"

杨小二　这样我就去退吧。

［内白："他是个员外，你答应保又退得吗？"

杨小二　这样讲来，我是死定了。我八个钱草鞋，我就开溜。找得能将，我就打转。找不得的话，我就不转来了。（唱四钹锣）员外跟前讲大话，我保小姐不遭殃，要到外方访能将，访得能将转还乡。（下）

第五场

李燕飞　（上。半跳台）手持雕翎箭，弯弓射斗牛[④]。单打禽和兽，英雄度春秋。我，李燕飞。父亲早亡，只有母子二人。自幼学习武艺，每日打猎为生。今日天气晴和，不免手执弓箭，出外打猎，岂不是好？待我取弓箭来。（向内）母亲在家，孩儿打猎去了。

［内白："我儿回早一点。"

李燕飞　孩儿晓得。离了寒门，打猎去了。（唱三板正腔）出得门来想念起，想起爹爹丧黄泉。母子二人生活苦，又无地来又无田。我爱打猎山上走，早晚打猎不偷闲。那旁来了一群雁，后的后来前的前。对着雁儿放一箭——（射雁落地）

杨小二　（暗场上，捡雁放怀中。接唱）只见雁儿落那边。

李燕飞　（背台）你看那位汉子，我打的雁落地，他捡进怀中，待我上前问他要来。呔！你为何捡我的雁？

杨小二　瞎你的鼻孔，聋你的眼睛，哪个捡你的雁？

李燕飞　就是你捡！你快快还我！

杨小二　我没有捡，走开，我要过路！

李燕飞　你不用走！你不还我，我要搜。

杨小二　慢点，到处给你搜就是，不给你搜胸口。

李燕飞　我就是要搜胸口。（搜出雁）

［杨挽袖要打。

李燕飞　你这个样子不是想打吗？

杨小二　就是要打。

李燕飞　我最爱打。你打我呢，还是我打你？

杨小二　我打你先嘛。

李燕飞　我来站桩，你由那边来。

杨小二　左边来，

李燕飞　左插花。

杨小二　右边来，

李燕飞　右插花。

杨小二　后面来，

李燕飞　一南瓜。

杨小二　前面来，

李燕飞　打死他。

杨小二　你站稳莫动。（打左手，被捉；打右手，又被捉）你这个人不会打架，我两个手你一起拿完，我拿什么来打你？

李燕飞　就是要这样打。

杨小二　这样打我会打，你来打我。

李燕飞　你站稳了。（用左手打倒杨，用左脚踢倒杨，用二指双点灯）

杨小二　（招架不来）你有三只手？

李燕飞　我只有两只手。

杨小二　（在旁偷看，自比）啊，他用一只脚。我还讲有三只手。请问这位相公高姓大名？

李燕飞　十八子。

杨小二　什么喊作十八子？

李燕飞　你猜嘛。

杨小二　姓十？

李燕飞　不是。

杨小二　姓八？

李燕飞　不是。

杨小二　姓子？

李燕飞　三个共一个。

杨小二　（旁白）十、八、子，啊……姓李。

李燕飞　不错！姓李。

杨小二　李公子又高姓呢？

李燕飞　李公子就姓李，还有什么高姓？你又有几姓？

杨小二　那我有三姓啊。

李燕飞　你哪样有三姓呢？

杨小二　我爹姓杨，我妈姓唐，我又姓杨。这不是三姓吗？

李燕飞　你妈姓唐是外姓，你爹姓杨你也姓杨，子随父姓。

杨小二　那你随我姓。

李燕飞　什么？你讲话不要伤人。

杨小二　李什么呢？

李燕飞　李燕飞。

杨小二　李燕飞，吔，人品好，名字也好呀！

李燕飞　你，杨什么？

杨小二　我杨小二。来来来我们坐在石头上边谈一下吧。

李燕飞　你莫要耽误我了，我还要打雁。（提弓要走）

杨小二　（拉着李）你不用打雁啦，我讲给你听，你的喜事来了。

李燕飞　（想）我的喜事？什么喜事呀？

杨小二　我们那里平阳山上，有个强盗头压迫张奇的女成婚，我讲我保她了。我出外来找徒弟，正好碰上了你，这样不是你的喜事来了吗？

李燕飞　这个是你的事情，为什么又说是我的喜事呢？你找你的徒弟去保她算啦。

杨小二　我是扯大炮的，我哪里有徒弟呢？

李燕飞　你爱扯大炮，我不信你。

杨小二　他写了保帖给我呢，你不信？你看嘛。

李燕飞　拿保帖来看。

［杨取帖给李看。

李燕飞　（偷笑）杨二哥，这样你何不做一个穿针引线的人呢？

杨小二　我答应穿针引线，你要蚀个小底⑤，我在员外跟前扯了个大炮，我讲出来找徒弟。

李燕飞　什么？我是你的徒弟？站出去却不像。

杨小二　你硬蚀不得一点底。在这里，我不要你喊我师父，一到员外那里，我喊你一声徒弟，你答应就行了。

李燕飞　那你要合适点啊。小二哥前面带路。

杨小二　李相公你跟随我来呀！（唱流水腔）叫声相公跟随我，见了员外把话说。

[李、杨同下。

第六场

王　简　（率人、马上）兴动人和马，下山去抢亲。钻山狗！

钻山狗　（上）有。

王　简　人马可曾齐备？

钻山狗　齐备多时。

王　简　兵发下山，带马。（乱锣鼓，圆场）来此张门，人马拥进，抢起小姐。

[狗下，背英下。

[张上，拉着简求情，简踢倒张。简上马下。

[狗背英下。

张　奇　（起来）杨小二哥，你……怎么不来呀？（下）

王　简　（上）打道上山。（催锣）来此山岗，将小姐带了上来，给孤王一观。

钻山狗　（背英上）小姐，上面坐的是大王，你去讲个礼性吧。

张秀英　（害怕地，带羞）见过大王。

王　简　免礼。生得好！呵呵，哈……带小姐下去，择日成亲。

钻山狗　是。小姐跟我来。

[众人同下。

第七场

[李、杨上。

李燕飞 （唱快四平腔）站在一旁把话讲，杨小二哥听端详，你我同把他家上，二哥不走为哪桩？（白）小二哥为何不走？

杨小二 来到员外府门了，你请站一旁。

李燕飞 赶快叫门。

杨小二 开门！开门！

小　子 （上）是哪个？小姐已经抢去了，你们还来做什么？（开门）小二哥，你来迟了，请进吧。

杨小二 （向李）来，我们一起进去。

小　子 有请员外。

张　奇 （愁容上）小子，所请何事？

杨小二、李燕飞 见过员外。

张　奇 啊！原来是杨小二哥和一位好汉哥来了，两位请坐！

小　子 请坐、请坐。

杨小二、李燕飞 谢坐。请问员外，为何愁眉不展？

张　奇 唉！我的女儿被贼寇抢去了。

杨小二 徒弟，抢去了，怎么办呢？

李燕飞 （偷笑地）抢去了，我去抢她回来。

张　奇 （高兴地站起）哪个？你抢得回来？好汉哥你高姓大名？

李燕飞 小人姓李名燕飞。

杨小二 这位就是我的徒弟，他最能干的。

李燕飞 （偷看杨）唔，请问员外，家中有什么军器？

张　奇 老祖父留下的一对钢锏。小子，带李相公下去看合不合用。

小　子　相公我带你去看看。

[李、小下，取锏上，堂前试耍。

李燕飞　员外，正合小人用。

杨小二　员外，我的呢？还有什么军器呢？

张　奇　没有什么军器了，只还有杀猪刀一把。

杨小二　请员外拿出来嘛。

张　奇　小子，拿刀出来。

小　子　遵命！（下，取刀上，交杨）

杨小二　这块不还有军器（指扫把）吗？

李燕飞　你怎么拿个扫把呀？

杨小二　我这个扫把有大用处。

李燕飞　有何用处？

杨小二　我到平阳山上，这边扫过去，那边扫过来，要将平阳山寨贼寇一扫光。

李燕飞　好大的口气。员外请坐，我们别了呀！（唱四平连板）走上前来施一礼，辞别员外往前行。四楞双锏手拿起，要抢小姐转回程。（下）

杨小二　我也告辞呀。（接唱）站在堂前把话表，尊声员外听根苗。我们二人平阳去，拿住贼寇炒辣椒。（下）

张　奇　（接唱）见他二人扬长去，喜在眉头笑在心。但愿抢得女儿转，洗手焚香谢天庭。（下）

[李、杨上，阴锣，到山寨。爬墙进，遇贼寇，双方对打。李捉简，杨杀简，搜出英，杨背回。

李燕飞　杨小二哥，你我洗平山寨，带小姐走。

[催锣到家。

杨小二　小子、员外，快点快点开门，救得小姐回来了！

[张一家欢喜地同上。

张　奇　女儿回来了。李相公、杨小二哥一场辛苦。两位请坐。

李燕飞、杨小二　谢坐。

张　奇　娘子、丫鬟，带女儿下面歇息。

王　氏　女儿跟随我来。

[王、英、丫三人同下。

张　奇　小子，拿银两上来，酬赐相公。

李燕飞　员外，小人不贪财。

张　奇　我来问你们，是哪个功劳大救出小女？

李燕飞　是我捉住贼寇。

杨小二　是我杀的，又是我背小姐回来的，我的功劳大。

李燕飞　我捉了绑好，你杀现成的，我的功劳大。

张　奇　二人不必争闹，两位都有功劳。李相公和我女儿年龄相当，就将我女许配李相公。

李燕飞　叩谢。

张　奇　杨二哥，你年老了，我送你银子三百两，绸缎两匹，回家也讨一房妻子。

杨小二　多谢！

张　奇　请下面歇息。

李燕飞、杨小二　叩谢。（下）

张　奇　小子，叫你家小姐梳妆打扮，李相公披红挂彩，即刻拜堂成亲。

小　子　是。

张　奇　传傧相[⑥]。

傧　相　（上）忽听传傧相，两脚走得忙。傧相就是我，我就是傧相。见过员外。

张　奇　傧相，小姐拜堂成亲，你多讲两句彩话。

傧　相　遵命！

[张下。

[小烧香、点烛。动乐、乐止。

傧　相　喜洋洋、笑洋洋，二十八宿闹昆阳。左请新郎，右请新娘。新郎新娘，出来拜堂。一拜天地，二拜高堂。三拜父母，四拜六堂。夫妻对拜，入了洞房。好儿子生五个，好女儿生一双。大儿子朝中宰相，二儿子两广都堂。三儿子军营挂帅，四儿子擒贼擒王。五儿子年小读书在学堂。大女儿做皇后，二女儿做皇娘。拜起堂来！

[李、英上，拜堂。

傧　相　新人进了房，媒人丢过墙。三颗骰子赶老羊⑦，你强是我强？得个封包这样长。请！

（剧终）

【注释】

①挂青：指祭扫活动。

②黑里嘛打：非常黑。桂林话。

③张良：秦末汉初杰出的谋士、大臣。此处张良用作前文“商量”的谐音。

④斗牛：星宿名。

⑤蚀底：“吃亏”的意思。桂林话。

⑥傧相：在此指举行婚礼时赞礼者。

⑦骰子：古代中国民间娱乐用来投掷的博具。赶老羊：赌输赢的一种游戏。

【剧情简介】

张奇员外夫妇无子，单生秀英一女。三月三日，二人携女到平阳山拜扫祖墓，为草寇王简所见，王命人将张奇劫上山寨，限他七日，将女儿送上山寨与王成配，否则刀斧加身。张奇为了活命，只得伪诺。回家后迫女同意。英因父以死相胁，只好佯允。适至夜中，英入花园自缢。更夫杨小二巡更入园，将英救下送其回家。张奇告以经过，杨谓重赏之下，必有能人应募，当可保得秀英安全，剪除强寇。张奇乃写下字据，有人保得女儿，酬银三百两；如不要银，愿以女儿许配。杨获据后，觅得青年猎人李燕飞，伪作师徒，同到张府。不料秀英已为王简劫取上山。二人跟追入山，杀贼洗寨，将秀英救回。张奇照前约，以女配李，以银酬杨。

【简评】

这里讲述的是更夫杨小二、猎人李燕飞行侠仗义、铲恶除暴的故事。杨小二与李燕飞以他们的勇气和本领战胜了众寇，救出被抢弱女子。他们为民除害的行为看上去似乎是为利益所驱使，甚至最后还相互邀功争利，给人感觉与那些不食人间烟火、完美无缺的侠义之士有很大不同，但是，人物形象更加真实，更加接近生活，更易于平民观众接受。另外，剧末傧相在婚礼上说了一大段的彩话，这是民风民俗的具体展现。除了婚礼，逢年过节去拜访做客也是要说彩话的，这类例子在彩调剧中随处可见。总之，剧作比较接地气。

此剧由覃刘明发掘、蒋蔚生记录保存。

大娘送女

剧中人物

⊙李三旺（行当：丑，简称：旺）

⊙李光保（行当：小生，简称：光）

⊙李金莲（行当：花旦，简称：金）

⊙刘氏（行当：摇旦，简称：刘）

⊙胡老七（行当：丑，简称：胡）

⊙张氏（行当：摇旦，简称：张）

⊙周通（行当：花脸，简称：周）

⊙县官（行当：丑，简称：官）

⊙众喽啰（简称：喽）

⊙衙役（行当：丑，简称：役）

第一场

李三旺　（小点上）种田之人吃白米，种地之人吃芋头。在下，李三旺。想我儿已长成二十岁了，不免叫他往书房读书。光保儿哪里？走来。

李光保　（内白）来了！（上）爹爹叫一声，不知为何情？见过爹爹有礼。

李三旺　我儿不消，一旁坐下。

李光保　孩儿告坐，请问爹爹，叫得孩儿出来，有何教训？

李三旺　非为别事，叫你出来，前往书房攻书。

李光保　孩儿从命。

李三旺　愿去就是好的，收拾你的行李，多拿些钱米前行。

李光保　（下取行李上）爹爹，行李钱米都拿来了。

李三旺　好生前去。

李光保　如此告辞。（唱倒板桨）走上前来礼恭敬，拜别爹爹往前行。此番读书我发奋，但愿皇榜中头名。（下）

李三旺　（接唱）一见我儿往前行，不由为父常挂心。将身且把后堂进，但愿我儿中头名。（下）

第二场

周　通　（跳台上，把子，念）高高山上卧斑虎，马到黄河立帝都。男儿三十为上将，谁不闻名大丈夫。（白）俺周通。已在黄草山落草为寇，自立为王。现在山上缺少粮饷，不免下山游玩一番，若有人携带黄金白银路过此地，将他抢了上山，岂不是好？众喽啰。

［喽两边上。

周　通　人马可曾备齐？

众喽啰　备齐多时。

周　通　兵发下山。（打风雨松下）来此已是山前，待我登高一望。（站高处望）

李光保　（唱急腔上）急急忙忙呀来得快，不觉来到是山岗。（卖腔）

周　通　（大喊）慢走！

［光闻声跪下。

周　通　来也，将他抢了上山。

［喽将光背起。四边静。圆场，山岗放下。

周　通　将他的包裹行李，一概收了。（向光）我来问你，你家哪里？姓甚名谁？说得清楚，方可饶你，如若说不清楚，将你一刀杀了。

李光保　大王在上，听我禀报。（唱四平腔）跪在寨前把话论，尊声大王你细听。家住河南通书县，离城五十里有家门。爹爹名叫李三旺，母亲刘氏老娘亲。只为我家好贫困，我爹是个种田人。爹娘生我两兄妹，送我书房读书文。还望大王饶我命，日后重重报你恩。

周　通　喔呀，观看这后生满腹的文章，是一个白面书生。老夫年迈，六十有余，难掌山岗大事，不免封他一个小寨主，把山寨大事交与他执掌。光保，我以山岗大事交与你执掌，你可从命？

李光保　好便是好，恐怕我才疏学浅，掌不了山岗大事。

周　通　你既有高才，何必推辞？人来，看印。（大开门牌子。拜印）后帐备宴。

李光保　请。

［众人同下。

第三场

张　氏　（小点上，念）早当家、晚当家，想起当家乱如麻。清早起来七件事，柴米油盐酱醋茶。（白）老身张氏，配夫胡老七。所生一子，刚讨媳妇，媳妇讨来我家后，总想回娘家。现回外家已有三个多月了，春耕已到，不免叫我当家去喊她回来，岂不是好？当家的哪里？走来。

胡老七　（内白）来了！（小点上）老婆一声喊，一事我不管。功夫我懒做，只晓扛大碗。叫我做什么？（对坐）

张　氏　你哪曾知道，春耕已到了，你看我们那媳妇仔回娘家已有三个月有零了，还没回来。喊她回来做点功夫也好。

胡老七　喊宝儿去嘛。

张　氏　嘿！你哪里知道，自己的仔长得很蠢，喊他去不丢丑吗？

胡老七　自古道得好，只有老公接老婆，没有家公接媳妇。

张　氏　你见到他村上的人，带个口信喊他送来就得了。快去嘛！

胡老七　那我就走了。

［张下。

胡老七　（唱路腔）出得门来往前走，一心要往她家行。养得儿子真是蠢，做父母的常挂心。家常之事说不尽，不觉来此是她村。（下）

李三旺　（小点上）我今本姓李，住在瑶山里。种山之人吃杂粮，种田之人吃白米。（坐）在下李三旺，许久没有去田中看水，今日往田中去看看田水，待我交代我的老婆。你妈看守家庭，我到庄外看田水去了。

刘　氏　（内白）你早去早回！

李三旺　（出门，唱路腔）离了门庭往田间，寒来暑往四季天。春夏秋冬容易过，转眼又是三月天。扛起锄头田边去，我种的几块大旱田。不觉行程来得快，转眼就到大路边。

［旺与胡碰了一个满怀。

李三旺　哪个走路的乱闯，眼睛瞎了不望人，拿脚面踩到我的脚板底？

胡老七　（旁白）呸！他踩着我，还讲我踩着他。我看是哪一个？（扭转脸来）喔，原来是老亲①。

李三旺　喔，我们在这树脚下透一下凉②，老亲你往哪里去？

［胡、旺二人烧烟。

胡老七　我还不是要往你那里去。

李三旺　你往我那里去，有什么好事？

胡老七　老亲，你还不知道？我那媳妇回你家已有三个多月了，你还不送她回我家里。

李三旺　喔，我不知道她娘怎么搞的，这样久没有送女到你家，我回去喊她送去就是了。（下）

胡老七　我回家走起来呀。（唱路腔）遇彩遇彩真遇彩，碰见亲家路上

来。我叫他把媳妇送，他说明天就把她送回来。（下）

第四场

李三旺 （一条龙上，唱路腔）方才闯见胡老七，他的话儿将我逼。他要我回家去送女，送到他家做家事，我急急忙忙回家里，见了老婆把话提。（白）开门。

刘　氏 （小点上）外面叫得凶，必有两槌冲。你回来了？

李三旺 不回来在外面过年？

刘　氏 今天你怎么发这样大的脾气？

李三旺 你养的好女。

刘　氏 我女儿不好？又没生野仔。

李三旺 不生野仔。把女儿接回来几个月也没有送她回去，难道要她生了仔才送去？

刘　氏 莫做出这个样子，我送就是了。下面煮了中午饭，你下去吃吧。

[旺下。

刘　氏 唉！想起来养女实在难，那时错信了媒人的话，将我女儿嫁给胡家。胡老七那个仔又蠢，生得面貌又丑，像个灶王菩萨一样。我女儿讨嫌他，又不愿去，那怎么算呢？待我叫她出来，帮她梳好头，裹好脚。自古常言道得好来，嫁出门的女，泼出去的水。女也养不得娘，沙子舂不得墙。不免叫她出来，好言好语，哄她回去。金莲女儿哪里？走来。

李金莲 （内白）来了！（小点上，念）牡丹插在牛粪上，生人埋在死人旁。（白）见过妈妈，有礼。

刘　氏 我儿不消有礼，一旁坐下。

李金莲 女儿告坐。请问妈妈，打叫女儿出来，有何指教？

刘　氏 女儿呀，为娘并不有什么教训，也不过叫你出来商量一件事情。

李金莲　不知商量什么事情？

刘　氏　儿呀，想你回来已三月有零了，未有转回婆家，今日为娘叫你出来，想送你回婆家去。

李金莲　啊呀，母亲呀，你要我上山打虎，我也愿意去；要我下海舂墙，我也愿意去；你叫我回婆家嘛……

刘　氏　什么？

李金莲　唉……那女儿就是不去的呀。

刘　氏　我儿，不必说这样话。自古常言道得好来，女儿外向，外花外葬。生是他家的人，死是他家的鬼。为娘养得你老？

李金莲　妈，你说的是道理，只是那娃仔生得十分丑陋，不懂人事，你叫女儿怎能过得日子？我情愿一死都不去！

刘　氏　（背台）唉，苦劝她不去，怎么得了，想个法子要她去。（转向金）金莲儿，你不去也就罢了，我想起一件事情来了。今日你姨妈生日，我和你去你姨妈家去吃生日酒，你去不去？

李金莲　如果是到姨妈家吃生日酒，那我就去了。

刘　氏　你看你这个样子，三天不梳头，四天不洗脸，就像个懒婆娘一样，哪看得一成呀。

李金莲　哪管他看得看不得，那我就是要去。

刘　氏　你要去，就得给你梳头、裹脚，等我拿东西来。（下取梳、布上）为娘给你梳头裹脚，待我梳起来呀！（一条龙。唱裹脚腔）叫了一声女，女儿你细听。三六九岁不裹脚，十七八岁才裹小脚，看你是个大脚婆。

李金莲　（接唱）叫了一声妈，母亲你细听。三六九岁不裹脚，十七八岁裹小脚，我实在痛得多。哎呀，妈妈！呀唉，我愿做个大脚婆。（白）我不裹了，裹起来好痛的。（撒娇，坐地上）害我都站不起来了。

刘　氏　啊呀！她撒我的娇，我哄她请隔壁毛姑妹来喊她抛石头子仔[3]，她一定起来的了。（背场，喊）哎！毛姑妹，你喊我金莲抛石子仔？

李金莲　（急起）在哪里？在哪里？

刘　氏　啊呀！你不晓得丑呀。好！拿你的行李雨伞出来，我们去吃酒去了。

李金莲　妈妈给我来拿。

刘　氏　好，我来拿，掩着那门。还要走起来呀。（一条龙。唱元宵腔）正月有个元宵节唷嗨，元宵节唷呀。

李金莲　（唱）正月什么是龙灯？

刘　氏　（唱）龙灯、龙灯，发笑一声，叫声女儿。

李金莲　（唱）发笑一声，叫声母亲。

刘　氏　（唱）女儿呀！

李金莲　（唱）母亲呀！正月有个元宵节唷嗨，元宵节唷呀。

刘　氏　（唱）正月什么是龙灯？

李金莲　（唱）龙灯、龙灯，发笑一声，叫声母亲。

刘　氏　（唱）发笑一声，叫声女儿。

李金莲　（唱）母亲呀！

刘　氏　（唱）女儿呀！（白）儿呀，来到三岔路口，你晓不晓得这三条路？

李金莲　我没晓得往哪里去。

刘　氏　这条就往田庄去，这条就往你姨妈家去，这条就往你婆家去，你走哪一条？

李金莲　（指往姨妈家的路）我往这条去。

刘　氏　唉，女儿呀！你还想往你姨妈家去？你往婆家去了。

李金莲　（哭）那我不去了。

刘　氏　不要乱讲，随为娘这里来呀。（硬拉金走。一条龙。唱数板头子）送女送到大路口，娘女二人说从头。当初你父主家事，大事小事他当头。谁知你父短阳寿，丢下为娘是女流。后来才嫁李三旺，母女同到他屋里头。刚刚生你两兄妹，生下你是一女流。耐烦将你来养大，才将八字发外头。张家八字合不起，李家八字不相投。八字送到胡家里，才与胡家配鸾俦[4]。为娘信了媒婆话，讲他屋里是高楼。丈夫实在生得丑，待人礼貌也不周。今日送你他家去，我女万事放温柔。早晨起来洗衣服，记得晒来记得收。我女若下灶门口，洗好碗筷扫灶头。闲来无事莫乱走，免得后生把你勾。后生家做事不怕丑，他开口同你讲风流。我女未上他的手，许了戒指又镯头。若还上了他的手，鳌鱼吞钓难脱钩。家公知道难顾丑，丈夫知道闹不休。若还丈夫脾气丑，必定打你用拳头。若还家公气不过，必定设计把你休。一人传到十人口，为娘见人就难抬头。莫学水过鸭背上，你将娘话记心头。手带我儿往前走，往前走来往前走，你莫啼哭泪双流。

李金莲 （接唱）妈妈送我大路口，女儿说来听从头。当初女儿还年幼，我娘从脚顾到头。我娘信了媒人哄，把我嫁到胡家屋里头。丈夫实在生得丑，家公好比一条牛。家婆生来脾气丑，每日打骂不停留。早晚洗衣我经手，又要晒来又要收。落雨要我把谷磨，天晴要我挖柴蔸[5]。天天做事不得空，早晨做到夜里头。那日家公街上走，大街买回猪板油。回家交到女儿手，顺手挂在钉上钩。黄犬扯去油半块，谁知扯到后头楼。家婆声声将我骂，又骂油罐不见油。又骂米缸不见米，口口声声赖我偷。女儿当天来赌咒，浑身打得血长流。这种家法实难受，你若要我他家去，我宁愿出外把道修，不然吊颈也甘休。娘女二人往前走，哭哭啼啼泪双流。

刘　氏 （接唱）送女送到大路上，为娘言来听端详。当初我女还年幼，年幼不懂那一行。若还你身不洁净，为娘与你来洗凉。一岁二岁出麻痘，又要熬肉来烩汤。若还我女拉了尿，为娘与你换衣裳。若还我女哭得累，叫人与儿来买糖。睡到半夜女发气，抱你床上望月光。耐耐烦烦哄你睡，为娘才得睡一场。耐烦将你来养大，养大成个女娇娘。又请王妈把媒做，将你八字发外方。四处八方合不就，才与胡家配成双。女儿生来鲜花样，可惜错配胡家郎。你说你的八字苦，有人比你苦更长。昔日有个秦始皇，无道君皇乱朝纲。家有三丁抽一口，家有五丁抽一双。别的圣旨它不到，到张圣旨要造万里城墙。范郎连夜来逃走，连夜走到孟家庄。孟家庄前无处躲，跳在水中把身藏。年年有个六月六，孟姜女[6]下塘去洗凉[7]。

丫鬟小姐齐下水，水中发现那范郎。小姐开口将他问，范郎一二说端详。小姐急忙穿衣裤，二人挽手见高堂。员外听他说得苦，才将女儿配成双。成亲未够三日上，差人就来拿范郎。范郎押解长城往，挑砖搬瓦好凄凉。读书之人受不得苦，谁知冻死在城墙。孟姜女每日把夫望，每日望夫泪汪汪。天热天冷不见面，不见丈夫转回乡。雪里她把寒衣送，亲到长城走一场。长城内外都走过，为何不见她夫郎。大哭三声惊天地，小哭三声倒城墙。城墙倒了八百里，尸首如山堆成行。太白星君亲下界，接引烈女认夫郎。口将十指来咬破，十指滴血认夫郎。若是亲夫粘得上，不是她亲夫血走光。她背骸骨还乡转，回家得见二爹娘。范郎二世还魂转，才与烈女配成双。我女要学前朝古，以免别人说短长。我女要学孟姜女，才得美名天下扬。手带我女往前闯，莫要啼哭泪汪汪。

李金莲　（接唱）妈妈送我大路上，母女哭得好凄凉。心里有如刀割样，好似乱箭射心肠。我娘养儿还年幼，女儿不懂那一行。亏得我娘耐烦养，养大女儿来嫁郎。指望嫁个好女婿，谁知嫁个蠢儿郎。好花插在牛粪上，生人埋在死人旁。他坐倒好像猴子样，站倒好像个鬼王。女儿不愿他家往，宁愿一死见阎王。今日你送我他家往，不是吊颈便悬梁。若要母女来相会，除非梦里会一场。每年若到七月半，望娘与我烧烧香。我口越说心越怅，女儿怎不泪汪汪。

刘　氏　（一条龙。接唱）送女送到大路里，为娘言来你听知。当初养儿是个女，为娘苦楚实惨凄。正二月怀胎娘不晓，三四月怀胎娘不知。家里没有米来煮，思想桃子李果吃。杨梅吃了无数个，李子吃了几帚箕。怀胎怀到五月里，为娘心里只是疑。左边身重是个仔，右边身重是女的。怀你两边一样重，为娘怕是双胞衣。怀胎怀到六月里，思想要吃活鲤鱼。家中又无钱来买，为娘心中暗悲啼。怀胎怀到七月里，走路不知高和低。为娘做事时常记，不知何日将儿离。怀胎怀到八月里，为娘搭信婆家知。为娘搭信婆家去，预备多买几笼鸡。怀胎怀到九月里，为娘心里很着急。为娘心里来算计，莫非我儿要出世。怀胎怀到十月里，为娘身体很吃力。牙齿咬得铁钉断，为娘双手去抓泥。你爹烧香又点烛，保佑我儿快下地。一个时辰生下地，你爹闻听笑嘻嘻。你爹以为是个仔，谁知养出是女的。那时你爹发了气，要盆冷水泡死你。我听你爹发脾气，我对你爹把话提。哪家生成来养仔，哪家生成养女的。你家生成要养仔，谁家生成配作妻。你爹顺了娘的意，洗起我儿才穿衣。一岁二岁出麻痘，为娘时时皱双眉。为娘又怕凉倒你，与儿多加几件衣。养女养到三六九，我儿才学上布机。养女养到十五岁，才把你八字发出去择婿。四处乡村都合不起，方才配到胡家儿。胡家娃仔生得丑，礼义廉耻全不知。为娘有话交代你，有本古人你听知。昔日有个崔氏女，她配买臣来为妻。她嫌买臣家贫苦，每日逼夫来休离。逼得买臣无路走，不得不写退婚书。买臣休了崔氏女，步步高升上云梯。他得严助来荐举，得了高官驷马车。皇上赐他三杯酒，打马上任到会稽。崔氏在街来讨米，扯住马头求回归。今日你高升得官做，崔氏仍求做你妻。那时买臣将她骂，骂声贱妇你听知。今日我高升得官做，你想回家已太迟。马前倒水你收起，收起覆水方可归。崔氏难收已覆水，死在大街变堆泥。我女莫学崔氏女，万古臭名天下知。手带我儿往前走，莫要啼哭泪长垂。

李金莲 （接唱）妈妈送我大路里，女儿言来你听知。你为何不养我是仔？谁知养我是女的。自从嫁到胡家去，操坏我娘的心机。家公事情他不理，家婆是个恶母鸡。女儿睡晏要早起，丈夫睡到日头西。若还家婆起来了，要我倒茶代穿衣。一天三餐吃好菜，没有好菜她不依。女儿做事有差错，不是棍打就脚踢。这种日子怎能过？我愿到庵堂去为尼。你若送我到他家里，宁愿割喉咬嘴皮。母女双双往前走，不由我放声泪悲啼。

刘　氏 （接唱）送女送到五里桥，为娘言来听根苗。当初你父死得早，犹如过河断了桥。为娘嫁到李家去，才与李家配鸾交。生你兄妹人两个，为娘时刻把心操。好容易养儿这样大，嫁与胡家配鸾交。开口你说要寻死，闭口你说往外逃。开口又说他家苦，又嫌家婆最唠叨。又嫌丈夫生得丑，又嫌丈夫无容貌。这些事情我不讲，讲个古人听根苗。唐王李旦[8]

把米讨，贫困遇到胡凤娇。凤娇嫁给唐李旦，誓死同生秉节操。李旦得志坐天下，后来得坐九龙朝。我女要学前朝古，免得为娘把气淘。手带我女往前跑，莫要哭啼泪号啕。

李金莲　（接唱）妈妈送我五里桥，女儿言来听根苗。我娘指望女儿好，谁知今天无下梢。扁担无钉没得靠，乌龟挂墙挂不牢。但愿丈夫早早死，免得你女受煎熬。若还丈夫他不死，女儿性命也难逃。闲言闲语懒得表，我宁愿讨米四路漂。哭得娘女珠泪掉，颗颗珠泪往下抛。（白）妈妈，来到此路口来了，你也不必再送了，你送也送不到我家里。

刘　氏　你拿着雨伞包袱，好生往男家去吧了。

李金莲　受女儿一拜。（一条龙。唱倒板桨）走上前来礼恭敬，拜别我娘养育恩。今日送我他家转，谁知送我枉死城。今生不能把恩报，来生犬马报娘恩。拜别母亲往前进，哭哭啼啼往前行。（下）

刘　氏　（接唱）一见我儿往前进，有如开弓箭离弦。只愿我儿他家转，免得她家婆来讨嫌。低头含泪回家返，思想女儿泪涟涟。（下）

第五场

李光保　（起点。大跳台上，念）头戴金盔战袍红，身穿铠甲响玲珑。一身打扮谁能比？压赛天神下九重。（白）俺，李光保。昔日经黄草山路过，老寨主将我劫上山来，他叫我做一个小小的寨主。现在老寨主不幸归天，山寨大事付与我执掌。山上已无粮草，不免带领喽啰下山抢劫，岂不是好？众喽啰，人马可齐备？

众喽啰　（上）齐备多时。

李光保　来呀！兵发下山。（牌子）来呀，来此高坡，登高一望。

李金莲　（一条龙。上，唱急腔）急急忙忙往前闯，生死婆家走一场。观看天色将要晚，不觉来到此山岗。

李光保　来呀，将她掳上山去。

[喽把金背走，圆场到山，放下。

李光保　将此女子身上搜来，有无金银财宝。

众喽啰　没有金银财宝，只有浆洗的衣裳。

李光保　（背台）她没有金银财宝也罢，观见此女子长得眉清目秀，待我收她做个压寨夫人，岂不是好？（转向金）小女子，我有意收你在山岗上做个压寨夫人，你可愿意？

李金莲　好便是好，只因我娘送我到男家去，路经此地，你将我掳劫上山，你也得等候我几日，再来成亲。

李光保　啊，怎不抬头？

李金莲　有罪，不敢抬头。

李光保　恕你无罪，抬起头来。

[金抬头。

李光保　呀！你敢不是金莲妹妹？

李金莲　你敢不是光保哥哥？

李光保　贤妹呀！

李金莲　哥哥呀！

[哭相思。光、金相会同坐。

李金莲　哥哥，你为何上山做了寨主？

李光保　贤妹哪里知道，我往书房读书，路过这黄草山，老寨主将我掳上山来，收我为螟蛉之子⑨，封我做小寨主，执掌山寨大事。今日山上无粮，前去掳劫，将贤妹掳劫上山，来日我送你下山，与爹娘相会。后帐备宴，请！

[众人同下。

第六场

胡老七　（小点上）前几天我要李三旺把女儿送来，为何几天都不送来？

今日我再去喊他送来。你妈看守家里，我去找媳妇去了。

张　氏　（内白）晓得，你要早去早回。

胡老七　（一条龙。唱路腔）想着媳妇常挂心，一天到夜不安宁。我三步拿来两步走，两步拿来一步行。三十五里桃花店，四十五里杏花村。（下）

李三旺　（一条龙上。肩上扛着刮子，唱路腔）急急忙忙往前进，不觉来到是田庄。那条大路人来往，只见一人走慌忙。

［旺、胡又碰了一个满怀。

李三旺　呸！是哪个？

胡老七　（转脸看）喔，是老亲。

李三旺　对不起！

［旺、胡同在树下抽旱烟。

胡老七　老亲，我喊你送我那媳妇仔，怎么你不送呀？

李三旺　呸啾！你放屁！我回去喊我老婆送去了。

胡老七　你莫要乱讲，哪里送了？亲家，我晓得了，今年田里遭旱，你没钱用，你想把你那女妹仔卖去是不是呀？

李三旺　你莫乱讲冤枉话，你讲起来，我的气就来了，我要打你。

胡老七　你要打我？我还怕你？

李三旺　我晓得了，你做生意亏了本，你想把我的女仔拿去卖，是不是？我打你。

胡老七　要打就动手。

［旺、胡扭打，乱锣鼓点。

胡老七　我打你不过，我回去搬我老婆来。

李三旺　你回去搬你老婆来，我也回去搬我老婆来。（下）

胡老七　（唱急腔）急急忙忙往家奔，要转回家报事因。三步拿来两步走，两步拿来一步行。事情古怪心又急，不觉行到自家门。老婆开门！

张　氏　（上，开门）为何这等样子？

胡老七　你还讲这等样子，老子为你和李三旺打了一架。

张　氏　为什么要打架？

胡老七　为什么要打呀？我叫他送我们媳妇回来，他不送倒还罢了，反问我要他的女儿，他说我把他的女仔拿去卖了，你说打不打？

张　氏　那打得好。你和他打架，打输了，还是打赢了？

胡老七　你讲打输了还是打赢了？我打在地下。

张　氏　那你打输了。

胡老七　我打输了，回来搬你去打。

张　氏　那就去嘛。慢着，等我拿个钻子先，我要打不过他，我就这样一钻。（向胡身上一钻）

胡老七　啊唷！你钻我？如此就走呀，大家都走呀！

胡老七、张氏　（一条龙。唱急腔）急急忙忙往前走，要往李家走一程。今日前去打一架，恐怕这回打死人。（下）

李三旺　（一条龙上，唱急腔）两脚走路不留停，要往家中说奇闻。胡老七和我打了架，他要回家去搬人。我今两脚来得快，叫声老婆快开门。（急叫）老婆快开门来！

刘　氏　（内白）来了！（上，念）外头叫得慌，我今来得忙。打开门来看，丈夫转家堂。

李三旺　（拿刮子打刘）喊你送女儿回去，你不送，害我受别人闲话。

刘　氏　呸哦！你闯着鬼了，我亲自送到对面山岭背后，我才回来的。

李三旺　胡老七讲没有送去，老子和他打了一架。他打不过我，说要回家搬他的老婆来打，我也回来搬你去，和他打一架。

李三旺、刘氏　如此就走吧。

刘　氏　慢点，等我带个夹子去，如若打不过他，我就这样一夹。（夹旺）

李三旺　啊唷！你夹我做什么？

刘　氏　我是打比[10]的。

李三旺　如此就走吧。

李三旺、刘氏　（唱急腔）急急忙忙往前走，一心要赶到凉亭。三步拿来两步走，两步拿来一步行。举目抬头来观望，不觉凉亭面前存。（白）我们在此等他。

［胡和张急上。

李三旺、刘氏　你来了。

［李、胡要想打架。

刘　氏、张氏　（上前阻拦）慢点动手打，讲个礼性先。

李三旺、胡老七　亲家母有礼！

刘　氏　亲家母，我的女儿，前几日我送了出来的。

张　氏　（将脸扭在一边，不理睬）嘿！你们今年受了旱，没得钱用，将你女儿卖了，前去换钱来用，是也不是？

刘　氏　呸啾！你这婊子婆，你讲出这样话来，想必是你做生意亏了本，将我女儿卖了。

张　氏　你敢和老娘来打架？

刘　氏　老娘何惧于你，要打就打嘛。

［张、刘互打。乱锣鼓。

张氏、刘氏　我不和你打，我要和你拼命。（扭作一团，拉下场去）

李三旺、胡老七　老婆呀，不要去死呀……

胡老七　我要告你。

李三旺　要去大家去。

［众人同下。

第七场

县　官　（狗咬羊。上，念）　老爷本姓李，清官清到底。要钱不要米，要米挑不起，要钱放在荷包里。（坐，白）下官马衣县县令，三日一期放告。今乃放告日期，正好坐堂理事。来呀，伺候！

衙　役　（上）嗬……嗬……

李三旺、胡老七　（到衙门，喊）告状。

衙　役　候着。（入）启禀大老爷，有人告状。

县　官　有人讨账，我还不走？

衙　役　不是的，乃是有人告状。

县　官　喔，那就叫，他报他娘的肠子、肚子，报了进来。

衙　役　外面告状人，报名而进。

李三旺、胡老七　（报）李三旺报、胡老七报。（白）跪见大老爷。

县　官　左边的叫何名字？

李三旺　我叫李三旺。

县　官　喔，你输我三万了。

李三旺　我名字叫作李三旺。

县　官　右边的那个叫什么名字？

胡老七　我叫胡老七。

县　官　你输我个鸡。

胡老七　我叫胡老七。

县　官　哪个讲先？

［李、胡争讲。

县　官　左边的先讲、右边的后讲。

李三旺　那日他来喊我女儿回去，我就叫我的老婆送了回去，他今天还问我要人。大老爷，你看是他有理，还是我有理？

县　官　胡老七，你没得理。别个把他的女仔送到你的家里，你说没送，没有理。

胡老七　大老爷，我喊他送女仔，他还未送来，他倒问我要人，我要问他要个媳妇。大老爷，你看，他有理还是我有理？

县　官　（支支吾吾的）喔……这个……

［胡做手势，官下位。

胡老七　（向官）唏……唏……大老爷，你讲我有理，我许点东西。

县　官　（走近一步）你许我什么东西？

胡老七　我家里死的一条牛，腊起的牛尾巴给你送酒。

县　官　那我讲你有理。（返座、拍桌）李三旺，你没得理。

李三旺　（也用手势叫官下，拉官背台）大老爷，你讲我有理，我许点东西给你。

县　官　你许我什么东西？

李三旺　我那晚夜打得一个大老鼠，我把它腊干了，我送给你一个老鼠尾巴送酒，很脆的，好吃。

县　官　（复位）胡老七，你没得理。

胡老七　（又用前法拉向官，背台）那天麻雀来吃我的谷子，我把它们打死了，腊起来，顶好吃的，给你送酒。

县　官　（复位）李三旺，你没得理。

李三旺　（也用前法拉向官，背台）我家死了一个发瘟鸡，我把它腊起来的，我送给你送酒。

县　官　（复位）我讲你有理。（转脸）胡老七，你有理。李三旺，你也有理。

胡老七、李三旺　到底是哪个没有理？

县　官　就是大老爷没有理。

胡老七、李三旺　就是大老爷没有理！（急把县官的帽子、衣服、靴子都脱掉）

县　官　（狼狈）好蛮的百姓。（下）

李三旺　老亲，我们打个和气官司，大老爷也断不下，你我二人到外面去慢慢寻找。

胡老七　好吧，那我二人就走呀！

胡老七、李三旺　（唱路腔）急急忙忙往前走，要往外面来找寻。若还找得媳妇（女儿）到，你我不必再挂心。（下）

第八场

李光保　（大击头。上）大丈夫成家容易，奇男子立志何难？我，李光保。我接妹妹上山已有三日了，还未曾把她送下山去。今日不免将她送回家去，免得爹娘挂心，岂不是好？贤妹哪里？走来。

李金莲　（上）来了，兄长在上，妹子有礼。

李光保　不消，一旁坐下。

李金莲　兄长叫我出来何事？

李光保　贤妹，你哪曾知道，你上山三日，未曾送你回去，今日要送到婆家前去。

李金莲　唉！哥哥，要是回娘家我就愿意去，要是回婆家，我就不愿意去了。

李光保　不要嫌弃你的丈夫，为兄送你回去，谅他不敢责打你的，好好下面把行李拿出来。

［金下，取行李上。

李光保　（唱四平腔）离了山岗往前行，愚兄送你回家门。奉劝贤妹要改性，做事还要有耐心。夫妻公婆要和气，莫拿丈夫来看轻。公公婆婆要孝顺，莫做那忤逆[11]不孝人。中途言语劝不尽，妹妹牢牢记在心。（卖腔。白）来此凉亭，坐下一息。

李三旺、胡老七　（急上，唱急腔）急急忙忙往前闯，不觉又到这凉亭。

［旺、胡见金，旺上拉金、光。父子相会。

李光保　（唱哭相思腔）自从那年分别后，可喜今朝又相逢。（挥泪）

李三旺　光保儿，你这几年哪里去了？

李光保　爹爹呀，你哪曾知道，那一日经过黄草山脚，大王将我劫上山去，收我做螟蛉之子，封为小寨主。大王不幸早丧，山岗大事给我执掌。谁知妹妹前天经过山岗，将她掳劫上山，我今日送她下山前来，亲家爷带她回去，你劝亲家娘不要打骂，若是下次再打骂，我决不容你们！

胡老七　是，从今以后，我们待她如亲生一般。你何不回家侍奉你的爹娘，在山岗也是不能得久的。

李光保　是，我转回山岗，将喽啰们散回家乡，我也回家勤耕苦种度日。

李三旺　我儿早早下山就是好的。

李光保、李三旺　如此请!

[众人同下。

（剧终）

【注释】

① 老亲：指儿女亲家。

② 透一下凉：乘一下凉。

③ 抛石头子仔：桂林女孩子玩的一种抛掷小石子的游戏。

④ 鸾俦：比喻夫妻。

⑤ 柴蔸：树根。桂林话。

⑥ 孟姜女：中国民间传说人物。孟姜女哭长城是汉族民间爱情传说之一。相传秦始皇建长城时，新婚三天的青年范喜良被迫离开妻子孟姜女去修筑长城，不久因饥寒劳累而死，尸骨被埋在长城墙下。孟姜女历尽艰辛，万里寻夫来到长城边，得到的却是丈夫死亡的噩耗。她痛哭城下，十日十夜不止，这段长城就此坍塌，露出范喜良尸骸，孟姜女安葬范喜良后于绝望之中投海而亡。

⑦ 洗凉：洗澡。

⑧ 唐王李旦：唐睿宗李旦。民间传说唐高宗驾崩时，皇后武氏乘机篡位，改唐为周，唐室宗亲，诸多被杀。一日早朝，武氏获知李旦躲藏于江夏王府内，立即派兵前往搜捕。李旦得讯逃脱，漂流四方，沦落为丐，被通州富商胡发收为家奴。胡有侄女凤娇，天资聪慧，随寡母来依叔父，与李旦患难相处，终为知己。

⑨ 螟蛉之子：养子；过继的儿子。即所谓干儿子、干女儿，与收养人无血亲的后嗣。螟蛉，螟蛾的幼虫。蜾蠃常捉螟蛉入窝用来喂自己的幼虫，古人误以为蜾蠃养螟蛉为己子。据此，后人将被人收养的义子称为螟蛉之子。

⑩ 打比：打比方。

⑪ 忤逆：指冒犯、违抗之意。

【剧情简介】

李三旺之女金莲配与胡老七之子为妻，金莲嫌丈夫愚蠢丑陋，留娘家不返。胡催李将媳送回，李命妻送女，李妻行至黄草山脚而归。不料女被其兄光保掳劫上山。原来李光保被老寨主劫到山中收为义子，寨主死后，光保继统其众。此时兄妹相见，十分意外。但胡见媳未归，又去催送，两老亲途中相遇，始知金莲失踪，彼此怀疑对方有诈，互殴告官，亦无结果，只好同往寻找。途中恰遇光保送妹到来，误会乃释。

【简评】

此剧无论是从剧名，还是从内容来看，似乎都是在述说两个家庭的儿女琐事。但是故事的表层一经剥开，暴露出社会的诸多弊病，突出的有以下两个方面。

一是封建制度的陈腐观念，严重影响人们的自觉行为。面对饱受委屈、不满包办婚姻的女儿，亲生母亲与兄长不仅不同情，反而不厌其烦、反反复复、苦口婆心地劝导她要孝顺公婆、伺候丈夫、忍气吞声、息事宁人。并引经据典，用覆水难收、李旦凤娇等故事作为前车之鉴，混淆患难之交、相依相守爱情与生拉硬配、逆来顺受婚姻的区别。其哀甚于金莲的不幸婚姻；其悲超过母泣送女的离别。

二是官场贪婪成风，权力成为敛财的一种工具。剧中县官上场自报家门“老爷本姓李，清官清到底。要钱不要米，要米挑不起，要钱放在荷包里”，贪官的形象被刻画得惟妙惟肖、入木三分。此外，还通过县官断案受贿，因蝇头微利而判定是非，忽左忽右的过程来剥下官员的华丽外衣，露出其贪腐无能的本质。可以说这是“衙门八字朝南开，有理无钱莫进来”的舞台再现。

此剧由林瑞甫发掘、吕吉记录保存。

赵毛狗行善

剧中人物

⊙赵毛狗（行当：丑，简称：狗）
⊙王忠玉（行当：小生，简称：王）
⊙家院（行当：丑，简称：家）
⊙小子（行当：丑，简称：小）
⊙赵苏梅（行当：小生，简称：梅）
⊙赵妻（行当：正旦，简称：妻）
⊙刘元富（行当：净，简称：刘）
⊙丫鬟（行当：花旦，简称：丫）
⊙林秀英（行当：花旦，简称：林）
⊙何胡子（行当：丑，简称：何）
⊙门子（行当：丑，简称：门）
⊙李元才（行当：丑，简称：李）
⊙王伯爷（行当：正生，简称：爷）

第一场

王忠玉　（上）家藏书万卷，席上酒盈樽。（坐）读书需用心，莫负好光阴。文章皆有价，字字值千金。小生王忠玉。父母双亡，丢下一份家财，无人执掌。外面账目甚多，不免叫得家院出来，一同前去讨账，岂不是好？家院哪里？走来。

家　院　（上）相公叫一声，一定有事情。相公在上，奴才有礼。

王忠玉　不用见礼，一旁站下。

家　院　奴才从命。请问相公，叫得奴才出来，哪里走动？

王忠玉　叫你出来，非为别事，只因外面欠账甚多，无人催讨，叫你出来，你我主仆二人出外收讨债款。

家　院　奴才从命。

王忠玉　从命就是好的，下面收拾包袱行李，再带上良马一匹。

家　院　是，相公暂待。（下，复上）请相公上马。

王忠玉　马来。（唱）将身上了马鞍镫，主仆双双往外行。只为外面欠我账，无人催讨账不清。家院引路往前进，要到东庄看情形。

［王、家同下。

第二场

赵毛狗　（上）日讨千家米，晚宿古庙亭。不犯朝廷法，到处好安身。我，赵毛狗，爹娘生我一人。爹娘去世得早，丢下一份财产。又谁知我赵毛狗时运不济，搞得狼狼狈狈，如今落在乞讨之中，下无立身之地，上无片瓦遮头，这且不言。想我闻听人说，林家小姐抛球招赘，我想前去抢一抢球。想昔日有一薛平贵，他也是化郎，后来王宝钏抛打绣球，那绣球打中了他。哎，他就得了一个好姑娘。想我赵毛狗学一学前朝的古人前去抢球，倘若那绣球打中我赵毛狗，那么我也得一个好姑娘，又得做一个员外的女婿，那才爽呵。（笑）要得要得。待我收拾我的行李，拿起我这赶狗棍子呀，背起我这个龙口子①呀，少陪这个哑巴子呀。菩萨就是哑巴子，离了这个古亭子②，我就还要走，我要走起来吔。（唱化子腔）将身离了古庙

亭，急急忙忙往前奔。林家小姐生得好，我想与她结成婚。想起抢球走得快，不觉望见林家门。（下）

第三场

何胡子　（上，念）七十八十不为老，九十一百才是老人家。豆腐打汤扎牙齿，请人抬轿去探花。（白）我，何胡子。今年七十八岁了，还未曾讨老婆，是个红花仔。想我闻听人说，林家小姐抛球招亲，我不免前去抢一抢球。若是那绣球打中了我何胡子，那时我不是员外的女婿了吗？岂不是得了一个美貌年轻的老婆了吗？说得在理，离了我的门前，我到林家抢一抢绣球去，走起来呀！（唱）老汉生来七十八，没有爹来没有妈。上无兄来下无弟，家中又未讨结发。林家小姐令人想，抢得绣球我讨她。（下）

李元才（上）点点翠、翠点点，花街柳巷我为先，不怕她是贞节女，见了咱家也动心。我，李元才。每日都在学堂攻书，今天子曰，明天也子曰。闻听人说，林家小姐抛球招赘，我不免前去抢一抢球。若是抢得绣球，那我不是得个好老婆了吗？此话说得在理，离了书房门前，我急忙走起来呀。（唱）我在书房读五经，朋友说得乱纷纷。他说今日有桩事，林家小姐要招亲。急急忙忙把路赶，一心只想要美人。（下）

第四场

王忠玉　（上）家财有万贯，时刻挂心肠。小生王忠玉。我与家院出外收讨账目，银子也收得三百余两，不免叫得家院出来，回家前去，岂不是好？家院哪里？走来。

家　院　（上）来了！有福之人人侍奉，我是无福侍奉人。见过相公，有礼。

王忠玉　不用讲礼，一旁站下。

家　院　谢过相公，请问相公，叫得奴才出来，有何话说？

王忠玉　叫你出来，非为别事，你我主仆出来收讨账目，已收得三百两银子，总算收清，我们如今可以回去了。你说好不好呀？

家　院　好！我去将银子包袱拿了上来。（下，复上）相公，银子包袱齐备。

王忠玉　家院，相公闻听人说，林家有一小姐，今日抛球招赘。

家　院　抛球招赘呀，什么叫作抛球招赘？我一点都不懂，请相公讲给我听。

王忠玉　你不懂呀，相公解释你听。抛球招赘，就是那绣球打中哪个，那小姐就嫁给哪个。

家　院　呵，原来这样。相公，若还我拾得绣球，那小姐嫁不嫁我？

王忠玉　蠢奴才，你若有造化抢得绣球，她哪有不嫁你的道理？

家　院　哎呀！那才好呵。我们大家去抢一抢吧，得一个好老婆。来来来，请相公快上马。

王忠玉　来，马来。（唱）坐在雕鞍把话讲，小子一旁听端详。主仆一齐把路上，林家府上走一场。林家小姐生得好，抛打绣球选才郎。若是去把绣球抢，你得了老婆配成双。举目抬头来观看，前面不远是林家庄。

［王、家同下。

第五场

门　子　（上）奉了员外命，做事要小心。小姐招亲配，命我守府门。我，门子。今日小姐抛球招赘，命我在头门挂号，挂了号才许进去抢球。待我转过头门。来此头门，我就在此看守。小子哪里？拿文房四宝来。

小　子　（上）来了，看门先生，打叫何事？

门　子　叫你出来，非为别事，你还不知道吗，今天八月十五，小姐抛球选郎，你我一齐在此等候。

小　子　呵，还有什么吩咐？

门　子　给我拿纸笔墨上来。传话出去，有人前来抢球，须先来挂号。我们员外说道，抢球者二十五岁以下，十八岁以上。年纪大的不要，不准挂号。瞎眼跛足、生疮生癞的，一律不准挂号。

小　子　呵，待我传话。下面听着，有什么王孙公子、举贡生员来此抢球，赶快前去挂号。瞎眼跛足、生疮生癞的，不准挂号！要来就快来！

李元才　（上）来了来了！挂号挂号！

门　子　你多大年纪？

李元才　二十二岁。

门　子　二十二岁，叫什么名字呀？

李元才　李元才。

门　子　李元才，等候一时。

赵毛狗　（上）挂号挂号。

门　子　你也来挂号？你叫什么名字？

赵毛狗　我名叫赵毛狗。

门　子　赵毛狗，多大年纪？

赵毛狗　二十五岁。

门　子　（望）怕不止吧？

赵毛狗　不止？那又有几多呢？

门　子　好！就准你二十五岁，府门等候。

王忠玉、家院　（上）挂号挂号！

门　子　多大年纪？

王忠玉　二十四岁。

家　院　我十八岁。

门　子　你二十四岁，你十八岁，叫什么名字？

王忠玉　我叫王忠玉。

家　院　我叫王大懒。

门　子　王忠玉、王大懒，府门等候。

［何上。

门　子　哎！你年纪太大了，不挂。

何胡子　我年纪不为大呀。

门　子　你还说你年纪不大，须发都白了啦。

何胡子　我头发白是胎中白。

门　子　胎中白？你看你，牙齿都缺了。

何胡子　我牙齿不是缺的，我是换奶齿的。

门　子　那你的脸都皱了。

何胡子　我这脸是风吹皱的。

门　子　风吹皱的？那你究竟多大年纪？

何胡子　我今年才十八岁。

门　子　你不止十八岁。

何胡子　是的，我不止十八岁，我乃是七十八岁。我把那六十甲子丢了去，不要六十，不是刚刚还有十八岁吗？

门　子　岂有此理！这六十甲子哪能丢得去的，老了就是老了，你还充什么后生？不得挂号的，你赶快走吧！

何胡子　呵！我赶快走？他嫌我老呵。（想）呵，有了，那旁有剃头铺，老子把胡子头发一起剃光去，他不是看不出来了？哎，就是这个主意。（下，复上）挂号挂号。

门　子　你不是刚才那个吗？

何胡子　乱讲，我不曾来过的。

门　子　你未曾来过呀，先前那个七十八岁的，不就是你吗？

何胡子　哎，你看错人了。你看我这个样子就有七十八岁？

门　子　那你多大年纪？

何胡子　我十八岁。

门　子　咦？你十八岁呀？

何胡子　不是十八岁，那是几多？你讲你讲。

门　子　好好！准了你，府门等候。

何胡子　是。（下）

［门下。

第六场

林秀英　（内唱起板）八月中秋抛球。（一条龙。上，唱）奴家生来秉性强，抛打绣球选才郎。叫丫鬟把彩楼上，又听得门外闹洋洋。叫丫鬟绣球忙举上，看一看这球打中哪家郎？

丫　鬟　（上）抛球要小心，来来来，抛起来呀。

［众人上抢球。

林秀英　（唱雪花满地飘腔）飘来飘去三尺三寸高，飘一个玉美人怀中来搂抱。（重句）好一朵鲜花，好一朵鲜花，满园花开赛不过它。奴想采朵来戴，赛过南海观音活菩萨。（重句）好一朵茉莉花，好一朵茉莉花，满园花开赛不过它。奴想采朵戴，又怕看花人来骂。（重句）

［王、家上。家将包袱放下抢球，抢球结束。

王忠玉　家院，我们回去了，快与我带马来。

家　院　是！（带马后与王齐下，忘拿回包袱）

［众人下。林、丫同下。

赵毛狗　（两边望，见包袱）哎呀！这里怎么有个包袱？是谁人掉落的？怎么不带起走？我捡起来看看，里面有什么东西？（看）呵，内面有这么多银子呀。我来看看有多少，一百、二百、三百，有三百两银子。哎呀！这个人来抢球，也真大意了，给我赵毛狗捡得。我虽然是个乞食的化郎，这些横财我就不敢要。我怎么不敢要呢？想我赵毛狗当初有两个钱的时候，今天病明天病，床头有一吊，床底就有鬼叫。好，用完两个钱，病也没有了，也得逍遥快乐了。我这个人生成是土地，受不得大元宝。给我捡得这么多的银子，我不又会生病吗？我不要它。我来看看是哪个的，转还给他。哎，你们哪个掉落这个包袱？内面有银子，你们来要去呀。呵，喂！这是哪个掉落的包袱？内面有银子，你们来要回去呀。呵，哎呀！（两边叫喊）没人作声，也没人答应，这又怎么办呢？呵，有了，我还是不要，我暂时放在身边。若是那个失掉银子的，来找着我，我就交回给他。呵，我只顾在这里讲这银子，先前我在这里抢绣球的时候，那林小姐看上了我，她尽和我笑。她想抛那绣球给我，人又多，又怕我得不到，她尽和我扯眉眼。（笑）咦！她想我，她才讲不出口呵。好了，莫讲了，我赶快到林府门前接亲去吧！待我紧走几步。（下）

第七场

［王、家同上。

王忠玉　行来不觉远，转眼到家门。待我下马来。家院，将牲口带了下去。

家　院　呵，奴才从命！（下，复上）相公请茶。

王忠玉　（接茶）家院，你我主仆前去收账，收得了三百两银子，你与相公拿了上来，交与账房先生。

家　院　（摸身上不见包袱，惊）哎呀！这包袱又怎么不见了呀？这又怎么得了呀？（跪下）哎呀，相公，不好了！

王忠玉　怎么不好？你跪在此地干什么？

家　院　哎呀！相公，你要奴才哭了才讲，还是讲了才哭？

王忠玉　讲罢再哭。

家　院　呵，讲罢再哭。哎呀！相公，想你我主仆前去抢球，我背着银子不好抢球，便将包袱放下。谁知抢球以后，相公就叫我走，我就走了。放下的包袱，我就未有想起。回家前来，相公问我要这个包袱，这一回我又怎么赔得起呢？相公，这是奴才该死了！

王忠玉　你这奴才，你丢掉我的银子。哎！真正气死我呀！（唱）开言便把奴才骂，骂声奴才不小心。贪玩好耍容得你，纹银丢掉怎容情？越说越想心头恨，太阳头上火一盆。拿起家法将你打，打死奴才气难平。（打家）

家　院　哎哟！相公呀！（唱）走上前来忙跪定，哀求相公念旧情。千错万错是我错，丢掉相公三百银。相公不必来拷打，饶恕小人命残生。

王忠玉　好！你这奴才，你这样不小心，相公也不打你，我要个把戏给你看。

家　院　要什么把戏？

王忠玉　要什么把戏呀？我拿绳子来绹起你。（绑家）

家　院　（哭）哎呀！相公呀，请你饶恕我呀，饶过我这一回嘛！

王忠玉　你这奴才与我滚出去。（推家出门）你这奴才找得我三百银子，你就回来。找不到那三百银子，你就和我死了去，总总莫回来。（下）

家　院　（哭）哎，不好呀！（唱哭腔）院子生来命运差，没有爹来没有妈。每日王府把工打，丢掉了银子泪巴巴。这件事情真真大，害得我不能回王家。含悲忍泪把路上，叫我哪里去找它？

赵毛狗　（上，碰家）嗨，你这个家伙乱撞乱撞，闭倒眼睛不看，你撞啰。

家　院　哎呀，我怕是哪个，原来是一个化郎哥哥。化郎哥哥，请你帮我解脱。

赵毛狗　帮你解脱呀，你犯什么法？挨绹起来呀？你一定是不做好人，偷人家的东西，挨别人绹起，是不是？

家　院　我并不是偷人家的东西。

赵毛狗　你不偷人家的东西，怎么又挨绹起来呢？你讲。

家　院　化郎哥哥，我不说你哪里知道。我乃是王相公的家人，与他出外收讨账目，收得了银子三百两。

赵毛狗　收得银子三百两，又便怎样？

家　院　想我与我家王相公去林府门前抢绣球，背着三百两银子不好抢，我将银子包袱放在地下，我就前去抢球。谁知我不小心，我相公喊我走，我就走了，包袱也不记得要了。后来回到家中，相公问我要银子，我就拿不出了。我丢掉了这三百两银子，我家相公要我赔，我也赔不起。他将我来拷打一番，用绳子绹起我来，把我推了出来。他说道，我找还三百两银子，就准我回去。找不到这三百银子，我就死在外面，总总莫回去。这一回你叫我怎么办啦？哎呀！大哥，救命哪！（哭）

赵毛狗　莫哭，我怕你讲的什么，丢掉三百银子又算什么？好，我帮你解脱。你这个东西，这样不小心，我捡得一个包袱，内面有银子，你看是不是？

家　院　呵！你捡得一个包袱，你拿来给我看看。

赵毛狗　你看嘛，就是这个。

家　院　是啦，这个包袱正是我丢掉的。

赵毛狗　是你丢掉的？慢着，你讲是你丢掉的，你讲内面有多少银子？

家　院　我讲得对，里面有三百两银子。

赵毛狗　有三百两银子，还有什么东西没有？

家　院　还有账簿一本，洗浆衣服两套。

赵毛狗　呵，果然不错！你讲得对。

家　院　请问你这位大哥姓甚名谁？

赵毛狗　你若问我的名字，我叫赵毛狗。

家　院　哎呀，赵毛狗哥哥，请你还给我好不好？

赵毛狗　还给你呀？问你下次还这样大意未有？全靠是我赵毛狗捡得，若是别人捡得也不会还你了。我不要，还给你。

家　院　（跪下）谢过赵毛狗哥哥，你是我一个大大的恩人，我决不会忘记你。

赵毛狗　好，起来吧！我送你回去，前面引路。

家　院　赵毛狗哥哥，请你随我来呀！（唱）站在路旁把话论，毛狗哥哥你细听。多得你今天搭救我，不然我有命活不成。日后我小子有好处，把你的大名记在心。多得你今天搭救我，你是我的大恩人。谈谈讲讲来得快，不觉来此是府门。

赵毛狗　为何停步不走？

家　院　到了。

赵毛狗　倒了就打转。

家　院　哎，不是的，到了府门。

赵毛狗　呵！到了你的府门。好！叫你公子出来吧。

家　院　有请相公。

王忠玉　（上）家院不小心，掉了我的银。你回来了？

家　院　回来了。见过相公有礼。

王忠玉　你找得我的银子未有？

家　院　找得了，相公。

王忠玉　找得了？怎样找得的？

家　院　相公，你将我捆绑推出外面，我撞着一位化郎，名叫赵毛狗，是他捡得我的银子。

王忠玉　化郎捡得你的银子，他还肯还回给你？

家　院　相公，那位化郎他捡得这银子，他愿还我，他一两都不要。

王忠玉　呵，有这样好的一个人，和我请他进来吧。

家　院　是！赵毛狗哥哥，我们公子有请。

赵毛狗　我怕你不出来，那我就走了。

家　院　哎，你莫走呵。你走我就死得成了，请进吧！

赵毛狗　上面坐的敢莫是公子？化郎见上一礼。

王忠玉　不用见礼，小子看个座位。

赵毛狗　相公在此，哪有我化郎的座位？

王忠玉　有话叙谈，哪有不坐之理？

赵毛狗　如此谢过公子的座位。

王忠玉　请问你这位化郎，姓甚名谁？

赵毛狗　我名叫赵毛狗。

王忠玉　赵毛狗就是你？

赵毛狗　是。

王忠玉　我的家人说道，是你捡得我的包袱，内面有三百两银子，是也不是？

赵毛狗　不错的，正是小人捡得。请相公看看，是也不是？

王忠玉　（接包袱）果然不错，这包袱正是我的。

赵毛狗　好，既然是相公的，我退还给你。

王忠玉　呵！若是退还我吗，赵毛狗哥哥，我来问你，你捡得三百两银子不要，是什么原因？请说说我听。

赵毛狗　王相公哪曾知道，想我赵毛狗自幼爹娘养我成人，是受不得钱财的，我生成是一个叫化命，我床头有一吊，床底就有鬼叫。想我当初有一份家财，今天病、明天病，后来把一份家财搞完了，病也就好了。如今天天出外求食叫化，百病消除。因此，我就不要钱财。

王忠玉　呵，原来是这样的。你拾得银子不要，乃是大大的一个好人。现在我把银子送给你，你拿回去安家吧。

赵毛狗　哎，不不不，我不敢要。

王忠玉　你当真不要？好，你实在不要，我也不要。我见你是个善良的化子，有钱没有地方放，恐怕失掉，那这项银子，就存在我府中，你几时用得着，就来取用吧。

赵毛狗　好，相公，放在你府中也好，若是我在外面遇有什么人落难，我就拿来周济于他。

王忠玉　好！任由你怎样做法都好。银子放在我府中，你要用来拿就是了。

赵毛狗　是，我少陪相公了。

王忠玉　请少坐，莫急走，我叫小子弄点酒菜，你我欢饮几杯。慢慢才走，好不好？

赵毛狗　哎，不要了，改日再喝，我还有别的要事。

王忠玉　你实在不喝，那就随你。小子，送赵毛狗哥哥出府。

家　院　是。

赵毛狗　哎，莫要讲礼性。相公你请坐。

王忠玉　如此你好走。（下）

家　院　送过恩人。

赵毛狗　好！莫要送了。你回去侍奉公子，下次做事要小心。

家　院　是，你好走！

赵毛狗　不要讲礼性。

家　院　你好走。（下）

赵毛狗　哎呀，我本来想去林府招亲的，哪知硬有这么多事情，把我耽误了。我闲言少说，我还要到林府去走一转呀！（唱流水腔）急急忙忙把路赶，赶到林府去成亲。心中欢喜走得快，不觉来到林府门。（白）你看，来此已是林府门，待我打叫一声，府门哪位在？

丫　鬟　（上）来了！门楼砌得矮，不许乱人踩。若是哪个踩，我打他变蚂蚂。

赵毛狗　哎，打你娘的蚂蚂、打你爹的蚂蚂。你有这样大的蚂蚂，你还不拿去换糖吃？

丫　鬟　呵！原来是一位化郎哥哥。

赵毛狗　是啦，不错啦。

丫　鬟　你来我林府有什么好事？是不是来讨米的？

赵毛狗　我不是来讨米的。

丫　鬟　你不是来讨米，你来有什么好事？你讲，你快快讲吧，不然我就走了。

赵毛狗　哎，慢着慢着。丫鬟姐，昨日你家小姐是不是抛球招赘呀？

丫　鬟　哎，不错的。昨天我家小姐正是抛球选郎的。

赵毛狗　对啦，我昨日也是来抢球。

丫　鬟　呵！昨天你也来抢球？不错，我在彩楼上好像也看过你嘛。

赵毛狗　你看见我？我尽是注意你家小姐，你家小姐尽和我扯眉眼。我看她一定看上了我，是不是？丫鬟姐。

丫　鬟　哎，不错，我家小姐看上你。（背台）你看，这一位化郎，痴不痴呆不呆的，他说什么我家小姐看上了他，待我来摆他一摆。

赵毛狗　丫鬟姐，你为何背地说话？

丫　鬟　哎呀，非是背地说话，我讲你听。昨天，我家小姐在彩楼上面，她硬想你，硬想进肚去了。

赵毛狗　是真的呵？你家小姐想我硬想进肚去了。

丫　鬟　呵，是呀！她肚子里头早就有了你了。

赵毛狗　咦，她肚子里头早就有了我了？我是讲嘛，我看小姐的情况是不对嘛。她两只眼睛尽注意望我，她那绣球想抛给我，她又怕别个抢去，所以她就未敢丢给我。因此我今天才来，我想亲自找小姐谈一谈婚事。丫鬟姐，请你去请小姐出来。

丫　鬟　哎呀，我就讲你呵，昨天你为什么不来呢？

赵毛狗　昨天嘛，我有事耽误了，所以我就未有来。哎，今天来也就不迟呀。

丫　鬟　哎呀，化郎哥哥，你今天来迟了。

赵毛狗　今天怎么来迟了呢？

丫　鬟　哪门[3]的来迟了？讲起话又长。

赵毛狗　话长话短，你总总要讲呀。

丫　鬟　讲是讲，我讲你听，你莫有气呵。

赵毛狗　你讲嘛。

丫　鬟　我就讲你听呵，婚姻大事，你拿来忘记，我家小姐望你两眼都望穿了。谁知昨日你未来，她一下就得了相思病。

赵毛狗　她得下相思病怎么样呀？

丫　鬟　得下相思病怎么样呀？我们小姐她气又短，她一下子得下重病就死去了。

赵毛狗　她死了去了？

丫　鬟　不错呀，不然，我哪会讲你来迟了呢？

赵毛狗　哎呀！不好。哎呀！（哭）看起来我赵毛狗真是未有福气，喂呀！

［丫见狗哭，指狗取笑。

赵毛狗　丫鬟姐，那你家小姐死了，埋在哪里？

丫　鬟　哎呀，你莫问这些啦，我烦得很，我要去做我的事情啦，我不得空。

赵毛狗　哎，丫鬟姐，莫急，你讲我听，她埋在哪里？我也要念夫妻之情，买点香烛，去祭一祭她，表一表夫妻之情，才对得起她。

丫　鬟　呵！原来这样，看起来，你倒有夫妻的情分。

赵毛狗　是呀！在生不得团圆，死了我也要见见她的坟台，才是道理。

丫　鬟　你过来我告诉你，往这里走过去，对门那个岭底[4]，就埋在那里。一个新坟，坟堆上面有一个篮子，就是那个，你好生去呀。

赵毛狗　好，是啦，多得你指引。（下）

［丫背台指狗背冷笑下。

第八场

赵毛狗　（上，哭）哎呀！小姐，你死得好苦呀，你死也是因为我有事情耽误了。管他不管，我也要念夫妻之情，前去祭一祭坟，表一表夫妻情义。那旁有一个杂货铺，我去买一些香烛。（向内）杂货铺老板，有香纸蜡烛卖未有？

［内白："请了，你这位化郎到此何事？"

赵毛狗　到此买些香纸蜡烛，有不有卖？

［内白："有的，你买香纸蜡烛，你屋里哪个死了？"

赵毛狗　莫讲，我死了个老婆。

［内白：“呵，你死了个老婆？要几多？你讲嘛。”

赵毛狗　要一封炮，一支蜡烛，一支香。

［内白：“呵，捡好了，一钱银子。”

赵毛狗　好！我拿钱给你。

［内白：“得了。”

赵毛狗　哎，想我赵毛狗真是没有福气，该应没有老婆。我到对门那个岭上表一表夫妻之情呀。（唱流水腔）听说小姐她命丧，不由毛狗泪汪汪。举目抬头来观看，又不觉见了这新坟。（白）且慢，来此岭下，果然有一个新坟，想必就是这个坟，待我烧香点烛。（烧香点烛，音乐过场）小姐，娇妻，喂呀！（跪哭，唱哭板）一见坟台眼泪淋，好似钢刀刺我心。小姐你在黄泉等一等，等候你丈夫一路行。（跪坟哭）

［爷拿粪箕捡粪上。

王伯爷　（望）哎，你这位化郎在这里哭什么？

赵毛狗　呵，原来是一位伯伯。

王伯爷　哎，不错。你在这里哭什么东西呀？

赵毛狗　哎呀，伯伯，我在这里哭老婆呀。

王伯爷　呵，你在这里哭老婆？哪个是你的老婆呀？

赵毛狗　这一个新坟，就是我的老婆。

王伯爷　啐！是哪个告诉你的这个新坟是你的老婆？

赵毛狗　林府丫鬟告诉我，那林家小姐死了埋在这里。

王伯爷　啐！你真蠢呀，那个丫鬟她摆你的溜子⑤啦。这个新坟，乃是拐大嫂昨天养的一个妹仔死了，她埋在这里，是你什么老婆？你这个东西，痴不痴呆不呆，我亏你在这里哭，不晓得丑不丑！

赵毛狗　伯伯，她是摆我的呀？

王伯爷　她是摆你的，你这个东西呀，你快点滚！（下）

赵毛狗　（望爷，偷笑）哎呀！糟了，想我赵毛狗想老婆硬是想昏了，癞虾蟆⑥想吃天鹅肉。这个鬼打的丫鬟，竟来摆我溜子，老子怕你三十岁要做两回死，第二世你还要做丫头。闲言少说，我枉费工夫在这里哭了一番，快点走了吧。（唱倒板桨）赵毛狗生来好不呆，空想老婆太不该。我不该信了丫头的摆，哭得我赵毛狗泪满怀。将身我把路来踩，讨一碗茶饭走起来。（下）

第九场

刘元富　（上）家有万担粮，前仓堆后仓，良田千万亩，本是富豪郎。我，刘元富。家财万贯，外面的账目很多。如今秋收已过，不免前去收讨账目，岂不是好？今天我先到赵苏梅家前去收账。闲言少讲，拿着账簿，往他家中走起来呀！（唱十字腔）八月秋收往外走，收讨账目转回头。别人的账目都收够，唯有那苏梅未曾收。急急忙忙往前走，不觉来到他屋头。（白）且慢，来此已是他的门口，待我打叫一声。赵苏梅哪里？走来。

赵苏梅　（上）来了！门外有人叫，不知是谁到？出得门来看，原来公子到。

刘元富　是。

赵苏梅　公子到来寒舍请进。

刘元富　一齐同进。

赵苏梅　公子请坐。

刘元富　不用讲礼，一起同坐。

赵苏梅　公子稍坐一时，待我叫娘子看茶出来与公子止渴。

刘元富　不用讲礼，我前面用过了。

赵苏梅　但不知公子到我家中有什么好事？

刘元富　到你家中非为别事，想你欠下我的账款，你是知道的。如今秋收已过，今天特意来收讨你这笔账的。你就还清吧。

赵苏梅　若是收讨这笔账吗，哎呀，公子呀，想我赵苏梅这几年时运不济，加上家道本来贫寒，现在还没有银钱奉还，还望公子原谅原谅。

刘元富　走走走！今天原谅、明天原谅，你这个穷鬼，难道我这笔账不要不成？

赵苏梅　公子不要发怒，我总总有一天奉还给你。

刘元富　总总有一天奉还给我？我不与你多说，耽误我的时间。站了过来，吩咐给你，不限你久，只限你三天。

赵苏梅　三天怎么能得到这么多银子来还你？

刘元富　我限你三天还清我这一百两银子，若是三天得不到，一张帖子送你到衙门前去，关得你眉毛生虱子，你才晓得我的厉害。我走了！

赵苏梅　哎呀，公子转来，还有商量。

刘元富　我给你个韩信！真真可恼。（下）

赵苏梅　哎，不好呀！（唱）刘公子真个狠狼心，苦苦逼我为何因？回头便把娘子请，对她从头说分明。（白）且慢，想到刘公子苦苦逼我，事到如今，没有银子还他又怎么办呢？哎，不免请得妻子出来打个商量，岂不是好？妻子哪里？走来。

赵　妻　（上）来了。奴夫叫一声，不知为何情？见过官人，有礼。

赵苏梅　不用讲礼。

赵　妻　哎呀，夫呀！你为何脸带愁容，掉下泪来？所为何事？

赵苏梅　哎呀，娘子呀！你哪曾知道，只因我欠下刘公子的账，多年还他不起，他本利算来，百有余两。适才他到家中问我取讨。我说没有银子，求他缓点归还。不想那刘公子大怒，限我三日还清。

赵　妻　三日？三日若是又没有呢？

赵苏梅　哎呀，娘子呀！若是三日不有银子还他，他一张帖子送我去衙门坐牢，关到我赵苏梅眉毛要生虱子。

赵　妻　这怎么办？这话是真的？

赵苏梅　真的。

赵　妻　实的？

赵苏梅　实的。

赵　妻　哎呀，不好！（与梅同哭。唱哭板）听说此话心发愁，不由奴家泪双流。只为夫妻命运丑，东不成来西不就。家贫日子真难过，哪有银钱还给刘。（白）哎呀，夫呀！事到如今，啼哭也是枉然，你我夫妻受着这样的威逼，还要想个良策才是。

赵苏梅　哎呀，妻呀！事到如今，卑人忙中无计。

赵　妻　夫呀，妻子倒有一计，何不将我发卖，卖得银子还他，以免你到衙中受苦。

赵苏梅　此话怎讲？

赵　妻　将奴发卖，还给他的银子。

赵苏梅　哎呀，娘子！娇妻！哎呀，不好呀！（唱哭板）妻子说话不思想——

［狗轻上，门外偷听。

赵苏梅　（接唱）卑人有话听端详。卖了你我赵门香烟断，谁个与我烧这炉香。夫妻恩爱鱼水样，难舍难分痛断肠。

［梅、妻同哭。

赵毛狗　你看，他这屋里怎么啼啼哭哭？待我进去问个明白。（进）喂，赵相公，你夫妻哭些什么？

赵苏梅　原来是位化郎哥哥。

赵毛狗　哎，不错的。你们为什么啼哭？你讲给我听。

赵苏梅　哎，我讲来，你又解不得我的忧；说来，你又解不得我的愁。也是枉然呀！

赵毛狗　哎，解不得你的忧，你的忧在；解不得你的愁，你的愁在。你在一旁讲来，我在一旁闲听，或者我听你说的苦楚，我又解得你的愁呢。

赵苏梅　化郎哥哥，只因我夫妻欠下刘公子的债银子五十两，三年未还，本利算来，百两有余。今天他来问我取讨，我没有银子还他。他说限我三日。

赵毛狗　三日？三日若还未有呢？

赵苏梅　三日未有呀，他一张帖子送我到衙门坐牢，关得我眉毛生虱子。

赵毛狗　若是这个呀，嗨，真真可恼！这些财主，讨账讨得这么厉害。不要紧，赵相公，你们两公婆不要哭，百把两银子算在我名下。

赵苏梅　算你的呀？我来问你，你是睡着讲话，还是醒着讲话？

赵毛狗　相公，我又未睡觉，我是醒倒在讲的，句句是实。

赵苏梅　我来问你，你叫何名字？

赵毛狗　我嘛，我名叫赵毛狗，和你是本家。

赵苏梅　呵，原来你叫赵毛狗。赵毛狗哥哥，你说得这么容易。你做化郎，又哪里去得一百多两银子给我还债呢？你不是在这里做梦么？

赵毛狗　我不是做梦，我是见你夫妻这样作难，我搭救你们一下。不然你把老婆卖了去，你又讨不起，岂不是绝了香烟了？

赵　妻　官人，有道是人不可貌相，海水不可斗量。怕他能替我们想出办法来呢？

赵苏梅　若是这样呀，赵毛狗哥哥，你实在有银子的吗？

赵毛狗　有呵，你看见我这个人穷，你信不过。我讲有，你又信不过我。

赵苏梅　你的银子，又从何来？

赵毛狗　我有就得了嘛，你又管我的银子从何而来。

赵苏梅　那你有这样多的银子，你还做叫化。

赵毛狗　哎，赵相公，你未晓得我的来由，我这个人生来就是叫化命，身上聚不得财的。床头有一吊，床底就有鬼叫。若是我身上有了钱，我就今天病、明天病。所以我的银子就不放在身上，给别人和我捡好。我出来外面讨点吃，东走西走，倒还逍遥快乐，百病消除。

赵苏梅　呵，原来是这样的。那你的银子又放在哪里呢？

赵毛狗　我的银子就放在对门村王相公家里。

赵苏梅　好，那你既然实在有的，你借一百两给我，等我夫妻二人弄得银子就还你。

赵毛狗　还不还无所谓的，我去取来，你拿去用先。老人说的古话，见死不救，如同谋杀。

赵苏梅　赵毛狗哥哥，如此有劳你了，我夫妻二人感恩不浅。

赵毛狗　好，你夫妻二人，等候一时，我就来的。

赵苏梅　如此你好走。

［狗与梅、妻分下。

赵毛狗　（上）你看，赵苏梅夫妻二人，受着财主的这样威逼。想我捡得的那三百两银子，放在王相公家里，我去讨来救他一救，岂不是好？离了赵家门，再去王家行。（唱）可恨财主心太狠，逼得人家卖婆娘。急急忙忙把路赶，不觉来到王家庄。（白）且慢，来此已是王家庄，待我打叫一声。小哥哪里？我又来了。

家　院　（上）来了！外面叫一声，不知是谁人？出得门来看，原来是赵恩人。

赵毛狗　正是我。

家　院　毛狗哥哥，请进。

赵毛狗　有进。

家　院　有什么好事呀？

赵毛狗　请你相公出来，我有点紧要事情商量。

家　院　有请相公。

王忠玉　（上）家院一声请，不知为何情？我道是谁，原来是赵兄到了。

赵毛狗　正是在下。

王忠玉　请坐。

赵毛狗　不用讲礼，一齐同坐。

王忠玉　请问赵兄，到我家中有什么好事？

赵毛狗　到相公家中非为别事，想我从你这里出去，走到赵苏梅相公那里，我见他夫妻啼啼哭哭，我就问他情由。他说道，欠下刘元富的银子，本利算来有一百多两。那刘元富苦苦逼他夫妻二人还银子，限他三天，若是没有银子归还，将他送入衙门定罪。他夫妻二人没有银子归还，就要出卖老婆来还债。他夫妻难舍难分，正在那里啼哭，我看见心中不忍，有道是见死不救，如同谋杀。我想问你取些银子拿去周济于他，不知王相公意下如何？

王忠玉　若是这样呀，那是好的。我真佩服你的好心。大家做些好事，但不知要多少呀？

赵毛狗　相公，要一百五十两就够了。

王忠玉　小子，取一百五十两银子上来。

家　院　是。

王忠玉　取了一百五十两，还有一百五十两，你随时要用，就可来取去。

赵毛狗　我要用时，我再来取。

家　院　相公，银子在包袱内面，一百五十两。

王忠玉　交与毛狗哥哥。

家　院　是，赵恩人，一百五十两银子在此。

赵毛狗　好，王相公请坐。

王忠玉　如此你好走呀。

［狗与王、家分下。

赵毛狗　（上）且慢，银子取得百五十两，待我拿与赵苏梅，还要走起来呀！（唱挑担腔）急急忙忙走，又到他门口。银子交给他，恩爱保长久。（白）且慢，来到他家门前来了，待我打叫一声。赵相公哪里？有请开门。

赵苏梅　（上）来了，只为欠下账，时刻挂心肠。原来是毛狗兄来了。

赵毛狗　我又来了。

赵苏梅　赵兄请进。

赵毛狗　一齐同进。

赵苏梅　请坐。

赵毛狗　不用讲礼了。我这里取了一百五十两银子来，我相赠予你。

一百两还与那狗贼子，这五十两你夫妻二人安家。

赵苏梅　你对我夫妻有这样的恩德，你是我们的恩人。

赵毛狗　哎呀，恩人不恩人，你收下银子，拿去还账，以后再讲吧。

赵苏梅　娘子哪里？走来。

赵　妻　（上）相公打叫何事？

赵苏梅　非为别事，如今毛狗兄拿了一百五十两银子来给我们夫妻二人，你好生拿去收藏起来。

赵　妻　是。多得赵兄前来周济我夫妻，这是天大的恩德。我夫妻不知怎样报答你才好。

赵毛狗　报恩不报恩，无所谓的，你不用多说了。好生把银子收下吧！

赵　妻　是。（下）

赵毛狗　赵相公，我要走了。

赵苏梅　赵兄，你为何去性太急？我有句话要对你讲，不知你意下如何？

赵毛狗　你有话，请讲吧。

赵苏梅　我想，你对我夫妻这样好，我想与你结为兄弟，不知你意下如何？

赵毛狗　哎！相公，你说哪里话来。想你乃是书香子弟，我乃乞讨化郎，怎能高攀？这就不敢了。

赵苏梅　赵兄说哪里话来？有道是做化郎乃是穷人后路，后颈窝摸得到看不到。以后我又晓得我是什么样的下场。

赵毛狗　你这样说来，那我们这个弟兄就做成了啵。好，那我答应就是了。

赵苏梅　来来来！你为兄，我为弟。待我弟兄二人，当天一拜。

（剧终）

【注释】

① 龙口子：在此指口袋。这是彩调艺人生活中使用的暗语。

② 古亭子：在此指庙。

③ 哪门：为何，为什么。桂林话。

④ 岭底：山岭下面。

⑤ 摆你的溜子：吃的空子；欺骗了你。

⑥ 癞虾蚂：癞蛤蟆。桂林话。

【剧情简介】

叫化郎赵毛狗与王忠玉及王家家院等都到林府抢球招亲。家院不慎，将王忠玉收得债款银子三百两丢失。银子被毛狗捡到。家院由于失掉银子，被忠玉赶了出来，路上遇着毛狗。毛狗见他愁苦，问起情由，就告知家院银子他已捡到，愿将它交还王家，及到王家交银时，忠玉被他感动，也不愿要。二人商定，三百两银子作为毛狗一笔存款，存在王家，听赵随时取用。赵苏梅由于刘元富逼债，夫妻正在愁苦悲泣之时，恰好毛狗走来，问清缘由，毛狗当即去王家取银，交赵还债。赵苏梅因此万分感激，于是与毛狗结为兄弟。

【简评】

无论是对传统文化的诠释、传播，还是对中华民族整体性道德与审美观念的形成乃至文化心理结构的培植，具有雅俗共赏、老少皆宜审美品格的戏剧，它的作用是其他任何知识形态和文艺样式难以取代的。该剧通过叫化郎赵毛狗所行一系列善事，说明了有志不在老幼、行善未分贫富，突出劝人为善这个宗旨。可见，彩调这一地方戏曲与其他戏曲形式一样，具有规风正俗的作用。

此剧由莫景光发掘、尚望六记录保存。

合同记

剧中人物

⊙王天观（行当：老生，简称：观）

⊙王妻（行当：老旦，简称：王）

⊙王清明（行当：生，简称：清）

⊙张春（行当：丑，简称：张）

⊙春姑（行当：旦，简称：春）

⊙田培（行当：老生，简称：田）

⊙陈氏（行当：老旦，简称：陈）

⊙家院（行当：杂，简称：家）

⊙田素珍（行当：旦，简称：素）

⊙翠白（行当：旦，简称：翠）

⊙老医生（行当：老丑，简称：医）

⊙庙祝（行当：老丑，简称：祝）

⊙县官（行当：丑，简称：官）

⊙差人（行当：杂，简称：差）

⊙禁卒（行当：杂，简称：禁）

⊙老尼姑（行当：摇旦，简称：姑）

⊙小尼姑（行当：小旦，简称：尼）

⊙姜氏（行当：摇旦，简称：姜）

⊙明胜（行当：生，简称：明）

⊙随从（行当：杂，简称：从）

第一场

王　妻　（上，引）老爷得重病，百药都不灵。（坐，白）老身王丁氏，配与王天观为妻。膝下所生一子，名叫王清明。想老爷这几天病势更加沉重，不免叫我儿扶他上来，问个清楚明白。儿呀，扶你爹爹出来。

王清明　（内白）孩儿从命。爹爹待孩儿来搀扶。（扶观上坐）

王　妻　请问老爷，这两天病体如何？

王天观　夫人哪，恐怕我的命不长了。

王清明　爹爹，你要保重些。

王　妻　老爷，好话多说。

王天观　夫人、儿呀！（唱背弓数板）坐在二堂把话启，叫声夫人听端的。当年衙门把事理，告老还乡回桑梓[1]。我儿读书要争气，后来皇榜把名题。为父把话交代你，点点滴滴心中记。说到说到心血涌，为父性命难保矣。

张　春　（上）姑爹，你怎么样呀？

王天观　哦，你是张春吧？

张　春　正是。

王天观　你这奴才，书懒读，字懒写，看你以后怎么下场啊！（死）

［众人跪哭。

王　妻　（唱三板腔）忽然老爷把命丧，不由老身泪汪汪。想当初你把仕途上，如今你死后我受凄凉。（白）唉！人死难以复生。儿呀，将你爹爹尸首抬落下去。

［清、张抬尸下，复上。

王清明　母亲，不必如此悲伤，你要保重身体。爹爹已死，哭他也是枉然。

[清、张扶王，三人同下。

第二场

春　姑　（上，引）前世不修今世修，今世修来做丫头。人人面前不敢站，总是站在人后头。（白）奴乃春姑。老爷一死，夫人心中烦闷，她叫我在厨下煮茶做饭，待我用功一回。（洗碗做饭）

张　春　姑爹讲的话，时刻恨在心。唉，我想借点钱，借不到，倒反给他讲了几句，实在恼火得很。（见春，上前）春姑，你莫洗碗了，我们两人去耍一耍吧。

春　姑　表老爷，你去外头看马吧。

张　春　我那马捆好了，你不要管我的闲事。

[张拉春，春不走。张摸春，春挣脱，跑。撞翻油灯，失火，春被烧死，张逃。

[清、王抬盒上。

王清明、王妻　快点呀，救命呀！

王　妻　这火从哪里来的？小丫鬟呢？

张　春　烧死了。

王　妻　张春，你怎么知道丫鬟被烧死的呢？

张　春　哎呀，我看到起火，她连没有跑出来，这不是烧死了吗？

王　妻　可怜呀！马呢？

张　春　马在外面，我看好了的。

王　妻　儿呀，为娘一样没有抢救出来，只拿到一个箱子。（开箱）我儿的婚姻合同放在里面。事到如今，房子烧了，我儿拿起合同，去到山西，田培府中去投亲吧。若在那里有安身之处，再来接娘。张春，你陪着你表弟前去，一路之上，好生照顾。好了，备好马伺候。儿呀，为娘将合同交与你。

王清明　孩儿从命。

张　春　表弟，箱子给我背吧。

王清明　母亲，受孩儿一拜而别吧。（唱四平腔）走上前来把娘拜，尊声娘亲放心怀。

王　妻　（接唱）叫张春就把马来带，投到亲即写信回来。

张　春　姑妈，你也受我一拜呀。（唱）走上前来把话敬，拜别姑妈上路行。表弟一路我陪伴，姑妈不要来挂心。

［张、清同下。

王　妻　（唱）一见我儿把路上，不由老身挂在心。但愿他夫妻得相会，多谢苍天与神灵。（下）

第三场

［张、清同上。

王清明　表兄，一同步行，表兄带马。

［张牵马。

王清明　（唱十字腔）且站在路途上把话来论，尊一声表兄你细听分明。表兄弟相扶持同行同走，要前往山西省去走一程。倘若是我夫妻再得相会，你与我同生活不相离分。

张　春　唉，表弟呀！（唱）听表弟说话来有礼有性，不由我为表兄欢喜在心。但愿你夫妻俩同偕到老，宜家室得功名无限前程。

王清明　表兄，到了上边高桥前来了，你拉好马呀。

张　春　表弟，你要小心呀。你先过去吧。（背场）你过去，我就将你这一掌，将你打下桥去。（同行至桥中）表弟，你看这山脚下的景物多好看呵！

王清明　在哪里呀？

张　春　在这里。（将清推下桥底，背包拉马走）将你打下桥底，你不死往哪里逃呀！我拿起合同，骑着马，到山西前去招亲了。（下）

王清明　（上）张春、张春，你好狠的心呵！（唱忧板）张春做事呀心肠狠，全不念两姑表血肉亲情。一掌把我打下桥底，我不顾身疼痛把路行。（下）

第四场

［田、陈同上。

田　培　告老田园，

陈　氏　享乐安然。

田　培　老夫田培，

陈　氏　老身陈氏。

田　培　唉，夫人哪，当日在京将我女儿素珍许配王天观之子清明，那王天观也是告老还乡，许久杳无音信到我府来，难道这场亲事他就忘怀了吗？

陈　氏　老爷，不必性急，山遥路远，难以来信。他总会来的。

张　春　（上，引）行行去去，去去行行。快马行走，不觉来到田府门。（白）门内哪人在？

田　培　家院，门前有人叫，前去看看。

家　院　（出门看）什么人？

张　春　山东王清明到了。

家　院　（入）启禀老爷得知，外面来人说道，山东王清明到了。

田　培　哦，原来是女婿来到，快快有请！

家　院　（出）有请。（拴马，带张进）

张　春　问过岳丈岳母大人安好。

田　培　家院，看座。

张　春　有泰山大人在此，小婿不敢坐。

田　培　过门是客，哪有不坐之理？

张　春　小婿谢座。

田　培　家院看茶。

［家倒茶上，复下。

田　培　贤婿，一路之上劳累了。

张　春　唉，好说好说。

田　培　贤婿，敢莫是前来完婚的？可曾带来凭证？

张　春　现有合同为凭。

田　培　夫人哪，果然不错，是我女婿到了，有合同为凭。

陈　氏　原来是贤婿到了，不曾派人迎接，多多原谅。

张　春　多得岳母挂念。

田　培　家院，酒席伺候，与姑老爷接风。

家　院　从命。（摆宴）

田　培　贤婿上座，请呀！（唱倒板桨）坐在席前把话表，尊声贤婿听根苗。今天到府完婚事，也免为岳把心操。

陈　氏　（接唱）今天贤婿你来到，酒席筵前说根苗。问声你母好不好？你父在乡可逍遥？

张　春　泰山大人、岳母呀！（唱）岳父岳母待我好，不由小婿喜眉梢。我今来府完婚事，岳父岳母免心操。（白）酒醉了。

田　培　贤婿，多饮几杯呀。

［翠暗上。

张　春　我张春从来吃酒醉不得的。

翠　白　（旁白）什么？我姑老爷是王清明，怎么是张春呀？前去报与小姐知道。（下）

田　培　家院，将你姑老爷扶到客房，凉巾伺候。

［家扶张下。

陈　氏　老爷，你不是将我女儿许配王天观之子王清明吗？他酒席之间说道张春二字来了，却是如何呀？

田　培　唉，夫人呀，年轻之人，酒醉乱讲的。

陈　氏　想此人是官家之子，怎么生得这样粗鲁？怎能配得我那女儿呀？（下）

田　培　是呀，想王天观之子王清明，生得一表的人才，如何变成这等样了？唉！老汉走了眼水了。（下）

第五场

［素、翠同上。

田素珍　（引）奴家生来命又苦，嫁着一个丑丈夫。（白）奴家田素珍。爹娘将我许配王家，看将起来，唉，奴家好苦的命呀！（唱）奴家生来命好苦，嫁着一个丑丈夫。莫非前世未修好，今世姻缘总无福。乍听丫鬟报罢信，不禁珠泪滚滚出。怨声老娘和老父，如何做事这糊涂。

翠　白　小姐，我将莲子煮好了，下去用吧。

［素、翠同下。

王清明　（上，引）路途遥远真难行，不觉来在田府门。（白）内面何人在？

家　院　（上）门外有人叫，必定有客到。（开门）是哪一个？

王清明　我非别人，乃是山东王清明到了，敢烦报与大人知道，我是前来完婚的。

家　院　咦，先前来了个王清明，这下又来了个王清明，难道我们老爷一个女儿给两个呀？站着，我去请我们老爷出来。有请大人。

田　培　（上，引）家人一声请，不知为何情？（白）家院，所请何事？

家　院　启禀大人，外面又来了一个王清明。

田　培　光景如何？

家　院　一身褴褛。

田　培　叫他自进。

王清明　（进）参见岳丈大人。

田　培　免礼。我来问你，来我府中，有何事干？

［翠暗上听。

王清明　岳丈大人，你忘怀了，我到来贵府与你家小姐完婚的。

田　培　有何为凭？

王清明　凭证是有的，只是在路上失掉了。

田　培　嗯，婚证乃重要之物，应好好保存，哪有失掉之理？老汉认证不认人，你冒名前来顶替。家院，将他撵了出去！（下）

家　院　（将清推出）相公，我们老爷将你推了出来，你到哪里安身呀？

王清明　身边无分文，且到庙里安身。唉，我真背时呀。（下）

翠　白　（对家）小哥小哥，我来问你，刚才来的一位相公，是哪里来的呀？

家　院　是山东来的，名叫王清明，是来完婚的。老爷认证不认人，将他推了出去。（下）

翠　白　有请小姐。

田素珍　（上，引）丫鬟一声请，不知为何情？（白）翠白，你叫小姐出堂，有什么好事呀？

翠　白　哎呀，小姐，刚才来了一位相公，名叫王清明，比先前那个好得多。我怕这个才是真的，那个不是的。

田素珍　这个相公，哪里去了？

翠　白　老爷认证不认人，将他推出去了。

田素珍　翠白，我们想个什么主意，能看到这位相公。

翠　白　他说到庙里安身，小姐装病，我报与夫人知道，前往庙堂敬香，不就会见相公了吗？

田素珍　我没得病，怎么装啦？

翠　白　你去房里头，把棉被盖起，头上包块帕，不就成了病人了吗？快去、快去嘛！

田素珍　丫鬟，你好主意，我去装病、去装病去了呀。（下）

翠　白　有请夫人。

陈　氏　（上，引）想起女儿终身事，不免使我挂心肠。（白）翠白，所请何事？

翠　白　哎呀，夫人，小姐得病了哪。

陈　氏　毛丫头，还不到街上去请名医来给小姐看病呀。

翠　白　好，夫人你请退吧，我去请名医去了。

陈　氏　唉！（下）

翠　白　我到长街去请先生去了呀。（下）

第六场

翠　白　（上，唱北路鼓打太平春）出得门来往前进，一心要往长街行。鼓打太平春，长街行。（白）伯伯，在不在家呀？

老医生　（上，引）人老气力衰，屙尿滴湿鞋。讲话流口水，咳嗽屁又来。（白）是哪个？

翠　白　伯伯，是我呀。

老医生　哦，原来是个小姑娘，你到我家中有何事干呀？

翠　白　我们小姐有病，请你到我府中去给小姐看病。

老医生　几时去？

翠　白　就去哪。

老医生　去不成、去不成。没人给我拿药箱子。

翠　白　我来和你拿了嘛。

老医生　好，出去、出去，我来关门。走吧。

翠　白　先生，你随我来呀。

老医生　（唱怀胎腔）走在路途把你问，叫声小姑娘你细听。你小姐得的什么病，如何这样急急行？年老力衰少脚劲，上坡下坎请稍停。

［翠、医同下。

第七场

［医、翠同上。

翠　白　到了到了，先生请进！

［医进。

翠　白　请先生到我们小姐绣房前去看病。（进房）小姐，先生来了。先生，红绸在这里。

［接绸按脉毕。翠、医出房。

翠　白　先生，我们小姐有什么病呀？

老医生　你们小姐没得病。

翠　白　先生，你在我面前讲我小姐没得病可以，在我家老爷面前不可如此。我送你一个大封包，先生好走，我不送了。

［医下。

翠　白　有请小姐。

田素珍　（上，引）翠白好主意，不由奴家笑嘻嘻。（白）翠白，先生走了没有？

翠　白　小姐，先生走了啦。

田素珍　翠白，你请夫人出来，看夫人怎样说话。

翠　白　有请夫人。

陈　氏　（上，引）我女得重病，不由为娘挂在心。

翠　白　见过夫人。

田素珍　见过母亲。母亲呀，女儿得了病，想到庙中前去焚香许愿，求神保佑女儿早日痊愈。

陈　氏　翠白，陪你小姐前去庙中焚香许愿，早去早回。

翠　白　奴婢从命。夫人请退。

[陈下。翠提香篮随素出。

田素珍　翠白，前面引路呀。（唱倒板桨）翠白做事好主见，不由小姐喜连连。到着庙中打一转，会着相公问根源。

[素、翠同下。

第八场

王清明　（上，引）岳丈做事太不该，嫌贫爱富为何来？（白）小生王清明，乃是山东人氏。可恨张春，将我合同谋去，岳丈认证不认人，想起来好恼呀。（唱倒五路）王清明在阶前自思自想，越思越想恨在心。恨只恨张春把我害，将我打下了深山坑。我到那田府他不认，他只认凭证不认人。（白）来在冷庙，内面有无庙祝[②]？

庙　祝　（上，引）独在庙中来烧香，日日夜夜受凄凉。（白）来者何人？

王清明　唉，是我。

庙　祝　原来是一位后生，请进吧。

王清明　见过老道。

庙　祝　想你这后生，不是本地人，想必是外面流落到此吧？

王清明　我是山东人氏。

庙　祝　你是为名，还是为利而来的？

王清明　我一来不为名，二来不为利，我是到山西来投亲的。

庙　祝　是谁家呀？

王清明　田大人府中。

庙　祝　你到田大人府中，为何又走到我庙中来呢？

王清明　老道哪曾知道？想我父亲当日在京为官，与田大人有同官之谊，乃与我定下田大人之女许我为妻，有合同为凭。我的合同在中途失去了，田大人认证不认人，将我撵出府来。身边无钱，走到你老人家庙中，望你老人家收留，暂且在此安身。

庙　祝　好了好了，你既然有这般苦处，就在我这块居住，随我下去吧。

［清、祝同下。

［素、翠上。

田素珍　翠白，前去问过。

翠　白　喂，内面有庙祝没有？

庙　祝　（上）庙前门大开，烧香人自来。哦，原来是一位大姐，那位是谁？

翠　白　那是我家小姐。

庙　祝　请进。

［素、翠、祝同进。

庙　祝　小姐请坐。（倒茶）小姐，看杯清茶。

［素接茶。

翠　白　老道，你庙中可有位相公么？

庙　祝　有的。

翠　白　麻烦你叫他出来，我们小姐会上一会儿。

庙　祝　（向内）王相公，走来。

王清明　（上）老道叫一声，不知为何情？请问老道，叫我何事？

庙　祝　来了位小姐，要你上前相见，好生上前去讲话。（下）

田素珍　那位是王清明相公么？

王清明　小生便是。小姐有何指教？

田素珍　你真的是王清明相公吗？

王清明　小姐何须多问，难道有两个王清明不成？

田素珍　就是有两个王清明呀，你听我说来。（唱十字腔）日前来个王清明，千里持凭来成亲。你又是个王清明，奴家特来问真情。

王清明　哦，原来日前来了个王清明，千里持凭来成亲。那成亲了没有？

田素珍　尚在田府中住着，一来黄道吉日未曾选定。二来小姐有病，尚未成亲呀。

王清明　想必是那张春贼子，冒名顶替了。（唱倒板桨）小生才是王清明，天观乃是我父亲。当年订婚田培女，千里持凭来成亲。谁知狠心张春贼，半途谋害取证凭。小生脱险急赶到，岳丈认证不认人。将我撵出田府去，暂借古庙来安身。小姐来把真情问，不知小姐是谁人？（白）小生礼疏，还没有请教小姐高姓大名。

田素珍　哦，你才是王清明相公。奴家乃是田素珍呀。

王清明　你们这些嫌贫爱富之人呀！（掉脸不理）

田素珍　唉，相公呀！（唱）相公不必怒气生，奴家有言你细听。你的真情我知晓，只怪爹爹昧良心。爱富嫌贫不是我，奴今未与贼成亲。现将银两来送上，相公速去找前程。

翠　白　相公，我小姐说了这么多话，你都不理。这事情休怪我小姐，乃是田大人之错，我小姐一番美意，特来送银子给你的，望你上京应试，得了前程，好与小姐成亲。你不理不睬，真是岂有此理！

王清明　哎呀！小姐呀，我怕你和你父亲是一般心性，原来你不和你爹爹一样，小生多有得罪了。

田素珍　不知者不罪。我这里有三十两银子，你上京前去赶考，若得一官半职，回来再来迎亲，岂不是夫妻得团圆了嘛。

王清明　多谢小姐一番美意。

翠　白　（羞清）噫……

王清明　大姐，你休要见怪。

翠　白　小姐，回府了。

田素珍　相公，你要记得呀，我走了。打车上来。

［素、翠下。

王清明　有请老道。

庙　祝　（上）相公，先前来的那位姑娘是谁家的小姐？

王清明　她便是田培之女田素珍。

庙　祝　她来做什么?

王清明　她来送银钱给我。

庙　祝　好了，她倒还有夫妻之义。你何不拿着这些银子，上京赶考，得中皇榜，有了功名，回来完婚，岂不好吗?

王清明　好便是好，但是田大人嫌贫爱富，这门亲事，恐怕难成了。

庙　祝　唉！这种嫌贫爱富的老狗，去告他，告他嫌贫爱富。

王清明　去得的吗?告得的吗?

庙　祝　哪有告不得之理。天上还有天，官上还有官，去吧！

王清明　唉！老道，我在你这里住了几日，我给些银子给你，作为我的伙食钱吧。

庙　祝　不要了，不过是吃些清茶淡饭罢了。

王清明　应该的。来来来，受我一拜呀。(唱倒板桨)走上前来礼恭敬，拜谢老道厚恩情。今天我到长街去，告那嫌贫爱富田大人。(下)

庙　祝　(唱)这位公子好聪明，他到山西来投亲。落难贫穷被欺负，世间多少事不平。(下)

第九场

县　官　(上，引)清官清到底，要钱不要米。要米挑不动，要钱收到荷包里。(白)本县李书，授任山西省三阳县正堂。自上任以来，百姓纯良，倒还清静。差役，今天是什么日期呀?

差　人　(上)今天三八日期。

县　官　冷清得很，没得人来告状。差人，拿我名片，去请两个人来告状，捞两个钱好打酒喝。将那个放告牌，抬了出去。

差　人　唉，老爷，怎么去请人家来告状呀，这要不得的，没有人家来告状才好嘛。

王清明　(上)行行去去，去去行行，不觉来到衙门了。门上哪位在?

差　人　什么人?

王清明　前来告状的。

差　人　老爷，有人讨账的。

县　官　唉，昨天在长街之上，吃了两个钱的牛血，没得散钱给他，该③了他的，他今天就来要账了。传我的话去，官有三限。

差　人　老爷说道，官有三限。

王清明　我来打官司的。

差　人　老爷，打官的来了。

县　官　哎呀，快点，快来保驾。(躲桌底)

差　人　你到底来做什么的?

王清明　我是前来申冤告状的。

差　人　候着。(转身)老爷，不是打官的，是来申冤告状的。

县　官　唉，听话又听不真，又说是讨账的，又说是打官的。好好，去请他进来。

差　人　官不接民，要他报名而进，不好请他进来。

县　官　叫他进来。

差　人　喂，进来。

王清明　报，王清明报进，见过老爷。

县　官　你这位后生，前来告状，告的是哪一个呀?

王清明　告的不是别人，乃是田培！他嫌贫爱富。

县　官　哦，你告田大人嫌贫爱富呀，本县与你做主，你后堂候审。

[清下。

县　官　来，差人，我这里有名片一张，去请田大人到此。我今吩咐你——(下)

差　人　怎敢不用心。奉了老爷命，田府走一程。(下)

第十场

差　人　（上）快行几步，来到田府。内面哪位？

家　院　（上）门外叫一声，来者是何人？哦，原来是位差大哥。差大哥，有什么好事到我们府来呀？

差　人　非为别事，老爷有名帖一张，请田大人到三阳县有事商量。等下就来呀，我走了！（下）

家　院　有请老爷。

田　培　（上，念）当年供职在京城，告老还乡免操心。（白）家院，所请何事？

家　院　老爷，三阳县有名帖一张，请你过衙前去，有事商量。（呈帖）

田　培　（接看）什么，我怕为了何事，原来是王清明告我嫌贫爱富。这个嘛，（想）有了。待老夫提笔可。（牌子。写）家院，这里有书信一封，银子五十两，给那三阳县老爷，照书行事。早去早回。（下）

家　院　从命。（下）

第十一场

家　院　（上）转过三阳县呀！（唱急板）手持老爷一书信，要到县衙走一程。（白）到了。嗨！有什么人？

差　人　（上）来者何人？

家　院　田大人家人。奉了田大人之命，要见老爷。

差　人　那就进来。有请老爷。

［官上。

家　院　见过老爷，我家田大人有书信一封，银子五十两，请老爷照书行事。（下）

县　官　（看信）嗯，来，传王清明。

差　人　传王清明。

王清明　（上）见过老爷。

县　官　胆大的王清明，你说道田培嫌贫爱富，原来你盗了他的银子，你还告他嫌贫爱富。来，将他上刑收监。叫禁子④。

禁　卒　（上）忽听叫禁子，忙步到堂前。我就是禁子，禁子就是我。见过老爷。

县　官　禁子，我来吩咐于你，你每天将这个犯人三打五敲，磨折他的性情。

禁　卒　是了、是了。（押清下）

县　官　有事无事？

差　人　无事。

县　官　掩门，退堂。

［官、差同下。

第十二场

翠　白　（上）相公受苦情，小姐不安心。奴乃翠白。小姐又在绣房交代于我，拿点银钱走到县衙前去，去看姑爷一转，待我禀告我的小姐先。小姐，我到县衙去了呀。

田素珍　（内应）说话小心，早去早回！

翠　白　是！离了府门，还要到县衙走走呀。（唱赶路腔）急急忙忙往前走，一心要往县衙行。（白）内面有禁大哥没有？

禁　卒　（上）官牢凶无比，十有九人愁。有钱好讲话，无钱是对头。（白）是哪个？

翠　白　禁大哥，是我。

禁　卒　你是来看哪个的？

翠　白　禁大哥，我来问你，你监中可有一位相公吗？

禁　卒　有的。

翠　白　请你将他放了出来，让我和他会上一会。

禁　卒　拿得来。

翠　白　拿什么来呀？

禁　卒　五打五，要钱数。

翠　白　哦，你要钱嘛，有的。这里有点碎银子，你拿去用吧。

禁　卒　你站倒，有钱总好讲话。相公，走来。

王清明　（上）忽听禁子一声叫，三魂已有二魂掉。打叫何事？

禁　卒　有人前来探望于你，快讲点。（下）

王清明　是谁人来探望于我呀？

翠　白　哎呀，相公，是我。

王清明　唉！大姐呀，谁个叫你来的呀？

翠　白　相公，是我小姐叫我来的。你在牢中好生保重身体，我这里送二十两银子来，给你买菜吃的，你不要着急呀。

王清明　哎呀，大姐呀，你小姐有这番美意，我总总忘不了她。你回去回复你家小姐，若是我死后，叫她另行改嫁罢了。

翠　白　哎呀！相公，你怎么说出这样伤心的话来呀，好好保重身体吧。

王清明　唉！（下）

翠　白　禁大哥走来。我这里有银子一锭，交给与你，你每天好好服侍我的相公，不准将他敲打。相公黄了，就吃你的血。瘦了，就割你的肉。听见没有呀？

禁　卒　记得！记得！（下）

翠　白　离了衙门，回家报与小姐知道呀。（下）

第十三场

翠　白　（上）离了监牢地。回报小姐知。（唱快板）相公说话好可怜，不由奴家泪涟涟。（白）心急脚快。回到府了。有请小姐。

田素珍　（上，引）忽见翠白回到府，肠断为了未婚夫。（白）翠白，你得见了相公了没有？

翠　白　得见了。

田素珍　他对你怎样说？

翠　白　哎呀！小姐呀，相公对我说了几句。他说，他若一死，叫你另行改嫁。

田素珍　唉！翠白，你一场辛苦，下去歇息吧。

翠　白　奴婢从命。（下）

田素珍　唉！相公呀。（唱背弓十字腔）坐在堂前自思忖，越思越想越伤心。怪只怪老爹太任性，诬陷公子受苦情。我本是闺阁女未出门，不可能公堂上救夫君。低下头来心愤恨，倒不如一命见阎君。（白）想我在此苦叹也是枉然，倒不如一死，也免了和那丑人结婚，也免了和公子一场心事，只有这样的了呀。（唱背弓倒板桨）素珍生来是苦命，五行八字命生成。自己解下无情带，气愤一命丧残生。走上前来忙跪定，拜别娘亲养育恩。阎王注定三更死，绝不留人到五更。（吊）

翠　白　（上见，急）哎呀！小姐，死不得的呀！

田素珍　（坐哭）哎呀！

翠　白　小姐，不好了呀，老爷叫你和这个公子成亲了呀！

田素珍　哎呀，翠白，快想个什么好主意才是。

翠　白　（想）小姐有了。不如这样，今天晚上逃出外面，不是免了这桩事情了吗？你说好不好呀？

田素珍　好倒是好，我乃是闺阁之女，抛头露面，旁人知道，也不雅呀。

翠　白　哎呀！小姐，事到头来，还顾得羞吗？还是走的好呀。我们偷偷拿起东西，从后花园走出。小姐，你等着我，我去收拾东西。（下复上，同素逃下）

第十四场

［田、陈同上。

田　培　为了女儿事，

陈　氏　日夜不安宁。

［田、陈同坐。

田　培　夫人哪，我的女婿来到府中，已有许久，与他们二人完了这场亲事，以免我二老操心吧。

陈　氏　凭在老爷。

田　培　家院走来。

家　院　（上）做事要殷勤，免得主人嗔。老爷、夫人，叫我何事？

田　培　你到绣阁，叫你家小姐梳妆打扮，今夜与他二人完婚。

家　院　是。（圆场到绣房门）小姐、翠白。（无人应，转回）启禀老爷、夫人，小姐、丫鬟不见了。

田　培　我不信！夫人，到绣阁前去看一下。

陈　氏　（转入绣阁，不见人）唉！这奴才逃走了。哎呀，我的儿呀！（转堂前）我怪死了你，拿我的女儿许配一个这样的人，莫说她不中意，老身看见也很讨厌。儿呀！（哭下）

田　培　家院，命人前去寻找你家小姐回家，不得有误。儿呀！（下）

家　院　人都逃走了，叫我哪里去找呀？好女婿你不认，留这个怪女婿在府中，我也不去找。（下）

第十五场

老尼姑　（上）为人修行最安然，早晚行香佛殿前。清早起来把经念，敲钟击鼓拜神仙。我，娱玄。看破红尘，来到白云庵吃斋修行，倒还清静。待我拿着经书，在佛殿念上一念，言得有理。（念经）

[素、翠同上。

翠　白　小姐，这座公馆好大呀！

田素珍　翠白，里头怎么有人卖米豆腐呀，我们走进去看一看。

老尼姑　哦，原来是二位姑娘到来，敢不是来敬香的嘛。请坐吧！

[素、翠坐。

老尼姑　（下倒茶上）二位姑娘，请一杯清茶。

田素珍、翠白　多谢姑婆。

老尼姑　二位小姐，敬香吧。

田素珍　我们不是来敬香的，我们是逃出外面来，找个位子安身的。请问姑婆，此地清静吗？

老尼姑　我这位子最清静。

田素珍　（对翠）翠白，此地清静，我们暂且在这里居住，好吗？

翠　白　小姐，随你吧。

田素珍　启禀姑婆，我们姐妹就在你这庵堂安身吧。

老尼姑　这怎么行？我们这块是吃得苦的人才住得下的。你们吃不吃得苦？还有，我这里要下发修行的人才准住的。你们答不答应呀？答应就在这里，不答应就出去。

田素珍　好吧，依从就是。

老尼姑　那么，随我下来。

[素、翠、姑同下。

第十六场

禁　卒　（上）禁子生来怪性子，有钱孝敬他是老子，无钱打得他变耗子。我，秦三福。这几天没有钱抽烟了，不免叫那个有钱的相公出来敲一敲，搞两个钱来使用，岂不是好？那位相公出来。

王清明　（上）禁子叫高声，莫非要施刑？禁大哥，叫我何事呀？

禁　卒　叫你非为别事，拿得来。

王清明　哎呀，禁大哥，要拿什么来呀？

禁　卒　拿什么来呀？我服侍你这么久，向你要钱。你没得钱呀，你今后莫怪我呗，我要上刑打的呗。

王清明　你打我也没得。

禁　卒　哼！越讲越有气。（捆打清）有钱没有？

王清明　我没得钱。

［禁又打一棍。

王清明　唉！我王清明就是这样下场了呀？

禁　卒　什么？王清明？我来问你，你是王清明吗？

王清明　正是。

禁　卒　你的父亲叫什么名字？

王清明　我的父亲叫王天观。

禁　卒　哎呀！打错了。原来是我的恩人到了。（解绑）哎呀！莫见怪。（赔礼）我打错了你。你是我的恩人，你老子是我的恩人。我当初犯了罪，你老子将我救了。

王清明　唉，你不知道，我不怪你。

禁　卒　下去下去，我去弄点好菜给你吃。莫下牢里去了，你先到我房里去。

［清下。

［内白："禁子，你看好那姓王的囚犯，明天一早就推出去问斩了。"

禁　卒　是。哎呀！怎么办呀？（想）有了，快快回家前去，与我老婆商量，想个办法，将我儿子前来调换王清明，就是如此吧。（下）

第十七场

禁　卒　（上）心中有事急急走，三步两脚到家门。到了家了。老婆！

老婆！走来。

姜　氏　（上，念）外头叫得急，里头走得忙。走上前来看，喊叫为哪桩？（白）你叫得这样急做什么呀？

禁　卒　哎呀！老婆，不好了！

姜　氏　什么？老娘好好的，怎么不好了啦？

禁　卒　坐倒坐倒，我有话讲给你听。想当初时节，我犯了大罪，多得王天观大人救了我一条性命。如今他的儿子王清明在牢中坐着，明天要推去斩了。我急急回来和你打个商量，你想个什么主意救他出来才好呀？

姜　氏　想什么主意呢？犯人是你管，放他逃走就是了嘛。

禁　卒　哎呀，他走了，还有我呢。

姜　氏　你要什么紧呢？杀就杀你了，一命抵一命，死了就算了嘛。

禁　卒　这事情做不得，我有个主意，拿我那个儿子调他出来，岂不救了我的恩人了嘛。

姜　氏　呸你的啾！你在这块讲混账话。我就这一个仔，把老娘的仔杀了去，老娘去哪里要仔？我不肯的哟。

禁　卒　你不肯也要你肯，是我的仔。

姜　氏　老娘就是不给。

明　胜　（上，念）堂前闹声声，不知为哪门？（白）父亲、母亲，你们做什么？

禁　卒　仔，你过来我讲给你听。

姜　氏　仔，你过来我讲给你听。

明　胜　父亲、母亲，你们争什么？有话好好讲吧。

姜　氏　仔，我讲给你听，王天观有个仔，名叫王清明，犯了法，在牢中坐倒，明天要推去斩了，你爹讲要拿你去调他出来，你莫答应，答应不得的。

明　胜　（想）父亲、母亲，不必吵闹，将王清明放了出来，带回我家，我们一家带他逃往别处，岂不是免了这场祸害了吗？

禁卒、姜氏　好主意、好主意！我这仔真能干呀！

姜　氏　你快点去嘛。

禁　卒　好好，我去救他出来，你们在家收拾行李呀。

［姜、明下。

［禁圆场入监，带清上。

王清明　咦，我怎么到你屋里头来了？

禁　卒　到我屋里来了呀，我再不带你逃走，等下就要斩你的头了。

王清明　拜谢拜谢！

［姜、明背包上。

姜　氏　当家的，快走吧，迟了怕有人追来呀。

禁　卒　此地不是言语之所，快快走吧！

［王、姜、禁、明同下。

第十八场

老尼姑　（上，念）管他吃斋不吃斋，老娘吃的是良心斋。（白）我，娱玄。收了两个徒弟，一个名叫素珍，一个名叫翠白。这两个死丫头，一点事情晓不得做，水缸中没有水了，待老娘叫她们去挑水来。素珍走来。

［素、翠同上。

田素珍　（念）自从离了我家庭，且在庵堂来安身。（白）奴乃素珍。

翠　白　奴乃翠白。

田素珍、翠白　见过师父。叫徒弟出来，有何吩咐？

老尼姑　你看你们两个人，一天在房里头，连个房门都怕出来。水缸没有水了，快去挑水。

翠　白　哎呀！师父，不瞒你讲，我家姐姐在家中是闺阁之女，从来没有做过这事，她是挑不得的。

老尼姑　（气）在你屋里是千金小姐，在我这里不是千金小姐了。我先前问过你们的，你们讲受得苦的。做不得也要去做，你们去不去呀？你若不去，莫怪老师无情的呵！

田素珍　唉，师父，实在是去不得。

老尼姑　恼起我来了呀！

[素、翠跪下。

老尼姑　（唱梁氏腔）一见丫头心头恨，太阳头上火一盆。自从你把庵堂进，两人不做一点小事情。今日叫你把事做，说什么闺女未出门。我手持戒尺将你打，打死你两个小畜生。

田素珍　唉，师父呀！（唱梁氏腔）师父不必发雷霆，素珍言来你细听。奴本是官家千金女，从来不懂做事情。你叫我井边去挑水，我鞋尖脚小寸步难行。

翠　白　（唱梁氏腔）还求师父来饶恕，饶恕了我姐妹两个人。你本是吃斋来修善，慈悲怎做狠心人？还求师父把情准，我姐妹后来不忘你恩情。

田素珍　师父呀，不必如此。我姐妹去挑罢了。

老尼姑　呸啾！打得老娘手酸，骂得老娘嘴干。打也打了，骂也骂了，气也出了，和老娘滚了起来。站倒莫动，等老娘去拿桶上来。（下，取桶上）我交代你们，要走到深的地方去挑，浅的吃不得，老娘是拿来敬神的。快点去哟，阿弥陀佛。（下）

田素珍　哎呀，翠白贤妹呀，我们两人逃了出来，指望在此安身，哪晓得在此受苦。

翠　白　哎呀，姐姐呀！我翠白向来是做得的，可怜你千金小姐，你怎么能受得这番苦呀？

田素珍　唉！贤妹，罢了呀！（唱忧腔）莫不是啊，素珍呀，前世不修。到今世啊，受苦呵受折磨呵。还望老苍天啊，来呀，救我呵！来呀，救我呵！

翠　白　（唱忧腔）叫一声啊，小姐呀，暂且忍耐。老皇天啊，不负啊，有心啊，人啊。还要含悲忍泪啊，把呀，路进啊。把呀，路进啊。

［翠、素同到河边打水。翠先打，又帮素打。

田素珍　哎呀！翠白呀，你有一担，我有一担，你怎能替我挑呀？

翠　白　我先走，我打转来接你。

［翠挑一担走一程，放担，转来接素。

老尼姑　（上）该死的，哪个偷了我的银子呀？这两个丫头呀，挑水挑这么久还不回来呀。老身要烧茶敬神了。

［姑与翠相撞，水泼鞋上。

老尼姑　哎呀，死鬼！挑水不服气，泼得老娘一身湿。

［素、翠挑水进院。

老尼姑　走来！

翠　白　师父，我们挑水回来了。

老尼姑　晓得了，好了。我讲给你们听，今晚轮到我们巡更，你们两人今晚去巡更。这里有灯笼一个，记到没有？（下）

翠　白　（向素）姐姐，今晚就借着巡更，我们两人逃走算了。

［姑偷听。

翠　白　不在这里受苦了。

老尼姑　（上）听见了。难怪，你们想今晚逃走，不要你们去巡更了。你们跟老娘到那房里去坐倒。（推两人入房，锁门）你们这两个死婊子婆，你这才晓得老身的厉害。将你们锁在里头，饿死你们去。（下）

田素珍　哎呀，贤妹呀，门外下了锁，我们姐妹被锁在房中，肚中饥饿，怎么得了呀？（哭）

小尼姑　（上，念）清早打扫殿前地，晚上又要念经文。（白）奴乃小尼姑。你看我师父做事太恶了，来了两位大姐，她把她们关在房中，我去听一听先。（偷听）

田素珍、翠白　哎呀，救命呀！肚子饿了呀。

小尼姑　请问二位师弟，你们肚饿了吗？

田素珍　你是谁呀？

小尼姑　我是庵堂里的小尼姑。

田素珍　哎呀，师兄呀！你有什么吃的？送点给我们呀。

小尼姑　没有什么东西了，你们不要高声喊叫。我还有面粉粑粑我去拿来。（下，取粑粑复上，从窗口递入）

翠　白　师兄，你何不放我们出去？

小尼姑　我没有钥匙，你们不要高声喊叫，少时师父就要来了。（下）

［素、翠让吃。最后将粑粑分吃。

老尼姑　（上）撞着鬼了、撞着鬼了！哪个偷了我一百两银子？一定是那两个死丫头偷的。（开门）出来，你两个死丫头，是你两个偷了我的银子吧？

田素珍、翠　白　哎呀！师父，你将我们锁在房中，我们如何去偷得银子？不要乱说。

老尼姑　昨天我就丢了啦。你们两人不要啼哭了，老身给个木鱼，一本缘簿给你们，到长街上去化缘。你们化缘够了一百两就回来，化不够就在外面莫回我的庵堂来了。（下）

［素、翠出庵。

田素珍　贤妹，你看这种人后来有什么好处？

翠　白　唉！姐姐呀。（唱背弓十字腔）这尼姑做事心肠狠，拿我姐妹受苦情。手拿木鱼长街进，化够百两才敢回门。

田素珍（唱）这是奴家连累你，连累我贤妹受苦情。无奈何姐妹长街来进，这一回我两姐妹死得成。

［素、翠同下。

第十九场

［清红官装，明黑官衣同上。

王清明　开道。（牌子。念）中状元名扬天下，琼林宴帽插金花。

明　胜　（念）谁人说读书难发，看今日富贵荣华。

王清明　小生，王清明。幸得皇上宠爱，点我头名状元。四面彩旗，三杯御酒，两朵金花，独占鳌头。贤弟，你先回家而行，报与你爹娘知道，愚兄还有事。

［明下。

王清明　启道上朝。拜见吾主万岁。

［内白："卿家上殿，有何本奏？"

王清明　有本奏本，无本不敢乱奏。可恨山西三阳县县官贪污渎职，看皇上怎样发落？

［内白："圣旨下，卿家接旨，派你为八府巡按⑤，查访山西一带。逢州查州，逢县查县，若有贪官污吏，赐你尚方宝剑，斩斩杀杀，秉公处理。接旨谢恩。"

王清明　臣领旨，谢恩，万岁万万岁。（出）人来！

［众人上。

王清明　启道。（牌子）

［众人下。

第二十场

［素、翠同上。

田素珍　（念）街前化缘喊一天，未曾化到半文钱。

翠　白　姐姐，又到长街来了，我两人跪下喊吧。（跪喊）哎呀！列位，舍点了嘛。

王清明　（便装上）你这两位小尼姑，在这块喊什么呀？

田素珍　我们师父喊我们来化一百两银子，化够才得回庵堂，化不够就不准我们回去。

王清明　哦，原来是这样。二位师父请起，我和你出一百两银子就是。

[素、翠同起。

王清明　（背台）哎呀，她好像是田素珍一般。

田素珍　（背台）哎呀，他好像是王——王清明王相公一般。

王清明　那旁敢莫是田——

田素珍　那旁敢莫是王——

翠　白　你好像是王相公一般。

王清明　正是。

翠　白　那旁就是我的小姐田素珍呀。

王清明　哎呀！小姐呀！

田素珍　相公呀！

王清明　小姐，怎么落到这般模样呀？

翠　白　都是为你呀，我家小姐为了你受苦不少啊！

王清明　到如今不再受苦了。你带我到你庵堂前去，我代你给一百两银子就是。

[素、翠、清圆场到庵。

田素珍　相公随我来，有请师父。

老尼姑　（上）心中如鹿跳，有什么好事到呀？

田素珍、翠白　见过师父。

老尼姑　你二人回来了，化够了一百两银子没有呀？

王清明　启禀老师父，你叫她们化一百两银子，难得化得，我替她们还你一百两银子就是了。（交银）

老尼姑　（接银）哎呀！多谢相公！

王清明　小姐、翠白，我走了呀，少时再来接你。（下）

老尼姑　素珍，刚才和你出一百两银子那位相公，是你什么人呀？

田素珍　他呀，启禀师父，他不是别人，他是我的丈夫。

老尼姑　他是你的丈夫呀，做什么的呀？

翠　白　做什么的？状元公。

老尼姑　哦，我讲了的，素珍不是贫家之妇，原来是一品夫人。哎呀！多有得罪、多有得罪哟。

田素珍　哎呀，师父，他不是状元公。他看我可怜，和我出一百两银子，你说出什么夫人来了。

老尼姑　哼！我怕当真话，你有福气做夫人！你这个汤圆夫人、糯米夫人，当你娘的鬼夫人！

王清明　（穿蟒袍上）启道。人来，将这老尼姑绑了，来打开贡箱，看穿戴。

［素、翠换衣。尼上。

田素珍　（对尼）多得师兄搭救，受我姐妹一拜。

小尼姑　（叹气含泪）哼。（下）

王清明　（指姑）像你这种坏尼姑，别人吃斋是行善，你吃斋是行恶。来人，将她押在轿后。启道三阳县。

［众同下。

第二十一场

王　妻　（上，引）我儿去投亲，许久未回门。（白）老身王氏。所生一子，名叫王清明。已到山西前去投亲，去了许久，杳无音信。老身不免背着行李，去寻找我的儿子，也好弄个清楚明白。言得有理，不免离了我家，到山西去寻找我的儿子呀。（唱倒板桨）我儿山西去就亲，杳无音信回家庭。日思夜想我挂念，为何无信回家门？莫非路途有凶险，莫非路上遇强人？心中言语说不尽，快走几步往前行。举目抬头来观看，不觉来到田府门。（白）行来走去，到了田府。门上有什么人在呀？

家　院　（上）门外高声叫，看是什么人。（出）哦，原来是位妈妈来了。

王　妻　请问小哥，这里可是田府？

家　院　是的。你到田府何事呀？

王　妻　我到田府非为别事，我有个儿子名叫王清明，来到田府投亲的，有无此人前来？

家　院　有有！你老人家站一下，我叫他出来。有请王姑爷。

张　春　（上）家院一声请，必有好事情。家院，所请何事？

家　院　非为别事，山东来了一个老人家，她说你是她的儿子，她来找你的。

张　春　是男的还是女的？

家　院　是位老妈妈，她说她是你的娘。

张　春　（惊）噫！你说道，相公没有娘的，娘早死了，从来不认乡邻。（下）

家　院　（出）老妈妈，我们相公说道，他的母亲早就死了，从来不认乡邻。（下）

王　妻　唉！这种奴才，连亲生的娘都不认了，叫我到哪里去安身呀？

王清明　（内白）启道！（上）

［翠、素、从同上。

随　从　启禀大人，有人挡道。

王清明　传挡道人。

王　妻　（上，前跪）跪见大人。

王清明　母亲请起！

王　妻　你是我的儿吗？

王清明　正是。哎！娘呀。

王　妻　儿呀，我到田府问过，他说他娘死了，我怕是你，原来不是你。儿呀，那个女的是谁呀？

王清明　她就是田小姐，你的媳妇。素珍，上前见过母亲。

田素珍　见过婆婆。

王　妻　我的宝宝媳妇呀！

王清明　人来，转过田府，借田府的公堂审问。转堂传候。

田素珍　相公，你先进去，我们随后就来。

［王、素、翠下。

王清明　人来，有牌票一只，传三阳县。

［从下，带官上。

县　官　忽然将我传，心中打冷寒。

随　从　启禀大人，传到了。

县　官　小官，参参参，见过大人。

王清明　三阳县，你可认得我？

县　官　你敢莫是那王……

王清明　哼！想你这狗官，不问青红皂白，受了人家的钱，将我押在牢中，苦打成招。你这种贪官，上不与皇上分忧，下不与百姓做事，拿何用？来人，削职为民。

县　官　哎，可怜我十年寒窗，九载熬煎，就是这样下场罢了。

王清明　来，传张春。

张　春　（上）忽听传张春，我怕命难存。请了。

王清明　打。

［张跪。

王清明　狗才，抬起头来，认不认得我？

张　春　（抬头）你，敢莫是那表——

王清明　止口！叫你一路之上，陪伴我到山西完婚，谁知你在路上将我打下桥底，将我的合同谋了，将我的马也骗了。你到田府前来，冒名顶替，前来认亲。谁不料我王清明未死，倘若王清明一死，田素珍活活死在你手。来人，这里有尚方宝剑，推出斩了。

随　从　（带张下，复上）斩了。

王清明　死者不亏。传田培。

田　培　（上）堂前真热闹，恐怕事不妙。参见大人。大人，你为何将我女婿斩了呀？

王清明　住口！谁个是你的女婿？那个是张春。想你这老狗，认凭不认人。我来在府中投亲，你不认人，将我推了出去，又和那狗官商量计策，将我陷害，诬我盗你的银子，将我法场处斩。谁不料禁子将我搭救，才有今日。想你这老狗生坏了一对眼睛，不认识人。来，拿去斩了。

田　培　这是我嫌贫爱富的下场呀。（下）

［素带翠、王同上。

田素珍　见过老爷有礼。

王清明　请坐。

田素珍　启禀老爷，斩斩杀杀，杀的是谁？

王清明　杀的是田培。

田素珍　老爷，难道你不看为妻一点情面吗？

王清明　别人讲情不准，你讲情准情就是。人来，将田培解了下来。

田　培　（上，念）万丈高竿得活命，千层地狱又复生。见过大人。

王清明　那旁见过夫人。

田　培　见过夫人。

田素珍　（笑）不消。

王清明　想你这老狗，当初时节，瞎了一双眼睛。人来，削职为民。

田　培　哼！我不该当初瞎了一对眼睛呀。

家　院　你就是瞎了一对眼睛，你现在才知道后悔呀？

陈　氏　（上）家门不幸，操了不少冤枉心。

田素珍　唉！母亲呀。（跪）

翠　白　老夫人呀。（跪）

王清明　岳母大人。（跪）

陈　氏　（扶三人起）儿呀，这一旁是谁呀？

田素珍　这一旁是我的婆婆。

陈　氏　见过老亲家。

王　妻　见过亲家。

[禁、明、姜上。

随　从　报！二甲进士到。

王清明　哦，原来寄父到了。请。寄父、寄母、岳母大人请上，受我一拜。（打对场拜）

田素珍　启禀老爷，我两人在此完婚，还有贤妹翠白呢？

王清明　小姐，想我贤弟未曾婚配，将翠白许配与他，小姐意下如何？

田素珍　贤妹，将你终身许配二甲进士，你可愿意？

翠　白　凭在姐姐。

姜　氏　我这个儿子蛮好的。

王清明　贤弟，将翠白许配与你，你可中意？

明　胜　凭在兄长。

陈　氏　就在田府完婚，高插银烛。来！拜起堂来。

[吹打，拜堂。

陈　氏　多得你寄父寄母，才完成这行亲事，也完了老身的一场心事。一家团圆，杀猪宰羊，答谢上天。请！

[众人同下。

（剧终）

【注释】

①桑梓：在我国古代，桑、梓是与人们的生活关系极为密切的两种树。桑树的叶可以用来养蚕，果可以食用和酿酒，叶、果、枝、根、皮皆可以入药。而梓树的嫩叶可食，木材轻软耐朽，可制作家具、乐器等等。正是因为桑树和梓树与人们衣、食、住、用有着如此密切的关系，所以古代的人们经常在自己家的房前屋后植桑栽梓，而且人们对父母先辈所栽植的桑树和梓树也往往心怀敬意。后来桑梓成为“故乡”的代称。

②庙祝：旧称庙宇中管理香火的人。

③ 该：欠。桂林话。

④ 禁子：指旧时监狱中看守罪犯的人。

⑤巡按：明代派遣监察御史赴各地巡视，考核吏治，称为“巡按”。

【剧情简介】

王天观与田培为同僚，交情甚好。田培以女素珍许天观之子清明为婚，立有合同为凭。后皆告老还乡，王住山东，田住山西，因而儿女尚未成亲。

王天观死后，清明持合同请表兄张春为伴，往山西就亲。不料张春心怀不轨，途中将清明推下桥底，持合同到田府冒名投亲。田培认证属实，加以接待，择日成婚。清明桥底未死，历尽艰辛，继至田府请见。田培以无证冒认，立予驱逐。清明只得庙堂暂住。

素珍见张春才貌丑陋，不肯成亲。丫鬟翠白又以所见清明被逐情形见告，素珍乃借病至庙许愿，往见清明，面询真相，并赠银两，助清明入京赴试，求取功名，再来成亲。清明愤怨难消，到县控田培嫌贫爱富。县官受贿，判其为盗，收监候斩。幸禁卒念王天观过去救命大恩，举家与清明相偕潜逃。清明上京应试，得中状元，外放山西巡抚。

素珍以婚期日迫，偕翠白逃庵堂藏身，不幸又为老尼虐待，迫令上街化缘，适与微服私访之清明相遇。清明之母，因思儿离家寻访，与清明于路中相见。清明乃先后将恶尼、张春法办，县令及田培削职为民，然后与素珍成婚。翠白亦配禁卒之子为妻。苦尽甘来，合家欢聚。

【简评】

这部戏围绕一份婚姻合同的失而复得，展现了主人公王清明起起伏伏的人生遭遇。从情节设置来看，并无太多新意，但在表现形式方面，与早期的彩调剧相比较，却有一些突破。

一是全剧场次多，情节较曲折。早期的彩调或是全一场，或是二、三场戏，短小精悍。剧中人物少，大多为二小戏、三小戏，戏剧冲突简单。

而这部剧，共有二十一场，涉及的人物有二十人之多。其中人物间矛盾重重：有王清明与张春的矛盾；田培与王清明的矛盾；素珍、翠白与老尼的矛盾；县官与王清明的矛盾等，错综复杂，贯穿始终，俨然大剧规模。

二是此剧融公案、家庭伦理、爱情于一炉，表现了正义与邪恶势力的尖锐斗争。该剧人物命运、事件结局方面具有完整性。其人物既有悲剧人物那种严肃的旨意、真诚的信念，又有喜剧人物那种自信自足的性格。这与早期彩调在角色设置、脸谱描绘，以及语言、音乐、表演等形式方面单纯性体现快乐的喜剧色彩有很大不同。

此剧由张桂妹发掘、张丽琳记录保存。

广西彩调传统剧目二十种剧情提要

阿三戏公爷

二十多岁的阿三，聪明伶俐，是罗公爷的雇工。罗公爷家有万贯，妻妾成群，但愚蠢贪色。一日，阿三陪公爷去花园游玩，遇见花鼓姐妹看相打花鼓。公爷立马要阿三将花鼓姐妹邀来唱凤阳花鼓。唱了一首又一首，之后又缠着花鼓姐妹盘花。公爷得意之时忘乎所以，想要调戏花鼓姐妹。机智的奴仆阿三设计让花鼓姐妹给公爷看相，乘机救出花鼓姐妹。不仅戏弄和嘲讽了公爷，还让花鼓姐妹取得了丰厚的酬金。

《阿三戏公爷》是江波根据《双看相》和《盘花》两个小戏改编而成。初录广西宜山艺人韦炳兴、龚鳌口述本，继而录柳江艺人李福林、三江艺人李大树以及柳城艺人何学仕口述本。江波在前人的剧本上做了进一步的改编。

地保贪财

清明时节，林姑娘随母扫墓归来，母女俩在述说家常，被一旁的罗瞎子误以为请其算命，遂起争执。罗瞎子请恰巧路过的曹地保评理。地保借调解之名向林姑娘索取银钱，当场被林拒绝斥责。地保勒索未遂，又趁四处无人，竟模拟林母的声音，向罗瞎子表露爱慕之情，因贫穷未娶的罗瞎子喜出望外，高兴地带着“新娘子”回家。正当地保行骗之时，丑行被暗中随行的林姑娘及时揭穿。瞎子幡然醒悟，地保落得个狼狈不堪的下场。

《地保贪财》是江波根据宜山老艺人韦炎、韦炳兴口述的《瞎子算命》和《寡妇上坟》两个小戏，重新结构、精简人物，明确立意后编写并定名。

赶子牧羊

宋氏趁丈夫赵伯春离家经商，虐待前妻子女金姑和银儿，逼他们到饿虎山上去砍柴牧羊。为独霸赵家产业，宋氏收买其弟宋三欲杀金姑和银儿。宋三感慨：“青竹蛇口马蜂针，是毒不过后娘心。”不仅下不了狠手，反而悄悄将宋氏给他的十两银子交给金姑、银儿，帮助他们外逃寻父。金姑、银儿寻父途中不幸遇盗，沦为乞丐。金姑不忍携弟忍饥受冻，欲自尽寻死，恰遇父亲归途相救。赵伯春携子女归家，欲休宋氏。宋氏面对丈夫、儿女，悔恨交加。金姑、银儿念宋氏有悔改之心，婉言劝父相留。赵伯春看在儿女分上，暂留宋氏，以观后效。

1989年周锡生根据柳城老艺人梁美武、覃忠荣、张忠恩口述剧本故事《赶子牧羊》和桂林老艺人秦胜科传授本《大赶子》整理改编。

隔河看亲

大户刘万富和王奶奶隔河居住，素无来往。刘家有独子刘金才，嘴歪脚跛，又恶又蠢。王家有独女王凤兰，面麻背驼，性情刁蛮。农妇张伯娘，有寄子阿勤、寄女梅屏，分别在刘、王二府中为仆。阿勤、梅屏青梅竹马，早欲成婚。但依东家规矩，少爷、小姐未完婚，奴仆不能嫁娶。为此，张伯娘假扮媒婆，用“隔河看亲”之计，让刘少爷、王小姐通过远距离相亲的方式，各自掩饰自己的缺陷不足，以蒙骗对方。然后让阿勤、梅屏分别替代少爷、小姐举行大婚仪式，使他们弄假成真，结为夫妻，从而成全了阿勤、梅屏结合的心愿。

《隔河看亲》是1957年江波根据广西临桂陶巟霖口述故事改编的。1958年曾与杨爱民合写二稿。

换子记

学馆先生江文举之母康氏盼孙求福，嫌媳妇庞氏不育，于是逼儿子文举娶陇氏为妾。结果庞、陇同时分娩，庞氏生男，陇氏生女。陇氏深知婆婆重男轻女，趁庞氏产后昏迷时将女换男。康不明真相，加上原来就不喜欢庞氏，因此将庞氏赶出家门为尼。十年后一天，文举归家祭祖，目睹女儿安妹受虐待，便将女儿带往学堂。一日文举儿子安安误入庵堂，巧遇庞氏，母亲见子不敢相认。受刺激的安安归家梦呓“偷男换女”，陇氏知事已败露，悔恨交加，自缢身亡。翌晨，安安接回双亲。但康氏仍固执己见，始终不愿意接受偷男换女的事实，仍要将庞氏逼走。一直到她发现陇氏临死前留下的忏悔的血书时，康氏此时才猛醒过来。此时电闪雷鸣，康氏惊恐绝望，文举疯癫出走，安安、安妹不断呼叫：“我问你要妈妈！我要妈妈！”康氏在儿孙痛哭声中昏厥。一股浓烟烈火将她吞没。

《换子记》是江波1955年根据广西临桂两江镇彩调老艺人谢济舟口述本改编。

龙女与汉鹏

厌烦龙宫生活的龙王之女爱慕以渔樵奉母的汉鹏，不顾严规，逃出海来。一日，龙女变为螺蛳，有意让汉鹏钓回家中。汉鹏将螺蛳带回家后，放在家中水缸里养着。每当汉鹏出门干活，龙女就出来扫地做饭，并且暗施法术，治好其盲母的双眼。终于有一天，汉鹏发现了龙女的所作所为，明白了龙女到凡间的意图。汉鹏为龙女的真情所感动，最终两人结为美满夫妻。

此剧是由广西宜山民间艺人研究发掘整理出来的，由老艺人韦尚勤口述，覃乔金补充。初稿由江波、袁勉、陈履祥记录整理，后江波对剧本又作了大幅度改编。《龙女与汉鹏》于1955年3月27日晚进中南海为中央首长演出。正是这次晋京，彩调这门艺术形式才正式确立了自己剧种的名称——彩调剧。从此，彩调剧成为我国戏曲百花园中一朵独具特色的奇葩。

闹酒楼

县衙师爷张定权、钱庄司书黄金龙、学馆先生刘大贵，三人原为同窗学友。一日聚会酒楼，有钱的黄金龙与有势的张定权，十分看不起教书的刘大贵，用“三个教书佬，不如一个杀猪佬”来嘲笑他，用“家有三斗粮，不当孩子王”来讥讽他。张、黄本想通过吟诗作对给刘大贵一番奚落，谁料反被满腹文才的刘大贵羞辱一场，结果二人以钻桌底认输。一旁相助的酒店老板柳二嫂连连叫好。

《闹酒楼》先后根据广西宜山北牙乡老艺人覃奎的口述本和兴安县沙河屯的康和武、临桂陶秇霖口述改编。初稿署名江波（执笔）、杨爱民、陶秇霖、康和武。后江波又再次改编。

跑菜园

开心活泼的小保到菜园拔萝卜，见园子里菜叶满地，萝卜也丢了好多个。便在园中守候伺机抓贼。但等着等着，小保慢慢地打起瞌睡来。邻居扯猪草的小妹前来帮助小保拔萝卜，见小保竟然熟睡园中，便俏皮地给他喂了一个“仙桃”——萝卜。小保猛然醒来，误以为小偷入园，急忙起身追赶。一个前面跑，一个后面追。一个机灵乖巧，一个胆大粗心。当小保费尽力气抓住小妹后，方知是小妹在与他故意逗乐。二人回到菜园，细细查看脚印，原来“窃贼”竟是一只小猪。于是，小妹帮小保拔萝卜，两人齐心协力一会儿就拔完了。小保把萝卜叶给了小妹做猪菜，两人都完成劳动任务，回家路上开开心心、兴高采烈。

这一彩调儿童剧由广西宜山“调子王”李大树口述，并亲自传授唱腔、演技，使之得以保存。江波在改编时虽做较大变动，但特别注意保留原有风格和童趣。

三个叫化子

荒郊的一座破旧土地庙里，三个叫化子——邬趋麻、焦了鬼、巴不得结拜兄弟，发誓“有福同享，有祸同当，生死也要抱做一团”。转眼间他们得到一个美梦——成为一罐金元宝的主人。于是摆出一副暴发户的架势，叫来花鼓姑娘弹唱取乐，以示庆贺。得意忘形之际心肠突变，三人互毒互害，结果全见了阎王，得到应有的下场。

《三个叫化子》是江波根据宜山怀远的彩调老艺人宁国庭和桂林的彩调老艺人俸画眉口述《为财舍命》的故事编剧并定名。

三看亲

版本一：王妈妈为金满妹的婚事，一日邀来了成天吃喝玩乐的张少爷、做绸布生意的李老板和以种田为生的丁小哥同时来看亲。三人猜了谜语，摆了家业。最后满妹又问婚后日子怎安排，听完三人的打算后，满妹认为："张少爷专门讲吃喝，好酒贪杯难终身。""李老板专门讲穿戴，看来是个势利人！""丁小哥为人多正直，耕地种田样样行。自古道耕地种田是根本，人勤地里出黄金。"金满妹最终选择了丁小哥。

这是由伍纯道整理完成的。

版本二：苏满妹的妈妈，一直关心满妹的婚事。一日，邀毛屠户、龚裁缝和种田人丁癞子同来看亲。三人同时猜了谜语，摆了家业，满妹认为他们的聪明与富有不分上下。毛、龚、丁三人正疑问满妹怎样区分三人的高低，满妹道出："满妹嫁到谁家去，老契妈随同满妹同过门。"即要看谁人最有敬老之心。三人表示若要成亲，定接老岳母回家安度晚年。突然间，契妈发作羊癫风病，不省人事。毛、龚见状，担心要个羊癫风回家是个大累赘，于是纷纷想要逃离，只有丁癞子坚持要背老人前去求医。原来这是妈妈对三人的一场考验。三人心地不言自明。于是苏满妹将手中定情绣球高高抛出，不偏不斜正好落入了丁癞子的怀里。

这是江波根据广西宜山老艺人吴开林口述本改编而成。

三子学艺

吴广财夫妻原是表兄妹，成亲后生有三子。尽管长大成人，但蠢笨一事无成。吴恐后继无人，出资让三子外出学艺。大儿学打枪，二儿学补锅，三儿学哭仔还阳。三子学成返家显示各自手艺，大儿开枪误将父亲打死，二儿用铸铁给父亲补枪眼，三儿大哭叫父亲还阳。吴妻伤心至极，哭骂三子蠢笨害父。三子却怨恨父母近亲婚配，害得他们又蠢又笨一事无成。吴妻自食其果，悔恨莫及。

该剧由柳州艺人莫景光口述，周锡生改编。

十月花

该剧是由广西融安老艺人传授，一般初学彩调的演员，用它来做舞蹈的基本练习。剧中表现姐妹二人在劳动之余，载歌载舞，叙述了农村每一个季节的自然情景和她们的愉快生活。全剧如下：

全一场

（长锣，姐妹二人同上扇舞。长锣收，同唱）

正月里来正月花，红灯绿彩挂满家，龙灯狮子齐欢舞，街头巷尾闹喳喳。（长锣、扇舞）

二月里来二月花，二月阳雀叫喳喳，一来叫得阳春早，二来催开满园花。（长锣、扇舞）

三月里来三月花，三月笋子才发芽，十八姑娘来扯笋，罗裙抱笋转回家。（长锣、扇舞）

四月里来四月花，家家户户把田耙，耙田耙出千条路，姊妹唱歌把秧插。（长锣、扇舞）

五月里来五月花，端阳龙船水上划，二十四把花摇桨，中间打鼓两边划。（长锣、扇舞）

六月里来六月花，满塘莲叶满塘花，荷花落水结莲子，姊妹采莲笑哈哈。（长锣、扇舞）

七月里来七月花，百鸟搭桥叫喳喳，牛郎织女得相会，有情哥妹成了家。（长锣、扇舞）

八月里来八月花，中秋月圆照桂花，姊妹双双来赏月，月光影下思娘家。

九月里来九月花，重阳登高山上爬，摘朵菊花头上戴，唱罢山歌转回家。（长锣、扇舞）

十月里来十月花，十个姊妹回娘家，欢欢喜喜把歌唱，歌唱姊妹团圆花。（二人亮相、长锣、舞下。）

双摆渡

王老五是个不种田懒耕地，东摸西扒不做正经生意的人。一天用哄骗来的鸡，弄虚作假赚了船小妹的钱。又假冒烟土客商哄路人李春生掏钱去花船上骗吃骗喝，丑态百出。后来他的骗子真面目被船家姐妹识破，她们忍无可忍，以其人之道还治其人之身，最终弄得王老五满嘴鸡屎牛粪，落水而逃。

此剧是唐继根据桂林著名彩调老艺人张桂妹口述本改编。从风格上看，这是一部地道的讽刺喜剧。

双采莲

三牙子与荷花小两口驾小舟在莲塘荷叶间采莲穿梭，时而唱对花腔，时而跳双人舞，二人欢声笑语、载歌载舞，充满丰收的喜悦。可当三牙子打算给荷花一个惊喜，背着荷花去偷抓别人鲤鱼的时候，鱼未抓到，反而失足掉进塘中，引来荷花的责怪："叫你不要起歹心，损人终归害自身。仁义道德你不讲，满脸泥巴怎么见人。"结果令人啼笑皆非。

此剧由唐继根据陈德文、吴老年口述本改编。

双打店

梁山女将孙二娘，为暗地招纳各路英雄，在十字坡开设一间"招贤酒店"。一日，好逸恶劳的胡漂二跟随乔装打扮的县衙差头黄头儿前来沽饮。孙二娘见其言行可疑，遂用计探知黄的真实身份，原是追捕梁山越狱好汉之徒。通过一番周旋，将黄擒获押送梁山。念胡漂二误入歧途，经教育后，让其回家务农。

此剧是1962年杨爱民、顾乐真根据广西荔浦老艺人韦坤云、平乐老艺人林瑞甫的口述本改编。

王婆骂鸡

版本一：王婆清早起床数鸡，发现少了一只母鸡。于是坐在门口大骂，后来发现母鸡在窝里生蛋，又向大家表示歉意。

这是一出著名的独角戏。剧情简介录自《彩调剧词典》(广西民族出版社)。

版本二：爱贪小便宜的王婆，把心爱的芦花鸡赶到集体的菜地饱吃一顿。谁知被老伴王老伯发现，远远一砖头砸成了“拐脚鸡”，王老伯回家，说是有鸡吃了自留地的菜，王婆不问情由，大骂特骂。王老伯说出是自家的芦花鸡吃了自家的菜。王婆一听傻了，从此不再当“丑嘴皮”了。

1963年李应瑜根据彩调传统戏并参照同名花鼓剧改编。

王三打鸟

活泼纯真的毛姑妹与青年农民王三相爱，贪图钱财的毛母不赞同他们之间的自由交往，于是费尽心机阻挠二人的接触。一天，趁毛母外出喝寿酒之时，王三以游山打鸟的借口，前去与毛姑妹约会。一对恋人相聚在毛姑妹家中，尽情地载歌载舞互诉衷情。毛母回家多次被他们以各种理由阻在门外，尽管不开心，但毛母最终被女儿的真情打动，应允了婚事，有情人终成眷属。

《王三打鸟》是彩调最流行的小喜剧之一。江波博采众家之长，先后录下广西宜山彩调老艺人吴老年、宁国庭、陆春庭，忻城王云武，融安周荣祥、韦显达，环江陈子英等数个大同小异的口述本，然后进行整理改编。

一抓抓磨豆腐

版本一：豆腐店店主阿德嗜赌，不听劝阻。他的妻子梁氏愤不欲生，被寻找替身的吊死鬼诱使自缢。豆腐店佣工一抓抓获悉，巧与吊死鬼周旋，待到天明，吊死鬼匆匆离去，梁氏获救。阿德归家，一抓抓告知实情，阿德悔悟，夫妻和好如初。

剧情简介录自《彩调剧词典》(广西民族出版社)。

版本二：豆腐店店主三老板嗜赌，不听劝阻。老板娘愤不欲生，被寻找替身的吊死鬼诱使自缢。雇工一抓抓获悉后与吊死鬼周旋，竟发现吊死鬼是自己朝思暮想的未婚妻阮娘，阮娘诉说了父母嫌贫爱富，要逼嫁他人，自己悲愤自尽的遭遇。一抓抓动之以情，劝阮娘离去，救下老板娘。三老板从胆战心惊中幡然醒悟，与妻子和好如初，一抓抓却告辞三老板，到阮娘坟旁搭棚耕作，要与阮娘相依为伴。一抓抓的义举感天动地，菩萨竟让阮娘还阳，两人得以团圆。

本剧由林秀发口述，吴源智记录并改编。

油漆匠嫁女

油漆匠妻室早亡，独女桃姑与小木匠相爱。邻村王媒婆受王员外之托，为桃姑说媒。油漆匠认为王员外仗势欺人，并不同意这门亲事。得知替人作媒的王媒婆和择日的叩先生两人相好已久，只是不敢公开，油漆匠便利用王媒婆早与择日的叩先生相好，但因受封建礼教束缚，而不敢成亲给自己带来痛苦的事实，来促使王媒婆主动为桃姑与小木匠说亲。油漆匠随即也为王媒婆和叩先生二人作媒。于是老、少两对有情人，在油漆匠大寿之日喜气洋洋同结良缘。

1957年杨爱民、韦洁晶根据罗城县仫佬族老艺人吴老年、桂林老艺人张桂妹口述本改编。

张古董借妻

破落秀才李惠龙是前期宰相王允之婿，其父母及妻子因遭遇洪水已亡故。王允七十大寿，要李惠龙携妻成双前去贺寿。如有妻可携，便资助其上京赶考；如无妻可携，便永世不要登王家之门。李惠龙家境贫寒，无力娶妻。元宵夜暗流眼泪，无计可施，于是前去与表兄商量。表兄张古董为谋钱财，主动提出借妻给李惠龙上王府贺寿，条件是李惠龙要把王允赏赐的千两银子、十匹绸缎给他。结果张古董之妻爱上并要真正嫁给李惠龙，张古董是偷鸡未得蚀把米，赔了夫人又折兵。

本剧由龙世源发掘，吴源智整理编写而成。

剧目索引

N

P

S

T

后 记

戏剧有两个生命，一个存在于文学中，另一个存在于舞台上。剧本，作为一种文学的文本存在方式，不同于诗词歌赋、小说志传，具有独特的价值。

列夫·托尔斯泰在剧本创作中有深刻体会，他说："长篇和中篇小说，这是绘画式的工作，画师运其画笔，往画布上着色。绘画讲求的是背景、阴影、过渡色调，而戏剧则纯属雕塑行的事。剧作家用雕刻刀工作，而不是去着色。他应当刻出浮雕。"普通绘画与雕刻塑像最大的不同在于前者是平面的，其绘就可以舞墨泼彩，随意挥洒，使情景丰富多彩；后者是立体的，其塑造必须用心用力，刻形勒像，让人物栩栩如生。只有当剧本中具有了强烈的戏剧冲突、极具个性的人物和赋予人物以动作性的语言和动作环境，才能让人物自己真正立于舞台。因此，优秀的剧作家的才华是多方面的。

我国戏剧史上出现了许许多多著名的戏剧作家：关汉卿、马致远、王实甫、白朴、郑光祖、纪君祥、高明、梁伯龙、徐渭、汤显祖、李玉、李渔、洪升、孔尚任等等。他们留下的戏剧作品上承下传，流播至今。我们在此整理注评的120个广西彩调传统剧本，尽管已经不知它们的作者是谁，但由于这些剧作大多为广西观众喜闻乐见，得以口口相传生存于民间。的的确确，这些作品未能有上述戏剧名家之作的华美文采、严谨章法，有的结构或人物甚至还略显稀松、粗俗。不过，扎根于乡野的草根彩调剧作家，他们以自己的生活与智慧，为戏曲舞台奉献了120个散发着山野气息的剧本；推出了无数个性情各异、形态生动的人物形象。如今，一大批彩调剧目还唱响在乡乡寨寨；一个个彩调人物还活跃于集市村间。被喻为"山茶花"的广西彩调独具芬芳，成为我国戏曲大花园中的一朵奇葩，这些彩调剧作者与关汉卿等戏曲大家一同书写了中国戏曲史的光辉篇章。

《广西彩调传统剧目120种》得以付梓，要感谢早年这些剧本的发掘者、记录者，以及该项工作的参与者。是这些前辈的努力，使这份遗产得以保存。感谢《广西彩调传统剧目120种》的关注者与支持者，是这些同人的眼光与智慧，让这一批剧本得以继续流播。感谢广西师范大学文学院不仅给予资助出版，更给了我极大的精神支持。感谢胡大雷教授、张利群教授提出的宝贵建议，使书稿更加完善。感谢广西师范大学出版社的鼎力相助，尤其是罗财勇先生的高度重视与精心策划，以及余慧敏等各位编辑的辛勤付出，令彩调这张广西名片得以再现光辉。

阙　真

2017年12月29日于桂林王城